AF280070

Im Verlag BoD – Books on Demand sind vom selben Autor ebenfalls als Taschenbuch und E-Book erschienen:

-Wolves   ...a progressive Fantasy Story
ISBN: 978-3-7519-3602-6

-Wolves 2   ...the Story continues
ISBN: 978-3-7534-5925-7

-Wolves 3   ...the final Chapter
ISBN: 978-3-7543-0142-5

-Das Erwachen   ...Angstesser
ISBN: 978-3-7448-9502-6

BoD.de

Über den Autor:

Gerold Ruckgaber (jetzt Ziegler), geboren 1961, begann erst spät mit dem Schreiben.
Mit seiner „Wolves-Saga" verschaffte er sich sehr schnell eine große Lobby an Lesern und beendet nun die Saga mit dem fünften Teil
„Die Wiederkehr – Vergeltung".
Der Autor wohnt in Bellenberg, -einem kleinen Städtchen in Bayern.

-Follow me on Facebook!

Gerold Ruckgaber

Die Wiederkehr

- Vergeltung -

Fantasy-Roman

Bibliografische Information der Deutschen Nationalbibliothek:
Die Deutsche Nationalbibliothek verzeichnet diese Publikation in der
Deutschen Nationalbibliografie; detaillierte bibliografische Daten sind
im Internet über http://dnb.dnb.de abrufbar.

Herstellung und Verlag: BoD – Books on Demand,
Norderstedt
ISBN: 978-3-7578-5458-4

Liebe Leserin, -lieber Leser,

die „Wolves-Saga" um Birgit und Geralt findet nun mit diesem Buch ihr Ende.

Um auch „Querlesern" den Einstieg in diesen fünften Band zu erleichtern, nachfolgend eine Auflistung der wichtigsten Charaktere:

-Geralt ...nach wie vor ein Werwolf

-Birgit ...Geralts Lebensgefährtin

-Josie ...(Eloa), sechsjähriger „Engel" und Adoptivtochter von Beiden

-Ralf ...Geralts älterer Bruder und Wirt vom Bräustüble

-Heike ...Ralfs Freundin

-Dr. Michael Fahrenschon ...Arzt im Krankenhaus und guter Freund

-Mikka ...Erzengel Michael, erster Engel des Herrn und Beschützer von Josie (Eloa)

-Willi ...Kumpel von Birgit und Geralt und Stammgast im Löwenhof

-Steffi ...rothaarige Hexe mit besonderen Fähigkeiten

-Der Doc ...(Er), Geralts und Birgits bisher ärgster Widersacher

-Fräulein und Schädel ...treue „Montagsclub"-Freunde

-Rosie ...Wirtin vom Löwenhof

Die Wiederkehr
- Vergeltung -

- 1 -

...ein Hilferuf

1

Tschechien, Dezember 1979

Seine Schritte knirschten im Schnee. Sie waren deutlich zu
hören,   -selbst für seine Ohren.
Obwohl er eigentlich keine Geräusche machen wollte!
Aber sie hatten ihn schon lange wahrgenommen und gewittert.
-Und jetzt waren sie hinter ihm her.

-Angst.
-Panik!

-Todesangst!!

-Es war in der Nacht bitterkalt geworden und den ganzen Tag
über waren mindestens dreißig Zentimeter Neuschnee vom
Himmel gefallen.
Ein wunderschöner und vorweihnachtlicher Winterabend, wie
man ihn fast nur noch aus Erzählungen kennt!?

Aber,
die Spuren waren deutlich zu erkennen.
Sie waren frisch, und es waren viele!!!
Seiner Schätzung nach mindestens fünf oder sechs Wölfe.
Er konnte es aus dem Durcheinander der Fährten noch nicht
exakt erkennen.
Aber eines sah er deutlich.
-Der Leitwolf war dabei.
Die Größe seiner Pfoten war unverkennbar.

-...und wahrscheinlich?,
...-Nein!,
...er war sich sicher;
...-sie hatten alle Hunger!!!

Er verhielt sich so leise wie nur möglich, …!
Aus seiner anfänglich idyllischen Winterwanderung war nun
eine Odyssee mit tödlichem Ausgang geworden.
Er hatte sich verlaufen!
-Was aber in diesem riesigen und dicht bewaldeten Gebiet keine
Seltenheit war!
Und nun waren sie hinter ihm her!
Sie hatten ihn schon lange verfolgt, und wahrscheinlich jetzt
schon eingekreist!?

Aber plötzlich veränderten die Wölfe ihre Richtung! Er sah sie
nur noch als schleichende Schatten zwischen den Bäumen.
-Sie schienen sich von ihm zu entfernen.
Er könnte fast meinen, dass sie sogar vor ihm davonliefen!?
Trotz des pfeifenden Windes lag ihr animalischer Geruch in der
Luft.
Aber auch dieser veränderte sich jetzt.
Er konnte es nicht anders beschreiben.
-Es roch nach nassem Hund!?

Aber komisch, es schlich immer noch jemand um ihn?
Er kauerte sich in den Schnee und hielt sich schützend die Hand
über die Augen. Er konzentrierte sich auf die Bewegungen der
tiefen Äste und versuchte durch deren Schatten etwas zu
erkennen.
Seine Angst war buchstäblich zu spüren und mit seinem
schnellen, keuchenden Atem wirbelte er frischen Schnee auf.
Ja, -große Schatten schlichen auf ihn zu…., und es waren nicht
mehr die selben wie vorher?
Diese waren größer, schneller und noch bedrohlicher!
-Oder war es nur Einbildung???
Nein!!!

-Rauhes Knurren von vorne und auch hinter ihm.
-Nahe!

Viel zu Nahe!!!
-Er wurde umkreist!!
-Aber nicht mehr von dem Rudel!
Es waren nur noch zwei???

Wiederum nur große Schatten,
… -und dann konnte er sie sehen!

-Sie sahen aus wie große Hunde, -...oder doch nicht!?
-Wolfskreaturen!?, -oder in einem Labor gezüchtete
Missbildungen!?
...oder spielte ihm seine Angst etwas vor???
Durch das Pfeifen des Windes konnte er nun deutlich ein
befehlendes, klares Kommando hören.
Wurden sie von jemandem angeführt???
Aber, wer ...?

-Es waren seine letzten Gedanken!

Sie gingen auf ihn los,
und Gier wurde zu Raserei!
Blut färbte im Nu den weißen Schnee, und die winterliche Idylle
verwandelte sich in ein grellrotes Schlachtfeld.
-...aber es steckte noch viel mehr dahinter!!?

Nachdem die Kreaturen seine Eingeweide gefressen hatten,
… -wie bei den anderen Opfern zuvor,
pfiff eine große, dunkle Gestalt die Beiden schrill und
eindringlich zurück!
Sie gehorchten sofort und gingen der Gestalt links und rechts
zur Seite.
Mit seinen langen Krallen strich der dunkle, große Schatten
ihnen liebevoll durchs Fell.
Das Wolfsrudel beobachtete es respektvoll aus sicherer
Entfernung!

Auf ein kurzes Knurren ihres Leitwolfs machten sie sich
widerwillig davon.
Sie rührten den Kadaver nicht an, ...obwohl der süße Geruch des
gefrierenden Blutes ihre Sinne rasend machte!

2

Es war kurz vor sechs Uhr und Frl. Doktor Christina Pletsch
nahm ihren Dienst auf.
Sie hatte schlecht geschlafen und war noch immer nicht richtig
wach.

Über knapp zwei Jahre arbeitete sie nun schon in der
Gerichtsmedizin im Städtischen Krankenhaus in Pilsen.
Obwohl sie aus Deutschland kam, wurde sie ohne Probleme
dort aufgenommen. Ihre Mutter war Deutsche und ihr Vater
stammte aus Tschechien.
-Nach ihrem Studium in München arbeitete sie als Ärztin in
Decin, einer kleinen Stadt an der Moldau. Als sie dann das
Angebot bekam die Leitung der Gerichtsmedizin in Pilsen zu
übernehmen, überlegte sie nicht lange.
Bisher war es eine, -wenn man es so nennen konnte,
-"angenehme" Anstellung.
Aber seit zwei Wochen hatte sie „außergewöhnliche" Todesfälle
auf ihrem Seziertisch.

„Wölfe" suchten ihre Beute seit kurzer Zeit nicht nur in Schafen,
Ziegen und anderem Getier,
...sondern jetzt standen anscheinend auch Menschen auf ihrer
Speisekarte!?

-Und sie hatte nun schon die dritte Leiche!?

Ihre Stimmung wurde dadurch natürlich nicht besser.

Stani, -ihr Kollege,
-stand bereits vor der Bahre, die heute Nacht in die Forensik
geschoben wurde.
„Was ist es diesmal?", fragte sie ihn missmutig.
„Same as it ever was!?",
...eine Songzeile von den Tubes musste als Antwort herhalten
und er unterstrich dies mit ein paar kurzen Dance-Moves.
„Wieder Wölfe???"
Er nickte.
„Diesen Winter ist es bisher schon außergewöhnlich!"
Stani zog den Reißverschluss des Leichensacks auf und blickte
interessiert auf den Körper, -oder das, was von ihm noch übrig
war.
„Auf drei?"
Gemeinsam hoben sie den männlichen Leichnam von der Bahre
auf den großen Tisch.
Christina nahm das Diktiergerät zur Hand und fing an zu
dokumentieren.

„Große Biss- und Rissspuren an Gesicht, -Hals und Kehle."
Sie schob das Leichentuch nach unten.
„Extreme Bisswunden im Brust und im linken Schulterbereich.
Der linke Oberarm zum Teil bis auf die Knochen freigelegt,
-beziehungsweise abgenagt!"
Sie schmierte sich Eykalyptus-Paste unter die Nase, denn der
Verwesungsgeruch war doch schon sehr dominant.
„Der Brustkorb links, -unterhalb des Rippenbogens aufgerissen
und komplett ausgehöhlt.
Herz, Lunge, Niere...",
sie machte eine kurze Pause.
„....-also sämtliche „Innereien",
... sie fehlen!?"
Wieder strich sie sich unter die Nase.

Stani fotografierte jedes einzelne Detail und folgte dabei mit seiner Kamera ihren Aufzählungen.
Sie ging tiefer.
„Der rechte Hüftknochen ebenfalls komplett freigelegt, ...-mit noch größeren Beschädigungen des Hüftgelenks durch Einwirkung enormer Reißzähne.
-Genitalien so gut wie gar nicht mehr vorhanden und das Fleisch und die Muskeln von beiden Oberschenkeln gerissen!
Der verschiedenen Größe, und der Anzahl der Biss- und Risswunden nach, handelt es sich mit Sicherheit um mindestens zwei Wölfe.“
-Sie holte wieder tief Luft.
„Wobei wir es hier mit extrem großen Exemplaren zu tun haben!“
Stani hatte alles fotografiert, legte seine Kamera beiseite und trat neben sie.
„Alles okay?“
„Geht schon!“, antwortete sie ihm und setzte sich dann an ihren Schreibtisch.
„Der Winter hat erst angefangen!
Wer weiß, was da noch auf uns zukommt!?“
Stani nickte.
„So ein Rudel hatten wir noch nie!
Rehe, Hirsche, Schafe und auch Ziegen! ...-Klar!
-Aber drei Menschen innerhalb zwei Wochen??“
Jetzt schüttelte er dabei den Kopf.
„-Und das Beste ist ja...???
...Die anderen beiden Leichen wurden zusätzlich mit einem uns bisher unbekannten Virus, -Erreger, oder was sonst auch immer infiziert!!!
-Bin echt gespannt ob uns das gleiche bei diesem Leichnam erwartet!?“

Obwohl im Obduktionssaal das Rauchen verboten war, -zündete er sich eine an.

„Solange das bisschen Blut noch gefroren ist, -werden wir es
nicht erfahren!?"
Sie nahm sich ebenfalls eine aus seiner Schachtel.
Bei den beiden vorherigen Leichen,
-einem Mann und einer Frau,
wies das Blut, das ebenfalls durch die Kälte gefroren war, -nach
dem Auftauen eine komische, noch nie dagewesene Gerinnung
und sonderbare „Verfärbung" auf!?

3

Kurz vor neun Uhr bekamen sie Besuch.

„Guten Morgen!
Ich bin Hauptkommissar Slaven von der örtlichen Polizei in
Pilsen."
Er zeigte Stani seine Marke. Christina kannte ihn bereits.
„Einen guten Morgen können wir das leider nicht nennen!?",
antwortete sie ihm und strich sich eine Strähne ihrer
dunkelbraunen Haare hinters Ohr.

„Gut, …-was können sie mir zum aktuellen Fall sagen?",
er blickte zwischen beiden hin und her.
Stani antwortete ihm, und erzählte ihre Erkenntnisse, …-was
Christina nicht unrecht war.
Sie beobachtete weiterhin die Blutgerinnung der neuen Leiche.
Schon jetzt wusste sie, dass sie das gleiche erleben würden, wie
bei den Opfern zuvor.

-Sie waren nicht einfach von einem normalen Wolfsrudel getötet
worden!!?
-Nein!!!
Jedes der Opfer wies einen sehr hohen Infektionsherd auf, -der
nicht von „normalen" Wölfen stammen konnte.

Außerdem waren die Biss- und Risswunden der Opfer extrem groß,
-was ihr, in ihrer gesamten Zeit hier noch nie bei einheimischen Wölfen untergekommen war!?
Sie lehnte sich auf ihrem Stuhl zurück und lauschte beiläufig den Ausführungen ihres Kollegen.

-Ihre Gedanken schweiften ab.
Oder besser gesagt, sie forschten in ihren Synapsen nach irgendetwas, das für Sie das Geschehene greifbar machen könnte!?

...Dr. Fahrenschon???,
...ein leiser Gedanke manifestierte sich in ihr.

...Dr. Fahrenschon!!!

-Vor knapp einem Jahr war sie in Deutschland auf einem Ärztesymposium und hatte Dr. Fahrenschon aus Weißenhorn kennengelernt.
Nach einem anstrengenden Tag in diversen Hörsälen trafen sie sich abends an der Bar des Hotels wieder und tauschten sich über verschiedene Themen aus.
Es ging dabei vorrangig um Infektionen, Gifte, ...

… -und WÖLFE !!!
Sie kramte in der obersten Schublade ihres Schreibtisches.
Dort warf sie gewohnheitsgemäß die Visitenkarten von Vertretern, Kommilitonen, ...und, ...und, … hinein.

Ihre Suche dauerte nicht lange und sie hielt seine Karte in der Hand.
-Er war ihr aber auch sonst in angenehmer Erinnerung!?
Groß, -gutaussehend, -gebildet (was man von einem Arzt eigentlich erwarten konnte?).

-Aber sie hatte auch schon negative Erfahrungen gemacht, mit
sogenannten „Kollegen"!?

Sie war Mitte Dreißig und eine sehr attraktive Erscheinung,
-wenn man sie einmal ohne ihren Doktorkittel und nach hinten
zusammengebundenen Haare antraf!?
Manche Kollegen hatten es schon bei ihr „probiert"!
-Aber bisher war ihr noch keiner „untergekommen", -wegen
dem sie ihr Singledasein aufgeben würde!?
Ihre langen übergeschlagenen Beine wippten auf- und ab.
...-Dr. Fahrenschon käme aber dafür schon in Frage!??...

Sie legte die Karte neben ihr Telefon und wandte sich dann
wieder dem Gespräch von Stani und dem Beamten zu.

-Dabei ließ sie aber die Leiche auf dem Seziertisch nicht mehr
aus den Augen!

4

Tatsächlich!

-Nach einer knappen Stunde sickerte ein kleines Blutrinnsal am
Leichnam entlang.
Sofort stand sie auf und mit einigen Spritzen und diversen
Behältnissen sicherte sie sich Proben davon.
Die meisten davon adressierte sie fürs Labor,
...-aber einige behielt sie für sich!
Slaven, -der Polizist, hatte sich nach seiner Berichtsaufnahme
verabschiedet und nun war sie mit Stani wieder alleine.

„Ich hol mir `nen Kaffee, -magst auch einen?"
Stani ging zur Türe.
Sie nickte ihm zu.

Mit ihm sprach sie tschechisch, denn er konnte nur gebrochen Deutsch.
-Als er aus dem Zimmer war nahm sie die Visitenkarte zur Hand und wählte die Nummer am Telefon.

„Bezirkskrankenhaus Weißenhorn!?", -eine junge Stimme meldete sich.
„Ja, Hallo!
Hier spricht Dr. Christina Pletsch von der Gerichtsmedizin aus Pilsen.
Ich möchte gerne Herrn Dr. Fahrenschon sprechen!?"
„Tut mir leid, Fr. Dr. Pletsch.
Aber Dr. Fahrenschon ist im Notfalleinsatz. Er wird erst gegen fünfzehn Uhr zurück sein!
Soll ich was für ihn ausrichten lassen?"
„Ja bitte, ...sagen sie ihm er soll mich doch, -wenn er Zeit hat, -unter meiner angezeigten Nummer anrufen.
-Sollte es ihm bis neunzehn Uhr nicht reichen, gerne auch unter meiner privaten Nummer.
 -Ich bin heute Abend zuhause, und er darf mich auch spät noch anrufen."
Sie gab ihre private Nummer durch und legte etwas enttäuscht auf.

5

Frisch geduscht trat sie in ihr Wohnzimmer.
Nur noch im Bademantel schaltete sie den Fernseher an und kuschelte sich in ihre Decke.
-Es war schon nach neun Uhr, als das Telefon läutete.
Wider Willen stand sie auf und meldete sich.
„Hallo Christina, ...hier spricht Michael!"
-Sie überlegte kurz.
„Ah, Dr. Fahrenschon???"

„Ja genau der!", tönte es aus der Muschel.
„Du,…äh, - Sie,
… haben heute eine Nachricht für mich hinterlassen!?"
Jetzt war sie unsicher.
 -Waren wir per Du?
Für einen Moment war Funkstille.
„-Entschuldige Michael, …aber es ist halt doch fast ein Jahr
her!?"
Sie schluckte.
„Stimmt!", sagte er.
„Aber ich hab` Dich nicht vergessen!"

Ihre Gedanken überschlugen sich.
-Hab` ich damals irgendwas nicht mitbekommen?
-Zuviel Alkohol?

Sie fasste sich wieder.
„Okay Michael,
-danke und schön dass Du mich zurückrufst!
…-ich hab hier ein besonderes Anliegen und bitte Dich um
deinen Rat, oder Hilfe!?"
„Na dann leg mal los!",
er war noch immer so charmant wie sie ihn in Erinnerung hatte.

Sie berichtete ihm, …und er hörte geduldig zu, ohne sie zu
unterbrechen.
Sie hörte seinen Atem durchs Telefon,
-aber er hatte schon länger nichts mehr gesagt!?
„Michael?
…-bist Du noch dran?"
„Ja Christina, …-auf jeden Fall, ja, das bin ich!"
Interesse und „Sorge" sprachen aus seiner Stimme.
„Hast Du noch Proben oder „Beweise" für deine Vermutung bei
Dir?"
-Sie nickte durchs Telefon, obwohl er es nicht sehen konnte.

„...Aber ich bin dessen halt nicht sicher.
-Dann bist Du mir eingefallen.
Und unsere Gespräche die wir damals geführt haben.
Besonders über Wölfe,
...-oder „ähnliche" Begegnungen die du hattest!?"
Ja, seine Gedanken wanderten etwas zurück.
-Geralt!
„Das war schon einzigartig bisher!", antwortete er ihr dann
schnell.

„Aber da ist noch etwas, das mich extremst verunsichert!!"
Sie fuhr fort.
Selbst durchs Telefon baute sich jetzt eine besondere Spannung
zwischen ihnen auf.
„Einige der Bauern, die das Wolfsrudel in der Dämmerung
beobachtet hatten, ...sowie einer der Jäger die auf sie angesetzt
wurden,
...berichteten etwas sehr, sehr merkwürdiges!!?"
Michaels Nackenhaare stellten sich auf.
Mit leiser, aber fester Stimme sprach sie es aus.

„Einer der Wölfe ging anscheinend auf zwei Beinen!!!"

6

-Bämm!!!
Das hatte gesessen.
Er hatte ihr damals von den Ereignissen mit Geralt, Birgit, Rudi
und Dr. Koppold erzählt.
-Unter der Prämisse, dass sie es niemandem weiter erzählen
sollte!?
Sie hatte Wort gehalten.
Und dieses Gespräch war der Grund warum sie ihn jetzt
kontaktierte.

„Christina, …danke dass Du mich angerufen hast."
In seinen Gedanken war er schon wieder einen Schritt weiter.
Seine eigenen Befürchtungen und Vermutungen wurden nun
bestätigt.
„Wie lange haltet ihr den Leichnam bei euch bevor dieser zur
Beerdigung freigegeben wird?"
„Aktuell sind wir noch in der Beweisaufnahme, und ich denke
es wird erst in drei bis vier Tagen soweit sein!"
Sie sagte dies ohne emotionale Bindung zu dem Opfer.

Er überlegte kurz.

„Okay, pass auf!
Ich mache heute noch zwei, drei Telefonate.
-Werde morgen hier alles soweit fertigmachen.
Dann werde ich meinen Dienstplan umschreiben, …-setze mich
übermorgen früh in den Zug und werde gegen Abend bei
euch!?...
-Sorry, bei Dir sein!!!"
Irgendwie machte sich Erleichterung in ihr breit.
Sie freute sich schon jetzt darauf ihn wiederzusehen!
„Und,…."
er setzte aber noch einen drauf!?

„…ich werde noch jemanden mitbringen!!?"

7

Das Telefon läutete.
Josie lief aus der Küche, schob den kleinen Stuhl unter das an
der Wand montierte Telefon und stieg darauf.
Schnell nahm sie dann den Hörer ab und meldete sich.
„Hallo,
-hier spricht Josie."

„Äh, ...Hallo Josie,
...hier ist Doktor Fahrenschon...und...,"
-sie unterbrach ihn mit heller Stimme.
„-Ich bin nicht krank!!!"
„Nein Josie, ...und es ist gut, dass Du nicht krank bist!
-Aber kann ich bitte Geralt sprechen!?"
Sie stand auf Zehenspitzen.
„Ah, ...Geralt ist auch nicht krank!!!",
und sie legte prompt den Hörer auf.
Ich eilte die Treppe nach unten, da schob sie schon den Stuhl
wieder zurück.
„Wer hat angerufen?",
fragte ich schnell.
Ich war oben im Zimmer und hatte die Wäsche, die mir Birgit
aus der Waschküche mitgegeben hatte, in die Schränke sortiert.
Josie ging seelenruhig zurück in die Küche, setzte sich wieder an
den Tisch, und malte weiter an einem Bild.
„Ein Doktor hat angerufen, -und ich hab ihm gesagt dass wir
nicht krank sind!"
„Josie!!!???,
ich schüttelte den Kopf.
„-Ich hab dir doch schon so oft gesagt dass Du Birgit oder mich
rufen sollst wenn das Telefon klingelt!
Hat er sich denn mit Namen gemeldet?"
Sie schaute nicht von ihrem Bild auf.
„Doktor und Sohn???...",
war ihre lapidare Antwort.

Doktor und Sohn???
...ich überlegte kurz.

-Dr. Fahrenschon!?!

Birgit kam mit noch etwas Wäsche aus dem Keller.
„Wer hat angerufen?"

Ich schmunzelte und deutete auf Josie.
„Ein Doktor und sein Sohn!?
-Und sie hat ihm gesagt dass wir nicht krank sind!"
Auch Birgit fing an zu grinsen, ...aber gleichzeitig sah ich eine
kleine Sorgenfalte!?
Ich blätterte unser Nummernregister durch.

„Fahrenschon!",
bereits nach dem zweiten Läuten meldete er sich.
„Hallo, ...hier ist Geralt.
-Sie haben bei uns angerufen?"

„Ja, ...schön dass Du gleich zurückrufst!
Und, -freut mich dass Du nicht krank bist!!!"
Ich hörte ihn durchs Telefon grinsen?!
„-Aber Spaß beiseite!
Geralt, -ich brauche deine Hilfe.
...oder besser gesagt, -ich möchte Dich gerne für eine besondere
Aufgabe an meiner Seite haben!?"
Jetzt machten sich bei mir Sorgenfalten breit!
Instinktiv stellten sich meine Nackenhaare auf.

Birgit stand neben mir und ich hielt den Hörer so dass sie
mithören konnte.

Ohne lange um den heißen Brei zu reden ließ er die Katze aus
dem Sack.
„Geralt, ...in Tschechien, -nahe der deutschen Grenze gab es ein
paar merkwürdige Todesfälle mit einem Rudel Wölfe.
Ich kenne die zuständige Gerichtsmedizinerin sehr gut, ...und
diese hat mich gestern Abend kontaktiert und mir über diese
Vorfälle berichtet.
Ich habe ihr daraufhin angeboten dass ich mir persönlich vor
Ort ein Bild davon mache, ...-und möchte Dich gerne dabei
haben."

Er machte eine kurze Pause und Birgit sah mich fragend an.
Dann legte er nach.

„Denn es handelt sich dabei aber nicht um gewöhnliche
Wölfe!!!"
Hhm, -das hatte ich mir schon gedacht!
...und Birgit`s Blick darauf sprach Bände, als ich wieder
auflegte.

8

Es bedurfte keinerlei Diskussion.
Dr. Fahrenschon hatte etwas gut bei uns,
...-und auch Birgit stand hinter meinem Entschluss dass ich mit
ihm fahren sollte,
...auch wenn sie sich nicht sicher war, was wirklich auf mich
zukam!?
„Dann muss ich wohl diese Woche auf mein Training
verzichten, und am Sonntag alleine mit Josie zum Schwimmen
gehen!?"
„Das kriegst du doch hin!",
war meine kurze Antwort auf ihre Frage/Vorwurf!
-Seit knapp einem halben Jahr war Birgit Mitglied im
Schützenverein.
Aber nicht für Pistole oder Gewehr.
Nein, ...Bogenschießen war ihre Sportart!
Und sie war gut darin.
Von mir bekam sie zum Geburtstag einen Sportbogen und einen
Köcher mit Aluminiumpfeilen.
Ich wollte aber nicht, dass diese Waffe bei uns zuhause stand,
und so bewahrte sie den Bogen und die Pfeile im Büro vom
Bräustüble auf.
Ralf hatte ihr erlaubt dort auf dem Parkplatz zu üben, und ihr
extra dafür eine große Zielscheibe besorgt.

In kurzer Zeit hatte sie es geschafft in die Mannschaft
aufgenommen zu werden, ...und am meisten beeindruckte sie
ihre Mannschaftskollegen durch ihren Pfeilwechsel.
-Niemand war so schnell wie sie!
Ab- und an schaute ich zum Training im Schützenheim vorbei,
und traf dann auch manchmal auf Willi.
Es war beeindruckend wie zielsicher er mit seiner Magnum war.
Sonntagvormittag war für mich und Birgit „Hallenbadtag"!
Wir gingen regelmäßig mit Josie zum Schwimmen, denn wir
hatten ja am eigenen Leibe erfahren, wie wichtig es war
Schwimmen zu können!
„Geralt, ...wann kommst Du denn wieder?"
Josie schaute mich fragend an, -sie hatte unser Gespräch aus der
Küche mitgehört.
„-Übermorgen ist doch Nikolaus!"
„Tja, ...da muss sich dann wohl Birgit einen Rauschebart
wachsen lassen und Dir mit der Rute den Hintern versohlen!?"
Josie rutschte von der Bank und lief zu mir.
„Hihi hi. ...-das hättest Du wohl gerne!?
-Aber pass nur auf dass Du den Hintern nicht versohlt
bekommst???"
Sie zeigte mit erhobenem Zeigefinger mehrmals auf mich und
klatschte mir dann auf den Po.
Birgit nahm uns beide in die Arme.
„Bringst uns was mit, ...-und kommst gesund wieder???"
Beide drückten mir einen Kuss auf die Wange.
„Klar!!!, ...ist doch bald Weihnachten!!!"

-Lüge!

Mein Inneres sagte mir schon jetzt, dass dem nicht so sein wird!?
Seit den schrecklichen Erlebnissen vor über einem Jahr, als wir
mit den Mächten von Himmel und Hölle konfrontiert wurden,
war mit mir nichts mehr passiert.
Ich hatte meine Bestimmung unter Kontrolle.

Aber jetzt fing es wieder an zu brodeln und irgendetwas in mir wollte nach draußen!!!

9

Um kurz vor acht Uhr morgens wurde ich abgeholt.
Birgit und ich hatten noch die halbe Nacht darüber geredet.
„Wann hört es endlich auf Geralt?"
Sie fragte es mit Besorgnis in ihrer Stimme.
„Wir sind jetzt eine kleine Familie und Du begibst Dich,
...-oder es ist immer Gefahr um Dich, und uns!!!"
-Ich konnte ihre Frage nur mit einem Satz beantworten.

„Tja, es hört wohl erst auf, wenn ich tot bin!!!"

Erschrocken blickte sie mich an und sie erkannte sofort die Ernsthaftigkeit in meinen Augen.
„So etwas darfst Du niemals mehr sagen,
...Nein, -nicht mal mehr denken!!!
Josie schlief tief und fest und wir kuschelten uns eng aneinander.

Es sollte für lange Zeit unsere letzte gemeinsame Nacht sein!

Von einem von Dr. Fahrenschons Rettungswagenfahrer wurden wir zum Bahnhof nach Ulm gebracht.
-Josie weinte bittere Tränen als sie um halb Acht zur Schule musste.

„Pass gut auf Dich auf!",
Birgit verabschiedete mich an der Gartentüre.
„Nur für Euch!",
war meine Antwort.
Wieder gelogen!

„Ja, ...-für uns!!!"
-Ein flüchtiger Kuss auf die Wange, dann stieg ich ins Auto.

-Es erwartete uns eine fast siebenstündige Zugfahrt, - und Dr.
Fahrenschon nutzte die Zeit um mich über alles zu informieren.
-...und, was Birgit nicht unbedingt alles zu wissen brauchte!!!

10

Während der Fahrt und unseren Unterhaltungen bot er mir das
„Du" an.
„Ich bin Michael und ich möchte auch dass Du mich so nennst,
...-und nicht mehr Doktor zu mir sagst!?"
Wir gaben uns die Hand drauf.
„Ich bin Geralt,
...und Sie, ...äh, Du, -darfst auch Geralt zu mir sagen!"
Wir grinsten beide.
Es hatte sich über die letzten Jahre eine nicht nur ärztliche,
sondern auch private Beziehung zwischen Birgit, ihm und mir
entwickelt.
Doch wir wurden schnell wieder ernst.

-Ich musste es ihn einfach fragen!
„Michael,
...-gibt es für mich eine Möglichkeit,
- außer meinem Tod,
...dass meine Bestimmung,
-Fluch,
...oder wie immer wir es nennen wollen!?,
...-aufhört, ...oder endet!?"
Er überlegte nur kurz und antwortete dann bestimmend.
„Leider nein, Geralt.
Du bist nicht mit einem Virus infiziert, den wir wie bei deinem
Bruder durch Bluttransfusion oder ähnliches beseitigen können.

-Bei Dir ist es Erbgut!
Du hast die Gene in Dir, und keine Viren im Blut.
...-Und Du wirst sie genauso weitervererben, wie sie Dir vererbt
wurden!"
Für kurze Zeit war Stille.

„Wie muss, soll, -oder kann ich mir das genau vorstellen?"
Über diese Möglichkeit hatte ich mir noch überhaupt keine
Gedanken gemacht.
„Wenn ich jemanden bewusst beiße, ...-klar!
Aber was ist wenn ich mit Birgit schlafe,
...-oder jemand mit meinem Blut in Kontakt kommt,
-oder ähnliches?"
Ich blickte ihm in die Augen.
„Ja, Geralt! ...-es kann im schlimmsten Falle passieren,
-...ja,... es kann dann durchaus so sein!!!"

Wieder mal Bämm!!!
-Auch diese Erkenntnis war mir jetzt neu!
-Und ich hatte tatsächlich noch nie darüber nachgedacht!

„Geralt, ...es gibt für alles einen Anfang und in deinem Fall
einen sogenannten Wirt!
Sollten wir den ausfindig machen können, gäbe es die
Möglichkeit aus dessen Blut und Erbgut ein Antiserum zu
entwickeln. Dies könnte dann auch dir helfen!?
-Ich hab` schon oft darüber nachgedacht, ...nachgeforscht und
mich damit beschäftigt.
Sollte ich jemals eine Idee, -oder eine Lösung haben,
...dann bist Du sicherlich der Erste, der davon erfährt!"
Michael lehnte sich zurück.

„Aber mir ist noch etwas aufgefallen!?
-Nach jedem Mal wenn Du Dich verwandelt hast, ...hat sich
auch dein Blutbild etwas verändert.

Es sind sehr große Unterschiede von den ersten Proben bis zu
den letzten von Dir!?
Die Wolfsgene in Dir gewinnen dabei langsam aber sicher die
Überhand!!!"
Er blickte mich sorgenvoll an.
„Soll das heißen, dass ich bei jedem Male mehr zum Wolf
werde???"
Erschrocken, -aber irgendwie wissend blickte ich zurück.
„Ja, ...so wird es sein!
Und irgendwann bist Du ganz Wolf!!!
Ich wollte, es Dir schon länger sagen, ...aber dann kam diese
Sache dazwischen!"
Es war ihm unangenehm dass er es mir noch nicht mitgeteilt
hatte.
„Aber zum Glück gehst Du ja vernünftig mit deiner
Bestimmung um!"

-Na das hatte mir jetzt noch gefehlt!?

-Aber ich hatte schon länger das Gefühl dass der Wolf in mir
stärker,
...nein, -fordernd und gieriger wurde!
Er drängte nach draußen!!!
Es fiel mir immer schwerer ihn zu kontrollieren!?
-Und manchmal wollte ich dies auch nicht mehr!

Öfters schon lief ich durch den Wald,
-ließ es zu,
-nahm das berauschende Gefühl in mir auf, …
-erwischte mich dabei den Drang zu haben meine Reißzähne in
jemanden zu verbeißen,….
-zu töten,…
-zu jaulen und zu heulen,…
-und Angst und Schrecken zu verbreiten!!?
...ja, ...ich wollte immer mehr ein Werwolf sein!!!

Trotz der sieben Stunden und zweimaligem Umsteigen wurde es eine sehr kurzweilige Zugfahrt.
-Eisige Kälte empfing uns am Bahnhof in Pilsen.
Es war kurz vor achtzehn Uhr und es fing wieder leicht an zu schneien.
Wir wurden am Bahnhof empfangen.
Ein junger Mann stand mit einem erhobenen Schild auf dem Bahnsteig.
„Dr. Fahrenschon", stand in krakeliger Schrift darauf.
Wir gingen direkt auf ihn zu und er begrüßte uns herzlich.
Nur auf tschechisch.
„…."
„English?", der Doktor und ich konnten leider kein tschechisch.
Außer, …-Danke, Bitte, und ein paar Phrasen,… -nichts.
„Hotel!", kam von ihm als Antwort.
„Okay!" sagten wir beide.
Er nahm uns unsere Taschen ab und packte sie in den Kofferraum eines alten Mercedes.
Wir stiegen hinten ein und schauten interessiert aus dem Fenster.
Aber durch den jetzt dichten Schneefall und die Dunkelheit konnten wir leider von der Pilsener Innenstadt wenig erkennen.
Nach zwanzig Minuten waren wir am Hotel.
-Dort wurden wir genauso herzlich empfangen und der Rezeptionist übergab Michael sowohl die Zimmerschlüssel als auch eine Nachricht.
„….Morgen um neun Uhr lasse ich euch abholen und wir treffen uns dann im Krankenhaus.
-1.UG -Gerichtsmedizin
Ihr bekommt an der Anmeldung Besucherausweise.
-Für den Abend habe ich für uns dann einen Tisch in einem kleinen Restaurant bestellt.
LG Christina"

Im Hotel gab es eine kleine Bar.
Wir verabredeten uns für halb neun.
Dann ging jeder erst mal auf sein Zimmer.
Diese waren sehr einfach eingerichtet aber für uns absolut
ausreichend.
Ich packte meine Tasche aus, die mir Birgit gepackt hatte.
Aus dem Mittelfach nahm ich meinen Kulturbeutel.
-Und es kam noch eine kleine Überraschung zum Vorschein.
Birgit hatte mir eine kleine Flasche Rotwein und eine Tüte
Schokobons untergeschoben.
-Auf denen klebte ein Zettel.

„Für einsame Abende!"

- und Josie hatte einen Kuss darunter gemalt.
Ooh,...-ich vermisste die Beiden jetzt schon!

Doch schnell kehrten meine Gedanken wieder zu mir zurück.
-Ja,
... der Wolf in mir war mächtig!
...und das nicht nur zu Vollmond!
Ich spürte ihn jede Sekunde,
...und oftmals kostete es mich all meine Kraft und Willen ihn zu
kontrollieren..
-Und ich hatte Birgit noch nichts davon erzählt!

12

Durch Klopfen an der Türe wurde ich aus meinen Gedanken
gerissen.
„Geralt, ...wollen wir nach unten gehen?"
Es war Michael.
„Geh` schon mal vor.
-Ich komme gleich!"

Ich stellte die kleine Flasche neben das Bett und legte die Tüte dazu.

Dann holte ich meinen Kapuzenpulli aus der Tasche und schlüpfte in bequeme Turnschuhe.

Der Doktor saß schon an der Bar und hatte ein Glas dunklen Rotwein vor sich.

Ich setzte mich auf den Hocker neben ihn.

„Pivo!", bestellte ich bei der charmanten Angestellten, die hinterm Tresen bediente.

Sie lächelte mich an und sehr professionell zapfte sie mir ein Glas Bier.

Michael und ich stießen daraufhin an.

-Ich spürte, dass noch irgendetwas nicht ausgesprochenes zwischen uns schwelte!?

„Raus damit!", forderte ich ihn auf.

„Siehst Du, -genau deswegen brauche ich Dich hier dabei.

Dein Gespür wird uns in allem hier weiterhelfen!"

Er blickte in sein Glas.

„Ja, ...ich habe Dir noch nicht alles erzählt!"

Er drehte sich leicht auf dem Barhocker zu mir.

„Vor knapp einem halben Jahr wurde bei uns im Krankenhaus eingebrochen.

-Das ist nicht neu für uns.

-Oftmals sind es ehemalige Patienten, ...oder Junkies,

-die Medikamente, Opiate, Spritzen, etc., ...dabei mitgehen lassen."

Mit einem großen Schluck leerte er sein Glas.

„Doch damals war es anders!

Es wurde gezielt nur mein Arztzimmer aufgebrochen."

Für einen Augenblick wurden wir unterbrochen.

„Vino?"

Wieder mit einem auffordernden Lächeln nahm sie das leere Glas des Doktors.

Dieser nickte kurz und lächelte zurück.

Sie stellte ein frisches Glas vor ihn und schenkte ein.

„Dik", bedankte ich mich für den Doc, und es brachte auch mir
ein Lächeln ein.
„Du sprichst tschechisch?", fragte er mich dann.
Ich schüttelte leicht den Kopf.
„Nein, aber ich versuch`s halt!!,
-… jetzt erzähl weiter!"

Er trank einen kleinen Schluck und fuhr dann fort.
„Also, wie gesagt, …es wurde nur mein Büro aufgebrochen und
durchsucht.
-Wertgegenstände,
…unter anderem eine teure Uhr die ich auf meinem Schreibtisch
liegen hatte, - wurden nicht entwendet."
Wieder nahm er sein Glas zur Hand.
-Jetzt mach schon!!!,
-ich saß wie auf Kohlen.
…aber ich konnte es mir fast schon denken!!?
„- Alle Unterlagen über Dich, …die gesamten Proben aus
meinem Kühlschrank, …-und auch die Unterlagen von Birgit
waren weg!"

Stille.

Mein Gehirn arbeitete wieder auf Hochtouren.
Adrenalin schoss durch meinen Körper, …meine Augen fingen
an zu leuchten und meine Fingernägel wurden unbewusst
länger.
„Geralt, …bleib ruhig!!!
-Sie schaut schon auf Dich!!!",
er meinte damit die junge Frau hinter der Bar.
Ich sog tief die Luft durch die Nase.
Ihr Parfüm,
die einzelnen Zigarettenmarken die geraucht wurden,
das Wäschesteif, -das zum Bügeln ihrer Bluse verwendet
wurde, …und, …und, …und!?

Ich konnte alles riechen!
„Geralt!?“, … wieder war es Michael, der mich in die Gegenwart
zurückholte.
„Deine Nägel?“
Schnell zog ich meine Hände unter den Thekentisch.
Trotzdem bekam ich von der Bedienung einen sowohl
interessierten, als auch amüsierten Blick.
„Ja, Geralt, …vielleicht hätte ich es Dir damals sagen sollen!?“
Entschuldigend hielt er mir sein Glas entgegen.

…Vorerst dachte ich meine Gedanken zu Ende.
-Wer hatte Interesse an meinen Unterlagen?
-Wer konnte und wollte damit etwas anfangen???
…-wir hatten dieses Szenario schon einmal!?
-und es endete tödlich!!!
…Birgit!?
…-und nun hatten wir noch Josie!!!
-Für mich kam nur „Einer“ in Frage!!!
…aber ich wollte seinen Namen nicht aussprechen!

„Ich muss zurück!
-Sofort!“,
sprudelte es laut aus mir.
„Ruhig, ruhig, Geralt.“
Michael legte mir die Hand auf die Schulter.
„Ich weiß genau was, …und an wen Du denkst!!!“
Die Bedienung verfolgte weiterhin unser Gespräch.

„Lass mich weiter erzählen,
…-oder besser gesagt es für Dich erklären!“
Jetzt trank ich mein Bier aus und es bedurfte nur eines kurzen
Augenkontaktes und sie zapfte mir ein frisches.

„Genau deinen Gedankengang hatte ich auch.
-Ich verfolgte die Spur und meine Vorahnung!

...Und ja,
deine Ahnung, ...deine Vermutung ist Gewissheit!!!
-Er ist es!!!
Und ich habe ihn nicht mehr aus meinen Gedanken gelassen
und verfolgte jede noch so kleine Spur.
Der Anruf von Christina hat dann auch meine letzten Zweifel
zerstreut!
-Er ist hier,
...und ich bin zu hundert Prozent sicher, dass er mit den
Todesfällen hier zu tun hat!!!"
Ganz tief blickte er jetzt in mich.
„Und, ...ich hätte Dich nicht hierher mitgenommen,
wenn Deine, ...unsere Lieben zuhause in Gefahr wären!"
Die Spannung löste sich nur langsam in mir, aber meine innere
Unruhe war nun endgültig geweckt.

„Er ist hier!!!"
Dieser Gedanke manifestierte sich in mir.
... -Und machte mich gleichzeitig sorgenvoll und zornig!!!

13

„Du wirst morgen noch viel mehr erfahren, was ich Dir bisher
noch nicht erzählt habe.
-Und,
...es ist Ernster als Du momentan glaubst!!!"
Klartext.
„Ich wollte es Dir im Vorfeld nicht erzählen.
Ich kenne Dich gut und weiß, dass Du vielleicht mit Birgit
darüber geredet hättest, oder irgendetwas unternommen hättest
was sie verunsichert oder verängstigt hätte!?"
Ich hatte mich wieder etwas beruhigt und wusste aber auch dass
er es nur gut mit uns meinte.

Nach einem weiteren Glas verabschiedete er sich ins Bett.
„Lass uns schlafen gehen, wir sind beide müde, -und morgen
wird wahrscheinlich ein langer Tag!?
Wir sollten unsere Sinne beieinander haben!“

Wahrscheinlich hatte er Recht,
...aber ich blieb noch sitzen, bestellte mir noch ein Bier und hing
meinen Gedanken nach.
Immer wieder trommelte ich dabei mit den Fingernägeln auf
den Tresen.

„Wie heißt Du?“,
die Bedienung sprach mich in perfektem Deutsch an.
Ich schaute auf und blickte mich um. Sie polierte Gläser und ich
war anscheinend noch der einzige Gast!?
„Geralt“, sagte ich zu ihr.
„Irina“, sie streckte mir ihre Hand entgegen.
„Du bist ein „wandelnder Wolf“, ...stimmt`s???“
-Sie verblüffte mich.

„Äh, ...was meinst Du?“,
ich hatte mich durch meine Augen und Fingernägel verraten.
Sie trat näher zu mir und beugte sich über die Theke.
„Ich höre,
-sehe,
...und weiß sehr viel!!!“
Jetzt umgab sie eine geheimnisvolle Aura.

„Wenn Du magst komme ich nachher auf dein Zimmer und wir
können reden!?“
Herausfordernd sah sie mich dabei an.
„Okay!!!“ antwortete ich etwas überrascht.
„- Zimmer sieben!“,
...mehr brachte ich nicht heraus.
„Ich weiß, ...-fünfzehn Minuten!!!“

Sie klopfte leise.
„Komm rein!",
-ich hatte die Decke vom Bett zurückgeschlagen und wir setzten
uns darauf.

Wow!
-Sie hatte einen schwarzen Ledermini an, der ihre makellosen
langen Beine perfekt in Szene setzte.
Unter der langen Schürze die sie in der Bar trug, war mir/uns
dies gar nicht aufgefallen.
Hinter ihrem Rücken hatte sie eine Flasche Rotwein und zwei
Gläser versteckt.

„Dauert länger!?",
sagte sie zu mir und zog mit den Zähnen den vorbereiteten
Korken aus der Flasche und schenkte ein.

Aktuell wusste ich jetzt nicht genau, ob sie vor hatte mich zu
verführen, oder ob sie mir irgendetwas mitteilen wollte.
-Ihr hochgerutschter Rock ließ eher das erste vermuten!?
Wir prosteten uns zu.
-Ich war mehr wie nervös!?
„Geralt!
Vor drei Wochen war ein Mann bei uns zu Gast, der ähnlich wie
Du heute Abend reagiert hat."
Ich konnte es nicht so richtig einordnen, ob ich jetzt enttäuscht
sein sollte dass es das erste nicht war!?
Aber mich interessierte das zweite mehr,
-obwohl mir der Alkohol schon etwas zu Kopfe gestiegen war.
„Erzähl!", forderte ich sie auf.

Mit leiser Stimme begann sie zu reden.

„Er setzte sich zu mir an die Bar.
Ich schätzte ihn so auf Ende Fünfzig.
-Graues dünnes Haar, -und er sah etwas ausgemergelt aus.
Aber er hatte listige, aufmerksame Augen und immer wieder
inhalierte er die Luft durch die Nase,
-so wie Du vorher.“
Ihr entging es natürlich nicht, dass meine Blicke immer wieder
an ihren Beinen hängen blieben.
„Es kam zum Streit an diesem Abend!
Einem meiner Stammgäste passte es nicht wie er mich immer
wieder von oben bis unten anstarrte und beschnüffelte!?
Tja, …???
Auf jeden Fall kam es soweit, dass sie handgreiflich wurden.
Ich musste mich auch um andere Gäste kümmern und bekam es
dann nur noch am Rande mit.
Andere trauten sich nicht einzugreifen, da seine Augen irre
glühten und seine Hände zu langen Klauen wurden!“
Sie schenkte nochmal nach, …--und ihre tollen Beine waren mir
in diesem Moment egal!
„Sie gingen nach draußen und vom Fenster aus konnte ich
sehen wie er hoch aufgerichtet über ihm stand und ihm
drohte, …-und dann schnell in der dunklen Straße verschwand.
…er sah dabei genauso aus wie Du vorher!!!
-Ein wandelnder Wolf!!!“
Und sie setzte noch einen drauf.
„Und, …und ich weiß von was ich rede,
…-denn wir haben auch einen in unserer Familie!“
Die letzten Worte sprach sie sehr eindringlich und leise.
-Aber ich verstand sofort,
…und es überraschte mich nicht!!!
Es wurde spät, …oder besser gesagt früh.
Wir unterhielten uns sehr intensiv.
Sie erzählte mir alles,
…-und irgendwie kamen wir immer wieder zu meiner
Bestimmung zurück.

Es gab so viele Übereinstimmungen!?
-Unglaubliche Übereinstimmungen!!!
-Und Erkenntnisse!!!
-Unglaubliche Erkenntnisse!!!

...mein Opa,…
-ja, ...mein Opa,
er wurde von ihrem Opa,
-ja, von ihrem Opa,
...-ausserwählt!?
…-gebissen!
...-infiziert!!!
-War es Zufall?!
-Schicksal!?
-Bestimmung???
Ich hörte ihr nur noch fasziniert zu,
-konnte einiges nicht glauben,
...doch gerade ich sollte es können!?

-Und der Kreis schloss sich zu einem großen Ganzen!!!

Ich hatte meinen „Wirt" gefunden!
-Den Auslöser!!!

Was bedeutet das für mich?
-Heilung???
Will ich das überhaupt???

Nachdem wir uns ausgesprochen hatten,
-und ich so langsam alles nachvollziehen konnte,
-stand ich verstört, aber auch um viele Erkenntnisse reicher,
langsam auf.
Wieder drehte sich alles in mir.
-Das konnte doch alles kein Zufall sein???
Ich sammelte mich.

-Ich sollte sie töten!
...Zerfetzen!!!
Mit ihrem Blut meinen Durst stillen!!!

„Willst Du es sehen?",
-ich drehte mich plötzlich zu ihr.
...sie hatte es sich verdient!
-aber ich wollte sie auch erschrecken,
ihr Angst machen,
vielleicht sogar...???...

-Verdient???
-"Was tust Du"???,
...fragte ich mich selbst.

Etwas ängstlich nickte sie.
Irgendwie war es jetzt wie eine innere Verbindung,
-ja, ...und die hatten wir jetzt auch!
Ich atmete kurz flach und trat dann plötzlich dicht vor sie.

Sie erschrak,
...-war aber auch sofort fasziniert!
-und Sie verstand!!!

„Ich werde es niemandem sagen!",
versprach sie mir.
...Gleichzeitig verspürte ich aber eine noch nie dagewesene Gier
über sie herzufallen,
-ihr hübsches Antlitz zu zerstören,
...und ihre Schmerzen und ihre Furcht in mir aufzusaugen!!?
Vor meinen wiederum leuchtenden Augen sah ich rotes Blut,
das ihr über die langen Beine floss, …!?
...ich sah, wie sich meine langen Reißzähne in ihre Kehle
gruben…!!!
-Alles in mir verzehrte sich nach ihr!!!

Aber wiederum siegte „noch" die Vernunft!

Es dämmerte schon, als wir uns schließlich verabschiedeten.

„Sehen wir uns heute wieder?",
 fragte sie mich als ich sie sanft und etwas widerstrebend aus
meinen Zimmer schob.
„Hhm!?,
mal sehen!?"
Ich schaute ihr noch kurz hinterher und schloss langsam die
Tür.

-Sollte ich es Michael erzählen?
Vielleicht gab es damit sogar die Möglichkeit meine
„Bestimmung" zu beeinflussen,
...wenn wir sozusagen meinen „Wirt", oder meinen „Erreger"
kannten!?
...Aber eigentlich wollte ich es gar nicht!??
-Es fühlte sich so herrlich an!

…Frei!
...Machtvoll!
-Animalisch!!!

2

- ...innere Unruhe

Anfangs war ich beim Frühstück noch nicht so redselig.
Doch nach der zweiten Tasse Kaffee erzählte ich Michael aber
„fast" alles.
Ich berichtete ihm was mir Irina über den Doc gesagt hatte.
„Geralt, ...du merkst selbst!?
-Es war nicht nur ein Verdacht oder Hirngespinst.
Er war, und er ist noch hier!!?
Und um Dich mache ich mir langsam auch ernsthafte Sorgen!?"

„Wo war er inhaftiert?",
während meiner Frage schmierte ich mir ein Marmeladebrot.
(...vielleicht half etwas Süßes gegen die in mir aufbrausende
Gier, aber die Erdbeermarmelade sah aus wie geleeartiges
Blut!??)
Seine Antwort holte mich aus meinen Gedanken.
„In Straubing.
-Das ist gut über hundert Kilometer von hier.
Und er wurde im Juni dieses Jahres entlassen."

Mit vollem Mund redete ich weiter.
„Tja,
da hatte er ja dann auch im Gefängnis die dementsprechenden
„Kumpane" mit denen er seine perfiden Pläne weiter schmieden
und ausführen konnte!?"
Das Brot schmeckte.
-Und die Marmelade schimmerte rot.
„Ich frage mich trotzdem noch immer, ...was ich,
-oder meine Familie ihm angetan haben???"
Beide zuckten wir dabei mit den Schultern.
Der Rezeptionist trat zu uns an den Tisch.
„Driver is here!"

Wir tranken unseren Kaffee aus, zogen unsere Jacken an und
gingen nach draußen.
Es schneite noch immer, -jetzt aber viel, viel stärker.

-Im Radio wurde für heute und morgen ein starker Schneesturm
vorausgesagt!

An der Anmeldung bekamen wir Besucherausweise überreicht
und eine Krankenpflegerin führte uns die Treppen des
Krankenhauses nach unten zur Forensik.
„Dr. Pletsch wartet.
-Ihr Willkommen!
Gute Hilfe aus Deutschland!“,
sagte sie dabei zu uns.
„Überteibs mal nicht!“,
dachte ich bei mir.
„Ihr wisst nicht wen?,
...-oder was ihr euch ins Haus geholt habt!?“
Ich fuhr mir mit der Zunge über meine spitzen Zähne.

Wir mussten die übliche Schutzkleidung überziehen und traten
dann durch eine große Schwingtür.

„Michael!“,
-sofort erhob sich eine hübsche Frau im Arztkittel von ihrem
Schreibtisch und eilte auf uns zu.
Sie umarmten sich und musterten sich dann von oben bis unten.
„Du siehst nach wie vor sehr gut aus!“,
Michael war wieder Charmeur.
„Das kann ich nur zurückgeben!“,
antwortete sie.
Sie lösten sich voneinander.

„Christina, ...-ich möchte Dir jemanden vorstellen!?“
Er drehte sich zu mir.
„Ich hab` Dir ja gesagt, dass ich noch jemanden mitbringe.
-Das ist Geralt!“
Ich streckte ihr meine Hand entgegen und sie erwiderte meinen
Handschlag.

-Sie roch betörend!
Trotz der anderen „Düfte"!?
„Schön Dich kennenzulernen.",
sagte sie interessiert zu mir.
„Hab schon einiges von Dir gehört!"
Unsere Blicke trafen sich und hielten sich sofort fest.
„Ich leider noch wenig von Ihnen, -aber ich denke das wird sich
ändern!?"
„Okay, Geralt,
...dann fangen wir gleich damit an.
Ich bin Christina!"
Ich konnte sehr vieles aus ihr lesen,
...-aber erstaunlicherweise Sie aus mir auch!?

„-Du bist also der „wandelnde Wolf" !?"
„Hhm!", mein Ruf eilte mir also voraus!?
-Sollte ich stolz darauf sein?

15

Nach dem das Austauschen der Höflichkeiten vorüber war,
kamen wir zum „Wesentlichen"!

„Schauen wir uns gemeinsam die Leiche an.
Aber es erwartet euch kein schöner Anblick!?"
Sie reichte uns eine kleine Minzedose.
Dann öffnete sie eine der eingelassenen Klappen an der Wand
und rollte den Bahrentisch heraus, auf dem der Leichnam lag.

Michael und Christina gingen links und rechts um die Bahre
und unterhielten sich dabei über dies und jenes, ...in ihrer
eigenen Ärztesprache.

-Ich konzentrierte mich auf meine eigene Art und Weise.

Meine Nasenflügel weiteten sich und ich inhalierte jegliche
Gerüche, die in und um den Leichnam schwelgten.
Außerdem „fotografierte" und analysierte ich für mein inneres
Auge die Biss- und Risswunden am kompletten Körper des
Opfers.
„...-es war definitiv ein Wolf!",
Michael sagte es bestätigend zu Christina.
„Nicht nur einer!!!",
ich sagte es mit Nachdruck.
Und für Wölfe waren sie sehr, sehr groß!"
-Außerdem setzte sich ein ungewöhnlicher Geruch in meiner
Nase fest.

Beide blickten sofort aufmerksam zu mir.
„Okay!"
Christina schob die Bahre zurück und schloss die Klappe.
„Lasst uns nach oben gehen und unsere Eindrücke
zusammentragen!"
-Ich wusste, dass Sie dabei nur auf meine Meinung aus war!
Sie holte Kaffee für uns alle und wir setzten uns in eine ruhige
Ecke der Cafeteria.
„Was wisst ihr, - was ich noch nicht weiß?"
Ihr Blick galt dabei aber nur mir.
„Sahen die anderen Leichen genauso aus?",
war meine erste Frage.
Sie nickte.
„Fast identisch!
Die kompletten Eingeweide fehlten bei allen!"
Sie lehnte sich zurück und überlegte kurz.
„Nur bei der ersten Leiche war etwas anders!
Bei ihr wiesen alle Bisswunden noch die gleiche Größe auf.
-Aber auch sehr, sehr große!"
Das ließ mich noch mehr aufhorchen.
„Wie lange ist das her?"
Ihre Stirn legte sich in Falten, dann antwortete sie.

„Die erste der drei Leichen bekamen wir am zwanzigsten letzten
Monats.
-Ich weiß das deswegen so genau, da es an meinem Geburtstag
war!"
Sie strich sich durchs Haar und blickte zu Michael.
„Hhm, -also vor knapp drei Wochen!?"
-Und, ...nachträglich alles Gute!"
Auch Michael nickte ihr etwas betreten zu.
-Hatte er ihren Geburtstag vergessen, oder hatten sie nie
darüber geredet?
-Schnell legte ich den Gedanken wieder zur Seite.
„Danke,
-aber an diesem Tage war gar nichts gut!!!
-Aber jetzt erzählt mir mal was!"
Diese Aufforderung galt Michael, ...-und der tat wie geheißen.

Ich erzählte ihr danach noch zusätzlich von meinen
Erkenntnissen von heute Nacht, - und über die von Irina
erwähnte Auseinandersetzung in der Bar, -so wie sie es mir
zugetragen hatte.
„Okay!",
Christina streckte sich kurz auf ihrem Stuhl.
„Das heißt, dass ein ehemaliger „Kollege" von uns für diese
Sauerei hier wahrscheinlich verantwortlich ist?"
Ich ging nach ihrer Frage davon aus, dass Sie den Doc nie
persönlich kennengelernt hatte!?
„-Nicht nur wahrscheinlich!",
warf ich ein.
„Er war und ist es,
...aber ich werde nur noch nicht schlau draus, wie alles
zusammenhängt, ... - und warum!?"
Michael nickte.
Jetzt wandte er sich an Christina.
„-Und Du hast soeben erfahren, dass er vor nichts
zurückschreckt!"

Immer noch taten sich mir Fragezeichen auf und ich ließ meinen
Vermutungen freien Lauf.
„Also, …er wurde vor einem halben Jahr aus der Haft entlassen.
-Danach ist er bei Dir eingebrochen!?"
Ich blickte zu Michael.
Dieser stimmte mir achselzuckend zu.
„-Die erste Leiche wurde nur von einem, …aber sehr großen
„Wolf" getötet!?
Bei der zweiten und der jetzigen waren es dann zwei „Wölfe"?
-Er kennt hier niemanden!?
-Er ist nach Pilsen in die Hotelbar gekommen!?
-Es gab Streit!?…!"
Ich hielt inne.
-Hhm!?
„Ich bin mir ziemlich sicher, dass er hier Helfer oder Bekannte
hat!
-Warum ist er sonst hierher gekommen???"
Dann überlegte ich kurz, -niemand unterbrach mich.
„Was ist aus seinen Hunden geworden?"
Beide sahen mich darauf fragend an.
Christina konnte es nicht wissen!?
Seine Schäferhunde waren sehr groß.
-Größer wie Wölfe!
„Auf was spielst Du an?"
Michael fasste meinen Gedanken auf.
Ich sortierte mich nochmals kurz und fasste dann zusammen.
„Ich bin überzeugt, dass er für das erste selbst Opfer
verantwortlich ist!!!
Die anderen Leichen gehen auf das Konto seiner beiden
Hunde!"
Christina hing mit ihren Blicken an meinen Lippen.
„Aber,…"
ich machte wieder eine kurze Pause,
-und um uns herum war es gefühlt mucksmäuschenstill und ich
flüsterte unmerklich.

„Aber,
...seine Hunde sind keine Hunde mehr!
Ja, … - ich bin mir sicher!
Er hat sie mit Hilfe meiner, - und der anderen Proben
gentechnisch manipuliert, ...-Experimente durchgeführt!,
...-und sich dadurch zwei extrem gefährliche und
unberechenbare Tötungsmaschinen erschaffen!!!“
Dann machte ich eine kurze Pause, schaute zwischen beiden hin
und her und fuhr dann fort.
„...und höchstwahrscheinlich hat er sich selbst auch zum
Werwolf oder etwas ähnlichem gespritzt!
...Und er weiß die Todesfälle gegenüber der Polizei, den Jägern
und der Bevölkerung perfekt durch das Wolfsrudel zu tarnen!!!“
Beide sahen mich mit weit aufgerissenen Augen noch etwas
ungläubig an, ...-aber ich spürte und erkannte, wie sie meinen
Gedanken folgten und sie immer mehr bei mir waren!
Auffordernd blickte ich zu Christina.
„Kennst Du jemanden von der JVA in Straubing, den wir
kontaktieren könnten?
-Vertrauensvoll?“, schickte ich hinterher.
Michael wandte sich mir zu.
„Geralt, ...was hast Du vor?“
„Hhm, ...er muss einen oder mehrere Helfer in der JVA gehabt
haben.
Vielleicht sogar jemand der seine beiden Hunde aus dem
Tierheim geholt hat!
Alleine konnte er das nicht bewerkstelligen!?
-Wir sollten das alles schnellstens nachprüfen!?“

„Ich denke, dass Hauptkommissar Slaven von der Kripo uns
hierbei vielleicht weiterhelfen kann.
Er ist mit den drei Fällen hier vertraut!“
Christina sagte es mit Überzeugung.
„Kannst Du für uns ein Treffen mit ihm organisieren?“,
-Michael war sofort auf einer Wellenlänge mit mir.

„Na klar! … Wann?"
„Am besten gleich morgen im Laufe des Vormittags!
…-Und danach fahren wir zu den Fundstellen der Opfer!"
Christina nickte Michael zu.
„Das krieg ich hin,
aber zieht euch dafür warm an.
Wir fahren in eine ziemlich entlegene Gegend!"

16

Es war früher Nachmittag, aber trotzdem schon dunkel, als wir
uns von Christina verabschiedeten.
Außerdem schneite es wieder.
„Bis heute Abend!"
Michael nahm sie in den Arm und drückte sie.
Wiederum wurden wir zurück ins Hotel gefahren.

„Ich lass euch heute Abend alleine essen!", sagte ich zu Michael.
„Warum denn?
-Die Einladung galt uns Beiden!"
Er blickte mich an.
„Ich denke, …und habe gespürt, dass ihr euch einiges zu sagen
und zu erzählen habt, das mich wahrscheinlich nichts angeht?!?
-Entschuldige mich einfach bei Christina,
…sag nen lieben Gruß und mach das Beste aus dem Abend!
-Ich werd` in die Bar gehen, und wer weiß, …vielleicht erfahre
ich noch das ein oder andere!?"
An seinem Blick erkannte ich, dass er verstand was ich damit
meinte.
…Aber er suchte auch nach etwas anderem in meinen Augen,
-sprach es aber nicht aus!!!

„Na dann, sei anständig!,
…mach keine Dummheiten!!!", war seine Aufforderung an mich.

-Auch ich verstand.
„-Bist Du jetzt meine Mutter???“,
war meine Antwort darauf!

17

Kurz nach acht ging ich nach unten in die Hotellobby.
Lange Zeit hatte ich über alles Gesprochene, ...und von mir
Gefühlte nachgedacht.
An der Rezeption fragte ich nach einem Telefon.
Der Angestellte schob mir den Apparat zu.
„Germany?“
Ich nickte.
Er schob mir ein Blatt zu, auf dem die ortsüblichen Vorwahlen,
-so wie die Ländervorwahlen, - und die Handhabung des
Telefons aufgeschrieben waren.
„Dik!“, … ich bedankte mich wieder auf tschechisch.

-Heute war Nikolaustag.
Konzentriert wählte ich unsere Nummer.
Es dauerte ein paar Freizeichen, bevor sich jemand meldete.
„Hallo hier spricht Josie.
-Und wer bist Du?“
Ich hörte im Hintergrund jemanden leise Lachen.
-Sie hatten meinen Anruf erwartet.
-Okay, ...was ihr könnt kann ich auch!
„Hallo Josie!“,
-laut und mit tiefer, verstellter Stimme meldete ich mich.
„Hier spricht der Nikolaus!!!
...und warum bist du noch nicht im Bett?“
Vor meinem inneren Auge sah ich sie wieder auf dem Stuhl
stehen, mit dem Hörer in der Hand.
„Ahm, ...-ah, ...Birgit hat mir erlaubt heute etwas länger
aufzubleiben!“

Wiederum mit tiefer Stimme fragte ich weiter, ...genau so, wie
man es als Kind vom Nikolaus erwartet.
„-Warst Du denn auch brav?"
„Äh, … -ja!?"
Unsicherheit lag jetzt in ihrer Stimme.
...ich hörte wie Birgit leise schelmisch nachfragte!?
„Wer ist es denn, Josie?"
Leise antwortete sie ihr.
„Der Nikolaus!!!"
Birgit spielte sofort mit.
„Dann musst Du ihm jetzt ganz ehrlich antworten!"
-Ich konnte durch den Hörer fast sehen wie Josie nickte.
-Und ich grinste über alle vier Backen!

„Hast Du denn deine Hausaufgaben anständig gemacht und
lernst Du auch fleißig in der Schule?"
Schnell und eifrig antwortete sie mir.
„Ja, ...ja,...heute habe ich fünf Wörter im Setzkasten ganz alleine
gesteckt und ich hab mich dreimal in der Schule gemeldet,
-...mit der Hand nach oben.
-Aber, ...aber die Lehrerin hat mich nur einmal
drangenommen!"
Es sprudelte aus ihr.
„...Und ich habe „n" und „m" gelernt!"
Ich versuchte nicht zu lachen.
-Und immer noch mit tiefer Stimme.
„...-hilfst Du denn auch Birgit zu Hause???"
„Ja, -Nikolaus!
...Da, da kannst Du sie selber fragen!!!
-Ja, das kannst Du!!!
Heute haben wir schon den Weihnachtsschmuck aus dem
Schrank geholt und ich habe die Kugeln und die Sterne sortiert.
Und, -und ich habe für Geralt eine Kerze angezündet und ans
Fenster gestellt,
...denn der ist ganz, ganz weit weg!

...Und dass er wieder zu uns heim findet habe ich die Kerze
angezündet!...“,
Sie redete sich in einen Wasserfall.
-Aber auch ich war jetzt nahe am Wasser gebaut!?
Ich musste sie unterbrechen.

„Josie,
...das hast Du Klasse gemacht!“,
sagte ich mit normaler Stimme.
„Birgit soll Dir einen ganz, ganz dicken Kuss von mir geben!!!“

-Für einen Moment war Stille.
Dann prustete sie los.
„Geralt,“,
ich hörte wie sie Luft holte.
„...Du Schlingel!!!
...Du hast mich reingelegt!?!
-Komm Du mir jah nach Hause!!!“
Ich konnte ihren erhobenen Zeigefinger, und ihr bestimmendes
Kopfnicken durchs Telefon sehen.
Wir lachten beide.
-Dann hatte ich Birgit am Telefon.

„Hey!?“
„Auch Hey!“
„Na, wie kommt ihr ohne mich klar?“
Es lag ein bisschen Wehmut in meiner Stimme.
„Geht so, ...aber mit Dir wär`s schöner!“,
sie brauchte es mir nicht zu sagen,
... ich wurde von ihnen genauso vermisst, wie sie von mir.
-Wobei sich bei mir ein komisches Gefühl einstellte!?
Ich erzählte ihr unsere bisherigen Erkenntnisse, ließ aber den
Namen vom Doc unerwähnt.
„Wann kommst Du wieder?“,
-ich konnte die Sorge aus ihrer Frage hören!

„Hhm?, ...wir fahren morgen zum Tatgebiet und wollen eine
Nacht in einer Jagdhütte bleiben.
-Also ich denke frühestens in drei Tagen,
...wenn uns das Wetter keinen Strich durch die Rechnung
macht!?
Es schneit nun schon seit zwei Tagen ununterbrochen!"
„Na dann pass gut auf Dich auf und komm gesund wieder. Wir
freuen uns so auf Dich!!!"
Sie gab mir einen Kuss durchs Telefon.
„Grüße Dr. Fahrenschon von mir."
„Und Du drückst Josie für mich!
... -hab euch lieb!"
(-zum Fressen gern!!!...)
Sofort legte ich auf.
-Ich hatte ihr wieder einmal nicht die ganze Wahrheit gesagt!

Nachdenklich ging ich an die Bar.

18

Irina begrüßte mich mit einem Lächeln.
„Hallo Geralt, -ein Bier?"
„Hhm!", antwortete ich nickend, -immer noch in Gedanken.
„Alles okay mit Dir?", fragte sie, während sie mir ein Glas
einschenkte.
„Ja, -alles gut!"
-Gelogen.
Ich nahm einen großen Schluck.
„Und, ... neue Erkenntnisse?", es klang beiläufig.
Aber ich konnte spüren dass sie mich sehr genau dabei
musterte.
„Schon!", ein leichtes Frösteln kroch über meine Nackenhaare.
Ich sog die Luft langsam durch die Nase.
-Wasserlilie!?

Ihr Parfum.
-Wasserlilie!
Es roch dezent und angenehm.
-Aber die Luft war durchzogen mit einem Duft aus Eykalyptus
und Minze!?
Das hatte ich doch heute schon mal?
In der Gerichtsmedizin!!!
Woher kam der Geruch jetzt?
-Das Frösteln im Nacken wurde stärker!

„Wie war dein Tag?
-Was hast Du gemacht?", fragte ich sie, interessiert und mit
spitzen Sinnen.
„Ich hab` erstmal ausgeschlafen.
War ja spät bei mir heute Nacht!", sie lachte mich dabei an.
„Dann war ich in der Stadt einkaufen und um fünf hab ich hier
wieder angefangen.
-Also bisher nichts Aufregendes!?",
ihre Betonung lag auf „bisher" und sie strahlte mich weiter an.
Außer mir war nur ein weiterer Gast in der Bar.
Er saß zwei Stühle weiter und verfolgte unser Gespräch sehr
aufmerksam.
„Noch ein Drink, Stani?", fragte sie ihn, als er sein leeres Glas
abstellte.
Er nickte ihr zu.
Stani? ...-Heißt nicht der Assistent von Christina so?
Ich schnüffelte unbemerkt in seine Richtung und beobachtete
ihn.
-Ja, ...und er roch nach Krankenhaus!
-Nach Desinfektion,
-nach Eukalyptus,
-nach Minze,
-nach billigem Deo
-und nach Whisky.
-...Er strömte diesen Geruch aus!

Irgendetwas stimmte hier nicht!
-Das war kein Zufall?
So langsam hatte ich eine „Nase" dafür!?

Meine Vermutung sollte sich sehr schnell bewahrheiten!!!

Er blickte immer wieder kurz zu mir, ...und ich wollte schon
aufstehen und zu ihm rüber gehen,...

...da lief Michael in die Bar.
-Alleine!!!

„Nanu, ...das war aber ein schnelles Abendessen?!"
-"Date"!, wollte ich nicht sagen.
„Tja, Geralt.
Es hat kein Abendessen stattgefunden!
-Christina hat mich versetzt!"
Enttäuschung sprach aus seiner Antwort.
„Wie, ...was?", fragte ich nach.
Er bestellte bei Irina ein Glas Rotwein.

„Sie ist nicht zu unserem Treff erschienen.
Ich hab` dann vom Restaurant aus bei ihr angerufen,
...aber es ging niemand ans Telefon.
Bei meinem weiteren Anruf im Krankenhaus haben sie mir dann
versichert, dass sie sogar überpünktlich nach Hause gegangen
ist!?
-Ich ließ mich zu ihr nach Hause fahren, aber es war niemand
da, und ihre Wohnung war dunkel, so wie ich sehen konnte!?"
Er nahm einen großen Schluck.
„-Hier war sie auch nicht? ...Oder???"
Ich verneinte seine Frage.
Wieder einmal manifestierte sich eine Ahnung in mir.

-Geralt!!!, ...dein zweiter Vorname ist „Gefahr oder Ärger"!!?

Aus dem Augenwinkel nahm ich wahr, wie Stani Irina einen schnellen Blick zu warf, und diese wissentlich nickte.
-...Ich muss noch etwas aufmerksamer sein!, ...sagte ich zu mir.

Das Frösteln war immer noch da!

„Ich geh` nochmal telefonieren!"
Michael stand auf und ging mit sichtlicher Enttäuschung zur Rezeption.
Ich drehte mich sofort zu Stani, stand dabei auf, und sagte barsch zu ihm,
„Okay, ...-was ist hier los?
-Und auch Du solltest zuhören!!!",
das galt Irina.
Ein leichtes Leuchten meiner Augen sollte die Ernsthaftigkeit meiner Frage unterstreichen.

Stani griff sofort in die Innentasche seiner Jacke und holte ein gefaltetes Blatt Papier hervor.
Ängstlich legte er es vor mich.
„Nachricht!!!",
raunzte er mir zu.
„Nachricht für Dir!!!"
-Sein Deutsch war nicht so gut wie das von Irina.
Dann stand er auf und wollte gehen.
„Nein, nein,...Du bleibst erst mal schön hier!!!"
Ich hielt ihn an der Schulter fest und drückte ihn wieder auf seinen Hocker.
„Nix getan, ...nix getan!!! -Nur überbringen!!!"
Ich blickte ihm in die Augen und sah und roch seine Angst.
„Wer hat Dir den Zettel gegeben?",
-mir war sofort klar, dass er nur ein „Handlanger" war.
„...Andere Doktor!!! -Alte Doktor!", brabbelte er.
„...Doktor mit große Hunde, ...oder Wolfen, ...-oder was auch ist!?!"

Mehr brauchte er mir nicht zu sagen.

„-Wo ist dieser andere Doktor?
Du brauchst keine Angst vor mir zu haben!!
Und du weißt doch sicherlich auch wo Christina ist?“
Das Leuchten in meinen Augen erlosch,
…aber ich hielt ihn noch immer fest.
Er schüttelte den Kopf und versuchte sich aus meinem Griff zu
befreien.
„…Keine Angst vor Dir!
Nein, …keine Angst vor Dir!
Angst vor andere Doktor und seine Viecher!“
-Seine Angst stank!!!
Widerlich!!!
Er fing fast an zu heulen.
„Ist Tyrann!!!
-Gefahr!!!
-Mein Family in Danger!
Aber jetzt, er ist weg!
-Heute gefahren!
Nur gesagt, …gib Nachricht.
…Gib Nachricht zu Ihnen!!!“
Damit meinte er wohl Michael und mich.
„Und weiß auch nix von Christina.
-Heute Christina von Arbeit gegangen um mit diese Mann,…“
dabei ging sein Blick zu Michael der vor der Rezeption stand,
„…mit ihm ausgehen!“
Ich glaubte ihm,
…denn zwischenzeitlich sprach nackte Angst aus seinen Augen.
Ich ließ ihn los.
-Sofort und schnell machte er sich aus dem Staub.

Ich blickte hinter den Tresen zu Irina.
…-Ich holte tief Luft!
„Und was hast Du damit zu tun?“

Sie schaute mich aufrichtig an.
„Mir hat er nur erzählt dass er eine Nachricht für dich hat!"
Den Zettel vor mir hatte ich noch nicht angerührt.
-Ich wusste was kommen würde!?

Michael hatte bisher noch nichts von alledem mitbekommen.
Langsam faltete ich das Blatt Papier auseinander.
Irina stellte sich auf Zehenspitzen hinter der Bar und reckte den
Kopf.

Michael kam mit enttäuschter Miene zurück und schaute mich
und das Papier fragend an.
Es war mit einem schwarzen Filzschreiber und in typischer
„Doktorschrift" etwas darauf geschrieben!?

Geralt, ...
-ich werde Dir alles nehmen was Du
liebst!!!
Versprochen!!!

Ich legte das Papier auf den Tresen, und beide schauten drauf.
-Dieses Versprechen erhielt ich schon einmal,
  ...aber damals ausgesprochen von Wolfgang.
Leise sprach ich darauf meine sofortige Vermutung aus, -bevor
die anderen etwas äußern konnten!?

„Er hat Christina!
...-oder hat ihr irgendetwas angetan?
Dessen bin ich mir sicher!
Laut Stani ist er auf dem Weg zurück!
Zurück heißt nach Senden!

Er hat seine Hunde,
...oder seine Hybriden wieder und wer weiß, ...?!?
-Vielleicht auch noch ein Wolfsrudel in seiner Begleitung!"
...Ich war ihnen in Gedanken weit voraus.

Irina und Michael sahen mich erschrocken an.
„Wir sollten schnellstens hinterher!",
rief ich ihnen entgegen.
Irina schüttelte deprimiert den Kopf.
„Was???",
...ich blitzte sie an.
„Das wird nicht möglich sein!!!
-Seit heute Abend sind sowohl die Straßen,
-als auch die Bahn durch den Schneesturm gesperrt!!!
Ihr sitzt hier fest!"

19

Unbändige Wut stieg in mir hoch, und meine Fingernägel
wurden wieder zu spitzen Waffen.
-Das konnte doch alles nicht wahr sein???
Mit leuchtenden Augen packte ich einen Barhocker und
schleuderte ihn hochkant durch den Raum.
Haare sprießten aus meinen Armen und meinen Handrücken!!!

In regelmäßigen Abständen schlitterte ich von einer Scheiße in
die andere!!!
Hört das denn nie auf????
Mein Inneres wollte nach außen!!!
-Aber Nein!
...es durfte nicht!!!
Und doch wollte ich es diesmal zulassen!!!
-Alles zerfetzen!
-Wütend sein!

-Gierig sein!
-Töten!!!

„Geralt!!!“
Michael trat schnell neben mich und legte mir die Hand auf die Schulter.
„Bleib bei uns, …und beruhige Dich!“
Tatsächlich schaffte er es, mich wieder zurückzuholen.
-Auch wenn ich diesmal überhaupt nicht dazu aufgelegt war!?

Als ich mich wieder normalisiert hatte erzählte ich Michael von dem was Stani zu mir gesagt hatte.
„Was sollen, …oder besser gesagt können wir jetzt tun?“
Unruhig scharrte ich mit den Füßen.

Michael sagte es besonnen und nachdenklich.
„Geralt, …,
Lass uns in Ruhe überlegen.
Als erstes sollten wir schauen wo Christina abgeblieben ist.
Ich werd` gleich nochmal im Krankenhaus und bei ihr anrufen!“
-Nein!!!
Irgendwie wollte ich mich nicht so richtig beruhigen!?
Wenn wirklich, …was mehr wie wahrscheinlich war,
-und ich war davon überzeugt, der Doc hinter all dem stecken sollte,
…dann war alles mehr als beunruhigend!?

Michael ging wieder zum Telefon.

„Hast Du ein Auto?“,
meine Frage galt Irina.
„Jaha…?!“, kam es zögerlich von ihr.
„Warum?“
In diesem Moment kam Michael zurück.
„Telefonleitung ist auch hinüber!

Wir sitzen hier „fuckin`"" fest!!!"
-Solch einen Wortschatz kannte ich von ihm bisher gar nicht!?
„Was hast Du für ein Auto?"
Wieder wandte ich mich Irina zu.
„Ähm, ...einen Jeep.
-Allrad!"
Meine Miene hellte sich etwas auf.
„Echt jetzt!?"
„-Ja!!! ...echt jetzt!!!"
Sie wurde ein paar Zentimeter größer hinter der Bar.
Michael schaute mich fragend an.
„Möchtest Du uns den ausleihen???",
ich blickte ihr in die Augen und Michael nickte sofort
zustimmend!
„Nein!!!",
-schnelle und direkt ablehnende Antwort von ihr.
„-Nein, ...den leihe ich euch nicht!
Denn ich komme mit,
...-egal was ihr vorhabt!?",
sofort legte sie ihre Schürze ab und kam hinter dem Tresen vor.
„Sind eh keine Gäste mehr da,
...und bei dem Wetter kommt auch niemand mehr!?"
Michael und ich schauten uns kurz an und nickten dann.

„Also, ...auf zu Christinas Wohnung.
-Weißt Du wo das ist?"
Er sagte Irina die Adresse und diese bejahte.
„Keine fünf Minuten von hier!"
„Und die Bar?",
ich fragte aus Höflichkeit.
Sie griff unter die Theke und stellte ein „Closed" Schild auf den
Tresen.

„Feierabend!"

20

Der dichte Schneefall hatte sich inzwischen in einen
Schneesturm verwandelt und der Räumdienst kam den
Schneemassen nicht mehr hinterher.

Irina kämpfte sich mit dem Allrad durch die Naturgewalt und
wir erreichten schnell die Wohnung von Christina.
Ihr Appartement lag im zweiten Stock eines dreistöckigen
Hauses.
Beim Aussteigen hörte ich das rhythmische Scharren einer
Schneeschaufel.

Es war alles dunkel im zweiten Stock.
-Wir läuteten.
Einmal, …zweimal, …dreimal,
…Sturm!!?
-Keinerlei Reaktion.

Ein Mann in Leuchtweste kam um die Hausecke mit einer
Schippe in Händen.
Irina sprach ihn sofort auf tschechisch an.
Es entwickelte sich ein kurzes Gespräch, …dann wandte sie sich
zu uns.
„Er ist der Hausmeister!"
Michael reagierte sofort.

„Sag ihm, dass es sich um einen medizinischen Notfall handelt,
…und wir einen Medizinschrankschlüssel brauchen, den
Christina in der Wohnung liegen lassen hat.
Sie kann selbst nicht weg, da sie im OP gebraucht wird, und er
muss uns schnellstens die Wohnungstüre öffnen!?"
Er hielt dabei dem Hausmeister seinen Ausweis hin, -und
zusätzlich die Akkreditierung, die wir vom Krankenhaus
bekommen hatten.

Ich tat es ihm gleich und Irina redete und gestikulierte dann mit
ihm.

Widerwillig zog dieser einen Schlüsselbund und öffnete uns die
Haustüre.
Wir liefen gemeinsam durchs Treppenhaus nach oben.
-Vorsichtshalber läutete der Hausmeister nochmals an der Türe
zum Appartement.
Nichts!
Wir nickten ihm zu.
Dann öffnete er auch diese Türe und drückte auf den
Lichtschalter.

-Halleluja!!!
Es sah aus als hätte eine Schlacht stattgefunden!?
„Policia!",
war das einzige was der Hausmeister dazu sagte, als er einen
Blick in die Wohnung warf.
„No Policia!",
Irina versuchte ihn zu besänftigen und schob ihn aus der
Wohnung.
Es war kalt darin, und die Balkontüre stand halb auf.

Michael und Irina liefen dann durch den Flur und schauten in
jedes Zimmer.
Ich blieb im Wohnungseingang stehen und saugte alle Gerüche
auf, die mir in die Nase stiegen.

„Ihn" konnte ich sofort wahrnehmen!
-Er roch noch immer genau so widerlich, wie damals in seiner
Praxis!
Sein Geruch war allgegenwärtig!
Aber es roch auch nach Chloroform!
Und Parfüm!
Dann trat ich auf den Balkon.

Zur Hälfte war dieser schneebedeckt, denn der Wind hatte die Flocken weit unter die schützende Überdachung geweht.
Man konnte noch Vertiefungen in den teils kniehohen Verwehungen sehen, aber durch den stetigen Schneefall nicht mehr als eindeutige Spuren erkennen.
Ich versuchte es zu ordnen!?

-Sie hatte frisch geduscht!
-Und sich parfümiert!
(Klar, ...sie wollte sich ja mit uns (Michael) zum Essen treffen!)
Wahrscheinlich hatte sie die Balkontüre zur Entlüftung geöffnet, denn es war keinerlei Gewalteinwirkung an ihr zu erkennen.
-Jemand war dann über den Balkon in ihre Wohnung eingedrungen und hatte ihr aufgelauert.
...Es hatte einen kurzen, aber intensiven Kampf gegeben.
Sie hatte sich gewehrt was deutlich zu sehen war.
-Und sie wurde mitgenommen!!!

Aber Gott sei Dank, -nirgendwo war Blut zu sehen!
Wohin hatte man sie gebracht???
...und ich zweifelte keinen Moment mehr daran dass er es war!

Wir gingen wieder nach draußen wo der Hausmeister schon auf uns wartete.
„Policia!?", wiederholte dieser wieder.
Irina nickte ihm jetzt zu, und wir liefen schnell zum Jeep.
„Geralt!?",
Michael rief mir zu und deutete auf meine Hände.
-Spitze Fingernägel, scharf wie Dolche an langen Klauen!
...Ja!
Meine Sinne waren zum äußersten gespannt!
Der Wolf hatte jetzt die Oberhand.
Aber es war mir egal.
Ich blitzte ihn aus leuchtenden Augen an und stieg ins Auto.
Irina beobachtete mich fasziniert im Rückspiegel.

„Was jetzt?",
fragte Michael als Irina losfuhr.
„Zu dieser Jagdhütte die Christina erwähnt hatte!",
es war eine spontane Eingebung von mir.
„Weißt Du wo?"
Wiederum nickte Irina und wir schlingerten um eine Kurve.
-Sie war eine gute Fahrerin und hatte den Jeep hervorragend
unter Kontrolle.
Manchmal fragte ich mich wie sie die Straße noch sehen konnte,
…aber anscheinend war sie mit der Route vertraut!?
Es ging eine gefühlte halbe Stunde durch dichten Wald, als die
Scheinwerfer über eine Lichtung strahlten und sich durch den
Schneefall an einer kleinen Holzhütte brachen.

„Wir sind da!", rief Irina.
-Erleichtert schnallte sich Michael los, der sich während der
Fahrt krampfhaft am Türholm festgehalten hatte.

Beim Aussteigen witterte ich in alle Richtungen.
Von weitem vernahm ich Wolfsgeheul, das aber immer näher
kam.
Ich hörte genauer hin.
„Hhm, mindestens fünf. -Und sie kommen!!!",
dachte ich bei mir.

„Lass mich zuerst!",
ich schob Michael etwas zur Seite.
Dann trat ich auf die Holzveranda.
Aufgrund des starken Schneefalls war es unmöglich,
irgendwelche Spuren zu entdecken.
Der Sturm hatte auch die Veranda mit einer leichten
Schneeschicht versehen, obwohl diese überdacht war.
Die Tür zur Hütte war zusätzlich mit einem Fliegengitter
versehen, das nach außen aufschwang und jetzt offen stand.

Wie eine Schneeschaufel hatte diese den angewehten Schnee vor
sich hergeschoben und so einen unmissverständlichen Hinweis
hinterlassen.
Irgendjemand ist vor kurzer Zeit hier gewesen!!!
-Ich war mir sofort sicher!

„Es kann noch gar nicht so lange her sein, seit jemand hier
war!?“,
-ich flüsterte es leise hinter mich und die anderen sahen es jetzt
auch.
Die primitive Holztüre, -Metallverstärkung an den Zargen und
mit Riegelverschluss, war nur angelehnt.
-Der Riegel aber nicht eingehängt und das einfache Schloss hing
offen da!

Eine perfekte Einladung!!!
-Aber für wen???
Eine Vermutung kroch mir eiskalt den Rücken hoch und meine
Nackenhaare sträubten sich!
Das Heulen der Wölfe wurde lauter.
-Ich hielt die anderen weiter hinter mir als ich in die Hütte trat.

Alles in mir war angespannt!
...und wieder wollte das Innere nach Außen!
Der Drang wurde immer stärker.
…!?
Es war kalt in der Hütte und sie hatte keinen elektrischen Strom.
Niedergebrannte Kerzen standen überall herum.
Der Schnee und Eiskristalle an den Fenstern sorgten für eine
leichte Illumination im Inneren.
Ich konnte Christina sofort riechen.
Ihr Parfüm stand in der eisigen Luft wie eingefroren.
-Aber „ihn“ roch ich auch.

Schnell eilte ich auf eine weitere Türe zu.

Und auch diese Türe war nur angelehnt!?
Es war wie ein kleiner Vorratsraum.
Ohne Fenster!
Meine Augen hatten sich sofort ans Dunkle gewöhnt.

Zusammengekauert lag sie zwischen zwei Regalen mit
Lebensmitteln.
„Michael, ...schnell!",
ich winkte ihn mit meiner Klauenhand in die kleine Kammer.

Irina hatte in der Zwischenzeit ein paar der Kerzen angezündet
und leuchtete mit einer in den kleinen Raum.
Gefesselt, geknebelt und halbnackt lag sie da. Eine schwarze
Mütze komplett über ihr Gesicht gezogen.

-Das perfekte Dinner für das sich nähernde Wolfsrudel!!!
Ihr Jaulen draußen war jetzt sehr nahe und wurde von
hungrigem Knurren untermalt.
-Was für ein perfider Plan!?
Aber genau so hatte ich „Ihn" auch in Erinnerung!
Genau das traute ich nur „Ihm" zu!
Er benutzte andere für seine widerlichen Pläne!!!

Michael riss Christina sofort die Mütze vom Kopf und zog sie an
den Armen auf.
Sie reagierte nicht.
Ich half ihm und wir hoben sie hoch.
Gemeinsam trugen wir sie zum Tisch und legten sie drauf.
„Christina?
Christina, sag etwas!?"
Michael tätschelte ihre Backen und schüttelte sie leicht.
Ich konnte sie ganz leicht atmen hören!
-Sie lebte.
Irina sah sich in der Hütte um und hatte ein paar verdreckte
Decken gefunden.

Schnell breitete sie diese dann über Christina.
Michael holte ein kleines Fläschchen aus einer seiner
Manteltaschen, öffnete es und hielt es ihr unter die Nase.
Mit wildem Kopfschütteln und lautem Husten meldete sie sich
im Leben zurück.
„Christina!!!",
Michael drückte sie für einen Moment an sich, dann zog er
seinen Mantel aus und legte ihn zusätzlich um sie.
„Du lebst, ...du lebst!" Er drückte sie wieder an sich und rieb ihr
dabei den Rücken. Gleichzeitig nestelte er eine Spritze aus seiner
Tasche.
Wie in Trance blickte Christina sich um und sie wollte etwas
sagen.

„Geralt!!!?",
aber es war Irina, die leise und eindringlich, -und mit
sorgenvollem Unterton meinen Namen sagte.
Sie stand an einem der kleinen Fenster und blickte hinaus.
„Geralt komm her.
Das solltest Du dir ganz schnell ansehen!?",
sie winkte mich zu sich.

Leise trat ich neben sie und meine Augen glühten jetzt wieder.
Ich wusste was mich erwartete.
-Ihr Geruch war ihnen vorausgeeilt!

Vor uns spielte eine Szenerie, die eigentlich unbeschreiblich
war!?
-Und diese war real!!!

Der Schneesturm hatte für den Moment aufgehört,
...und der fast volle Mond warf sein milchig-weißes Licht auf die
Lichtung und die kleine Holzhütte.
Zwei kleinere und drei größere Schatten wurden in die
jungfräuliche Oberfläche des Schnees reflektiert.

-Wölfe!!!
Ein ganzes Rudel!

Sie hatten sich in einem Halbkreis auf der Lichtung positioniert.
-Der Größte in der Mitte, -und der war wirklich groß,
…dann der Rangfolge nach, -links und rechts von ihm!

Ihr animalischer Geruch und das dunkle Knurren aus ihren
Kehlen verfehlten die Wirkung bei mir nicht.
In wilden Wallungen pulsierte mein Blut durch die Venen.
Meine Zähne wurden länger und spitzer.
Mit der Zunge fuhr ich mir dann über die Lippen.

„Okay, …dann wollen wir mal!"
Ich zog meine Schuhe und die Jacke aus.
…Irina schaute mich erschrocken an!?
„Geralt???"
Auch der Doc trat neben mich und Christina saß nun aufrecht
auf dem Tisch.
„Was, …was machst Du???, -was hast Du vor?
Du willst doch nicht zu denen da rausgehen???"
Irinas Stimme klang etwas hysterisch.
Gemeinsam versuchten sie mich zurück zu halten, …aber ich
schüttelte mich und streifte ihre Hände ab.

…-Ich wollte es jetzt zulassen!
Mit all meinen Sinnen!!!
„Lasst mich!!!"
Ich blitzte sie beide an, und meine Augen glühten jetzt mit dem
Mond um die Wette.
„Passt auf Christina auf,
…und wenn ich euch ein Zeichen gebe,
-dann packt sie schnell ins Auto und fahrt ins Krankenhaus!"
Ich spürte, dass ich mich nicht mehr lange kontrollieren konnte,
-und wollte.

„Und Du???“
Irina zitterte.
„Ich komm klar!“, -hoffte ich???, ...obwohl ich gefühlt schon
jemand anderes war.

Als sie mir dann im Halbdunkel doch zu nickten erschraken sie
beide,
...-denn jetzt war ich der Wolf!!!

21

Aufrecht trat ich nach draußen!
Ich reckte meine Schnauze zum Mond und schüttelte ihnen
mein jetzt zottiges Haupt entgegen.
Dann stieß ich ein schauriges Jaulen und Knurren aus.

-Es wurde mir mehrstimmig geantwortet!!!

Irina stand am Fenster und beobachtete mich fasziniert und
zugleich angstvoll.
Ihre Wangen glühten vor Erregung.
Michael kümmerte sich wieder um Christina.

Barfuß pflügte ich durch den kniehohen Schnee.
Meine langen Klauen hinterließen dabei feine Linien auf dessen
Oberfläche.
Der Leitwolf knurrte mir entgegen.
Ich fixierte und musterte ihn.

Nein, ...-er war nicht der „Große“, der für das erste Opfer
verantwortlich war!?
...Er war zwar groß, sehr groß,
...-aber zum „Großen“ fehlte ihm noch einiges!

Jetzt war ich mir sicher, dass der „Große",
-der „Doc" selber war!!!
Und, ...noch konnte ich klare Gedanken fassen.
-Noch!!!?

Wiederum sog ich die kalte Luft durch die Nase.
-Ja, -es waren richtige Wölfe!
Geruchs-, ...und Instinktgesteuert!!!
-...und bereit zu kämpfen!

Drinnen lag ihre Beute, -ausgeliefert, -hilflos, , -angerichtet!!!
Nur ich stand noch zwischen ihnen!

Wir witterten gegenseitig.
Meine Sinne extrahierten die Gerüche.

Der Geruch des Leitwolfs war mir irgendwie bekannt!?
-Aber ich hatte jetzt nicht die Zeit darüber nachzudenken!
Sie nahmen mich wahr,
-als Feind,
-Eindringling,
-Beute,
-oder jemanden Fremdartigen.
-Aber auch als Gefahr!!!
-Wenn sie alle auf einmal auf mich los gehen, dann könnte es
böse für mich ausgehen?
Töten könnten sie mich nicht, aber es würde auf jeden Fall weh
tun!
Ich musste ihnen zuvorkommen!!!

Mit lautem und tiefem Knurren sprang ich auf den Leitwolf zu.
-Dieser nahm sofort die Herausforderung an.
Er zeigte mir zwei Reihen schärfster Zähne und schnappte nach
mir.
Nur knapp entging ich seinen Kiefern.

Mit einer meiner Klauen erwischte ich ihn dabei am Hinterlauf
und schlitzte diesen auf.
Dunkelrotes Blut färbte den Schnee.

Sofort waren alle wie elektrisch aufgeladen.
Ich auch!
-Blutdurst!
-Gier!
-Raserei!!!

Es war auf einmal ein pulsierender Haufen mit nur einem
Gedanken?

-Töten!!!

Alle stürzten sich dann auf einmal auf mich.
Klauen, Zähne, Bisse, …
Geifer, Speichel, …Blut!!!
…-und meines war jetzt auch dabei!!!

Sie warfen mich in den rot verfärbten Schnee.
Ich wurde nach unten gedrückt und durch das Gewicht ihrer
Körper wurde ich unten gehalten.
Immer wieder wurde ich gebissen und scharfe Klauen rissen
mir die Haut auf!
Mein Hemd fetzten sie mir vom Oberkörper.

Und ja,
…-es tat weh!!!
Schmerz machte sich wieder in mir breit!?

Ich wehrte mich mit allen „fairen“,
…nein, …aber auch "unfairen" Mitteln!

-Aber sie hielten mich unten.

Für Irina und Michael sahen wir wie ein großes, wirres
Wollknäuel aus,
-nur dass es knurrte, jaulte, und biss!!!

Dann war der Leitwolf plötzlich über mir!
Die rangniederen Wölfe machten etwas Platz für ihn,
...ließen mich dabei aber nicht aus.
Er fixierte mich mit seinen schmalen, listigen Augen.
Seine langen Reißzähne blitzten mir entgegen.
Unsere gierigen Blicke fingen sich und wurden eins.

-Und mit einem Schlag traf uns beide die Erkenntnis.

Einer der kleineren Wölfe biss mich ins Bein und ich trat nach
ihm.
Sofort wurde er von ihm mit einem rüden Knurren
zurückgewiesen.
Alle ließen jetzt von mir ab und bildeten einen Kreis um uns.
Mit eingeklemmten Ruten schlichen sie tief geduckt und leise
fiepsend um uns.

Ich kniete mich auf,
-wich aber seinem Blick keine Sekunde aus.

Gleichzeitig winkte ich mit meiner linken Klaue in Richtung
Hütte und unter großer Anstrengung brachte ich nur noch ein
lautes
„Los, ...Schnell!!! ...Verschwindet!!!", heraus.

Kurz danach hörte ich den Motor aufheulen und der Jeep raste
davon.

-Sie waren in Sicherheit!!!

22

Wir hielten uns noch immer mit den Blicken fest, und er thronte mit seinen messerscharfen und langen Zähnen über mir.

Ich konnte in, ...-und durch seine Augen sehen!!!

-Und jetzt wusste ich woher ich diesen stolzen Wolf kannte!?

Er war der Leitwolf aus dem Augsburger Zoo,
...mit dem ich vor zwei Jahren eine „unheimliche Begegnung"
hatte!?!
...und ich erinnerte mich auch noch an den Artikel damals in der
Zeitung, -als sie das Wolfsrudel ausgewildert hatten.

„Einmaliger Feldversuch"
-Wolfsrudel aus Augsburger Zoo wird im Nationalpark
Bayerischer Wald ausgewildert!
Tierschützer begrüßen die bisher einzigartige Maßnahme!
Bauern und Jäger sind eher skeptisch!?...

...und nun,
-zwei Jahre später,
stand mir der Leitwolf mit seinem Rudel wieder gegenüber.
-Nein, ...er stand auf mir und forderte mich,
...oder ich ihn?, -erneut heraus!!!
-Doch diesmal ohne Zaun zwischen uns!!!

Seine Augen glühten wie die meinen, und beide hatten wir die
Zähne gefletscht und knurrten uns aufmerksam an.
Seine Muskeln waren bis zum Äußersten gespannt und er
könnte mir sicherlich mit einem fürchterlichen Biss seiner
langen Reißzähne das Gesicht wegreißen!

-...Aber ich ihm auch!!!
...es war wirklich eine einmalige Szenerie!!!

Plötzlich entspannten wir uns.
Das Knurren und Fiepen der anderen hörte auf und sie legten
sich um uns in den „weißen?“ Schnee.
Wir konnten gegenseitig in und aus unseren Augen lesen,
-und er verstand, dass ich ihnen grundsätzlich nichts Böses
wollte!
Ich wollte „mein Rudel“ beschützen!

Ich nahm eine demütige Haltung an.
-Denn mir wurde sehr wohl klar, dass ich gegen das ganze
Rudel nie eine Chance gehabt hätte!
Sie, ...-nein,
-er hätte mich mit ihrer Hilfe zerfleischt!!!
(...ob ich daran sterben würde, oder könnte, weiß ich nicht???
-aber der Schmerz...!!??)
Ziemlich blöder Gedanke!

Sein Blick forderte mich auf.
„Komm mit uns!!?“,
auch er hatte mich erkannt und auch er war jetzt in meinen
Gedanken!?

„Das kann ich nicht!
-Ich bin nicht so wie ihr!!!“, ...wir tauschten unsere Gedanken
aus.
Wir rieben unsere Schnauzen aneinander,
...-immer noch mit gebleckten Zähnen.
„Das sehe und rieche ich!
-Du bist nicht die erste „Kreatur“ die uns begegnet!“
...Er sah mich als „Kreatur“!?
Hatte er vielleicht so jemanden wie mich schon einmal gesehen?
-Einen Wolf auf zwei Beinen!?

Sofort schwenkte ich um.
„Dann kannst du mir helfen!?
Erzähle mir von der anderen „Kreatur"!"
Unsere Blicke lösten sich für einen Moment.
Ihn durchlief ein Zittern und er kreiste jetzt ganz eng um mich.
Ich konnte jede einzelne Faser seines muskulösen Körpers
spüren.
Dann fanden wir uns wieder und der Gedankenaustausch ging
weiter.
„Er ist stark!
-Stärker als Du!!!",
mit einem kurzen Biss nach links musste er einen seiner
jüngeren Wölfe disziplinieren, der nach einem meiner haarigen
Arme schnappte.
„Er wollte uns für seine Zwecke einspannen!
-Er wollte dass wir für ihn töten!
Aber ich ließ es nicht zu!!!
-...daraufhin tötete er einen meiner Gefährten!
Sofort danach wandten wir uns von ihm und seinen hässlichen
Begleitern ab!"
Wiederum stellten sich meine Nackenhaare auf.
„Er hat Begleiter?"
Ein dunkles Grollen kam jetzt aus einer Kehle.
„Ja, ...zwei Missgeburten von gezüchteten Hunden!
...-Einer hässlicher als der Andere!!!
Aber groß, stark und wild!"
Er schüttelte seinen mächtigen Kopf und Geifer spritzte mir über
meine Schnauze.
Ich baute mich respektvoll vor ihm auf..
„...dann habt nicht ihr die Menschen getötet, wegen denen ich
jetzt Dir gegenüber stehe???"
„Nein, ...aber wahrscheinlich hast du dafür gesorgt, dass wir
jetzt immer noch hungrig sind!"
Wiederum schüttelte er sich.
Unsere Verbindung unterbrach, ...-wir hatten uns verstanden!!!

-Ich richtete mich komplett auf,
- sofort kontrolliert von den Blicken des Rudels.
-Er drehte sich um.
Die Spitzen seines dichten Fells reflektierten das Mondlicht und
ließen ihn noch majestätischer aussehen, ...als er eh schon war.
Er hob mir nochmals seine Schnauze entgegen und mit einem
kurzen Laut scharrte er seine Wölfe um sich und ohne sich noch
einmal umzudrehen liefen sie dann schnell von der Lichtung in
den Wald!

...es war ein unglaublicher Augenblick!!!

23

Ich brauchte noch einen kurzen Moment,
konnte aber noch keinen festen Gedanken fassen!
-War das soeben wirklich passiert???
Er hatte mich zum Schluss als einen Artgenossen
wahrgenommen!?
Ich blutete aus vielen Wunden, aber aufgrund der Kälte gefror
dieses sofort.
Noch immer halb Mensch, ...-halb Wolf, ...oder sogar mehr?,
und mit blutbeflecktem, nacktem Oberkörper lief ich zurück zur
Hütte.

Es war ein unbeschreibliches Gefühl in mir.
Ich hatte mit echten Wölfen gekämpft.
Ihr Blut geleckt.
Und es hatte sich gut angefühlt!!!
-Wild und unkontrolliert!
Endlich trat mein so lange verstecktes Ich nach draußen!
Aber dann, -ich wusste nicht ob ich es zuerst spürte,
...oder zuerst hörte???

Gleichzeitig mit einem lauten Knall wurde ich ruckartig um
einen halben Meter nach hinten geschleudert, -als mich das
Projektil schwer in die Brust traf.
Blut spritzte mir aus der Wunde und lief über meinen mit Riss-
und Bisswunden übersäten Oberkörper.
Ich fiel nach hinten in den Schnee.

„Warum schießt man auf mich?
Ich bin doch der Gute???"
Okay, mein Verstand funktionierte noch irgendwie!
Neuerlicher Schmerz breitete sich in mir aus,
...-und wieder schlug mit lautem Knall ein weiteres Projektil
knapp neben mir in den Schnee.
Mit einem tiefen Knurren richtete ich mich auf.
Es fiel mir schwer, und ja, es tat weh!?
-Und ich hatte noch immer nicht meine menschliche Gestalt.

„·············,
-auf tschechisch wurde etwas mir unverständliches gerufen!
Ich konnte drei verschiedene Stimmen hören.
„Davai, davai!!!"
Da wurde es mir klar.
Sie jagten mich.
-Sie hielten mich für den „Wolf auf zwei Beinen", der die drei
Leichen auf dem Gewissen hatte!?
...-und momentan sah ich ja auch danach aus!

So schnell ich noch konnte lief ich von der Lichtung auf den
Waldrand zu.
Instinktiv schlug ich dabei Haken nach rechts und links.
Ihre Stimmen wurden leiser und ich drehte mich für einen
kurzen Moment um.
Jetzt konnte ich sie sehen.
Sie standen vor der Hütte und beratschlagten sich.
-Alle drei hielten ein Gewehr in Händen.

24

Ich lief tiefer in den Wald und suchte dabei dichtes Gebüsch.
Als ich nichts mehr von ihnen hören konnte blieb ich stehen und
sah mich um.
Der Wald war dicht und immer wieder erhoben sich große
Schneeverwehungen zwischen den Bäumen.
Meine Spuren waren im Schnee deutlich zu sehen.
-Sicherheit gab es so keine für mich!?

Hinter einer Verwehung, umgeben von tiefliegenden Ästen
hatte sich eine große Vertiefung gebildet, die auch vor dem
eisigen Wind Schutz bot.
Ich ließ mich in die Vertiefung fallen und streckte mich aus.
Mein Atem verflachte sich und langsam nahm ich wieder meine
normale Gestalt an.

...-aber irgendwie fiel es mir sehr schwer!?
Es war wie wenn sich etwas in mir dagegen sträubte!?
Und es war kalt, ...sehr kalt!!!

25

„Geralt!!!“,
ein schriller Schrei im Dunkel.
-Es war just in dem Moment als mich die Kugel traf.

„Geralt!!!“,
Josie saß hellwach im Bett, eingehüllt in hellblaues Licht und
schrie.
Birgit eilte sofort zu ihr.
„Hast Du geträumt?“,
sie setzte sich neben sie auf die Bettkante und strich ihr über die
Wangen.

„Ja, ...von Geralt.
-Und es ist ihm etwas schlimmes passiert!!!“
Aufgeregt und zitternd schlüpfte sie in Birgits Arme.
„Erzähl!“,
forderte Birgit sie auf.
„Er hat gegen Wölfe gekämpft und dann hat jemand auf ihn
geschossen!“
Kleine Tränchen liefen.
„Oooh, ...das war aber ein böser Traum!“
Birgit strich ihr dabei durch die Haare und versuchte sie zu
beruhigen.
Doch ihr nächster Satz beunruhigte sie!!!

„Birgit,
... -Geralt wird sterben!!!“
Josie zitterte am ganzen Körper.
Eisige Kälte kroch Birgit den Rücken hoch bis zum Nacken.
„Ahm???, ...was Josie?
Wie kommst du denn darauf???“
Josie hielt wieder wie in Trance ihre kleinen Ärmchen hoch aus
denen wiederum ein leichter Schein hellblauen Lichts strömte.
„Geralt wird sterben!“,
wiederholte sie,
-aber diesmal ohne irgendeine Gemütsregung.
Dann sank sie langsam wieder in sich zusammen, rollte sich zur
Seite und schlief ein.
Das hellblaue Licht um sie verblasste.

-Ab und an hatte Josie schon Albträume gehabt,
...und einige erwiesen sich als wahr!?
Wie stand es diesmal darum???
Birgit schüttelte den Kopf.
Nein, ...dies wollte sie nicht wahrhaben!!!
-Aber was,
-wenn Josie Recht behielt???

Den Rest der Nacht lag sie wach und ihre Gedanken kreisten
um ihn.
-Wie geht`s ihm?
Er hatte sich auch gestern nicht gemeldet!?
Sie stand auf und ging unruhig umher.

26

Josie stand auf dem Stuhl und hielt sich den Hörer ans Ohr.
Birgit hatte ihr die Nummer gewählt.
Es ertönte kein Freizeichen.
Kein Laut drang aus der Muschel!
Nach einiger Zeit zuckte Josie mit den Schultern. Birgit nahm ihr
den Hörer aus der Hand und legte auf.

„Tot!!!",
sagte Josie leise.
„Was???"
Birgit blickte erschrocken zu ihr.
„Das Telefon ist tot!!!",
wieder zuckte Josie die Achseln dabei.
Puh,
...Birgit holte tief Luft.
Trotzdem verstärkten sich in ihr Vermutungen und Ängste, -die
sie schon den Rest der Nacht begleitet hatten.

27

Irina hatte den Jeep voll unter Kontrolle.
So schnell, ...und manchmal noch etwas schneller,
-also so schnell was die schneebedeckten Straßen hergaben,
raste sie zurück.

Direkt zum Krankenhaus.
Michael saß auf der Rückbank und hatte Christinas Kopf im
Schoß.
-In mehrere Decken gewickelt lag diese wieder besinnungslos
da.

„Schneller!!! ...-Schneller!",
schrie er nach vorne zu Irina.
„Wenn ich noch schneller fahre, werden wir nachher neben ihr
auf einer Bahre liegen!!!"
Sie kämpfte mit dem Lenkrad und der Jeep schlingerte
gefährlich hin- und her.
Irina machte sich nicht die Mühe, lange nach einem Parkplatz zu
suchen. Sie fuhr direkt vor die doppelseitige Schiebetüre am
Haupteingang.
Sie hechtete aus der Fahrertüre, lief nach drinnen und rief der
Dame am Empfang ein paar Worte auf tschechisch entgegen.
Dann schnappte sie sich eine Bahre, die im ersten Flur stand
und schob sie schnell nach draußen.
Gemeinsam mit Michael zogen sie Christina aus dem Auto und
hoben sie mit vereinten Kräften darauf.
In der Zwischenzeit war noch jemand vom
Krankenhauspersonal zur Hilfe geeilt.
Es war Stani.
Sie schoben die Bahre in den nächsten freien Behandlungsraum.

Irina durfte als Dolmetscherin dabei bleiben und Michael
berichtete Stani was passiert war.
Gemeinsam untersuchten sie Christina dann auf äußere und
innere Verletzungen,
-Stani legte ihr gekonnt eine Infusion und zum Schluss deckte er
sie mit einer Heizdecke zu.
Außer ihrer Benommenheit durch Chloroform und einer
Schlafmittelinjektion, -sowie einer starken Unterkühlung,
...fehlte ihr offensichtlich nichts!?

-Vorläufiges Aufatmen!!!

Doch sofort nach Christinas Entwarnung verdüsterte sich Irinas
Gesichtsausdruck wieder.

„Geralt???“
Sorgenvoll blickte sie Michael an.
„Was ist mit Geralt? -Wir müssen zurück!!! -Sofort!!!“
Michael reagierte schnell.
„Sag Stani dass er sich gut um Christina kümmern soll.
-Wir haben noch was anderes zu tun!
-Und!?...“,
er holte tief Luft.
„-...Ich brauche ein Gewehr!“

Schnell ging er zur Anmeldung, während Irina mit Stani
gestikulierte.
„Darf ich mal telefonieren?“,
fragte er und griff schon über die Rezeption nach dem Telefon.
Inzwischen funktionierten die Leitungen wieder.
Stani nickte nur als sich die Helferin fragenden Blickes zu ihm
wandte.
Michael wählte.
-Birgits Nummer!

28

„Hallo, -Geralt???“,
inständig hoffte sie dass er hinter dem Läuten des Telefons
stand!?
„Hallo Birgit,
Nein, ...-hier ist Michael, ...Dr. Fahrenschon!“
-Sofort wusste sie, dass Josies Vorahnungen sich
materialisierten!

„Was ist mit Geralt?
-Ist er tot???“,
sie sprach es aus.

„Nein, Birgit!,
-Oder genauer gesagt,
-ich weiß es nicht!?“
Sie hörte dass ihm dabei nicht wohl war und er redete schnell
weiter.
„Bitte hör` mir jetzt genau zu.
Du musst schnell handeln, ...denn es passiert Schlimmes und ich
möchte Dich und Josie in etwas sicherer Umgebung wissen!?“
Er erzählte ihr in kurzen Sätzen was passiert war, … - und
eventuell passieren könnte!?
-Aber als er den Namen vom Doc erwähnte, wusste auch Birgit
was auf sie zukommen wird.

Bedächtig und trotzdem fordernd sprach Michael weiter.
„Weihe Ralf und Steffi und auch die Freunde von Geralt mit ein.
Je mehr ihr seit, … - desto besser!
Am Besten gehst Du mit Josie zu Ralf, … - oder vielleicht gleich
zur Polizei, wenn die euch glauben???
-Aber bleibt nicht alleine!!!
Er sucht nach euch!!!“
Für einen Moment war dann Stille, und er konnte nur noch ihre
Atemzüge vernehmen.
„...- Birgit, ich muss jetzt aufhören, -denn wir müssen Geralt
finden!!!
Und ich möchte dass du meinen Rat befolgst.
Bitte!?“
Sie spürte dass er es mehr als ernst damit meinte.
Dann war nur noch das monotone Tuten des Freizeichens zu
hören.

Ihre Gedanken fuhren Karussell.

29

Ohne langes Zögern lief Birgit nach oben.
Für einen Moment hielt sie inne, als sie auf die seelenruhig
schlafende Josie blickte.
Dann schüttelte sie sie sanft an der Schulter.
„Josie, ...wach auf.
-Wir müssen weg!!!“
Schlaftrunken wischte die sich die Augen.
„Kommt jetzt der Weihnachtsmann?“
„Nein Josie, ...wir gehen zu Onkel Ralf.
Es ist, -oder es wird etwas passieren?“
Birgit zog eine Tasche aus dem Schrank und packte ein paar
Sachen.
„Zieh dich bitte schnell an!“

„Ist Geralt tot???“
...Sie sagte es wieder!!!
-und Birgit machte es diesmal richtig Angst!
„Nein, ...-aber wir müssen hier weg!!!“
Jetzt vollführten ihre Gedanken Purzelbäume!

30

Es war kurz vor drei Uhr.
Ralf parkte direkt vor dem Haus, ...und bevor er ausgestiegen
war, standen Josie und Birgit schon neben dem Auto.
„Na dann mal rein mit euch!“
Er schnappte sich Josie, drückte ihr einen Kuss auf die Wange
und setzte sie auf die Rückbank.
Dann nahm er Birgit die Tasche ab und öffnete ihr die
Beifahrertüre.
„Danke!“,
war das einzige was Birgit momentan zu ihm sagen konnte.

„Schon gut, -Blutsbruderschwester!!!
Erzähl mir nachher alles.
-Heike kocht uns Tee und Glühwein bis wir da sind!"
Etwas erleichtert setzte sich Birgit ins Auto.
Ralf hatte keinen Augenblick gezögert, als Birgit ihn vor zehn
Minuten aus dem Schlaf geläutet hatte.
-Das tat gut!!!
Trotzdem war noch immer sehr, sehr vieles im Ungewissen!!?

31

Durch die Baumwipfel konnte ich den Sternenhimmel sehen.
Einer der Sterne leuchtete besonders hell und ich hatte für einen
Moment das Gefühl, als ob jemand an mich dachte!?

Es war bitterkalt und mich fröstelte nicht nur, ...nein, … mir war
eiskalt und meine Zähne klapperten leicht.
Tja, nur mit Hose, …-und Barfuß!?
Die Kälte schlängelte sich durch meine Gedanken und es war
mir fast unmöglich klar zu denken.
Zum Glück hatte der pfeifende Wind meine Spuren zum
größten Teil verweht!
Der Mond stand in voller Größe, ...-und mächtig am Himmel.
„Warum?",
flüsterte ich ihm entgegen.
„Warum machst Du das mit mir?"
Ich richtete mich vorsichtig auf und spähte aufmerksam über
die Schneewehe.
Nichts war zu sehen und auch nicht zu hören.
Wieder richtete ich meinen Blick zum Himmel.
„Bist du sauer auf mich dass Du mich nicht so unter Kontrolle
hast wie deine Schergen vorher???
...Oder besser gesagt,
-dass ich Dich in mir kontrolliere???"

Eine dunkle Stimme meldete sich in meinem Unterbewusstsein
schräg hinter mir.
„Mit wem redest Du?“
Schnell drehte ich mich um.
-Es war das Oberhaupt des Wolfrudels und seine wachsamen
Augen beobachteten mich.
Er drang wiederum in meine Gedanken.
Ich hatte sein Kommen nicht gehört?

„Mit ihm rede ich!“,
mein Blick ging wieder hoch zum Himmel.
„...Er kann reden?“
Sein Blick ließ mich los und folgte meinem zum Mond.
„Hhm, ...mit mir schon!“

Der Wolf schüttelte sein Haupt.
„-Dann musst Du wahrlich mächtig sein!!!“
Er schlich geduckt und vorsichtig um mich.
Sein Rudel nahm ich als dunkle Schatten in einiger Entfernung
wahr.

„Wie nennt man Dich?“, fragte ich ihn,
und unsere Gedanken verschmolzen wieder miteinander.
„Man nennt mich „Thornt“, ...den Jäger!
-Und Du bist Geralt Wolfsauge.
Halb Mensch, ...halb Wolf.
Ich habe vieles von Dir gehört, und dich nicht vergessen seit
unserer Begegnung.“
Ich entspannte mich und setzte mich in den Schnee.
„Wie geht`s deinen Wunden?“
-Jetzt wo er mich fragte!?
Ich hatte noch gar keine Zeit danach zu sehen, aber jetzt blickte
ich an mir herab.
Die Kugel war ein glatter Durchschuss und hatte zum Glück
keine Arterie oder irgend ein inneres Organ verletzt.

Alle anderen Riss- und Bisswunden seines Gefolges waren
schon am Heilen.
-Aber es fiel mir auch etwas sehr ungewöhnliches auf.
Ich hatte am ganzen Körper Haare!!??
Sehr ungewöhnlich!?
-Und irgendwie roch ich jetzt auch selbst nach nassem Hund!!!

32

Wir lagen gemeinsam im Schnee, sein Rudel patroullierte um
uns und wir tauschten unsere Gedanken aus.
„Warum bist Du hier?
-Bist Du hinter der Kreatur her?"
Ich wusste sofort wen er meinte.
„Hhm, ...momentan ist es eher andersrum.
Er ist hinter mir und meinen Lieben her!"
Ich fasste Vertrauen zu ihm und teilte ihm in Gedanken alles
mit.

Plötzlich schreckte das Rudel auf und lief aufgeregt um uns.
Beide spitzten wir die Ohren.
Wir konnten sie hören.
-Es waren die drei Jäger!
Sie folgten mir noch immer und stachelten sich gegenseitig an.
„Hier, ...nach links über die Verwehung!"
Sie riefen wild Durcheinander.
„Hier ist Blut, - ich hab doch gesagt dass ich ihn getroffen habe!
...Wir werden ihm den Garaus machen!!!
...Drecksvieh!!!"
Warum konnte ich auf einmal ihre Sprache verstehen!?

Thornt richtete sich auf und witterte.
„Komm mit, ...schnell!"
Er drehte sich um und lief los.

Die anderen folgten ihm sofort.
Auch ich stand auf und rannte hinter ihnen her.

Mit meiner menschlichen Gestalt konnte ich aber nicht lange mit
ihnen mithalten.
Instinktiv verwandelte ich mich wieder!?

-Es wurde wieder geschossen.
Aber sie waren zu weit weg und die Kugeln verfehlten ihr Ziel!

33

Und wiederum eine filmreife Szenerie.
Ein Wolfsrudel das durch den Schnee jagt, und mittendrin ein
Mensch?, -halb Wolf, halb Mensch?, -mehr Wolf?, -ein
Werwolf???

Es fiel mir jetzt leicht mit ihnen mitzuhalten.
-Und immer wieder lief auch ich auf allen Vieren!?

Nicht lange und wir hatten die Jäger wieder abgeschüttelt.
Natürlich konnten sie immer noch unseren Spuren folgen. Aber
es schneite wieder stark und durch den zusätzlichen Wind
durften die Spuren nicht lange Bestand haben!?
Wir liefen immer tiefer in den Wald!

34

Irina stoppte den Jeep vor der kleinen Hütte.
Schnell sprangen sie aus dem Auto und Michael hielt das
Gewehr im Anschlag.
Die Hütte war leer.
Aber noch waren deutlich die Spuren drum herum zu erkennen.

Das gefrorene Blut auf der Lichtung bildete einen farblichen
Kontrast zum weißen Schnee.
Michael wusste sofort dass auch Geralts Blut dabei war.
Auf der Holzveranda fand er eine leere Patronenhülse und
mehrere der noch sichtbaren Fußspuren führten von der
Lichtung.
„Jäger!", nahm er an. -Und es waren drei.

-Was war passiert?
-...und wo war Geralt jetzt?
-Lebte er noch?
(...denn er war sich sicher dass sie auf Geralt geschossen hatten!)

Verzweifelt, ...und nach Antworten suchend blickte er Irina an.
Diese zuckte mit den Schultern.
Immer wieder riefen sie seinen Namen in den pfeifenden Wind.

Aus weiter Ferne hörten sie dann ein schauriges Geheule.

35

Wir liefen lange und schnell.
Als wir uns sicher waren, dass sie uns nicht mehr folgten
versammelten wir uns unter den tiefhängenden Ästen eines
großen Baumes.
Thornt blickte zwischen seinen Wölfen hin und her und dann zu
mir.
„Wir brauchen dringend Nahrung!
Es hat sie sehr viel Kraft gekostet, ...und mich auch!
-Wie ist es mit Dir?,
...du hälst Dich gut mit uns!!"

-Ja, ...ich wurde immer mehr zum Wolf!

„Wir haben sie abgeschüttelt und sie werden uns jetzt nicht
mehr verfolgen. Wir sind kurz vor der Grenze und soweit gehen
sie nicht in den Wald.“
Er meinte die Jäger.
„Wir sollten jetzt selbst auf die Jagd gehen. Mein Rudel und
auch ich haben Hunger!“

Zu meiner eigenen Verwunderung nickte ich ihm zu.

Die meiste Zeit war ich auf allen Vieren mit ihnen gelaufen.
Aber jetzt stand ich wieder aufgerichtet auf zwei Beinen
zwischen ihnen.
Meine Arme und Beine waren noch immer dicht behaart, und
langes zotteliges Haar hing mir ins „Gesicht“?!
Ich war barfuß, -aber es fror mich nicht mehr.

„Du wirst immer mehr wie wir!?“
Thornt stand neben mir.
„Und du bist stark und ausdauernd, ...sehr stark!“
Interessiert schaute er mir wieder in die Augen.
Ich wusste sofort auf was er anspielte.
„Nein, Thornt!
Du brauchst dir diese Frage nicht zu stellen.
Ich werde dir kein Rivale sein und dir dein Rudel streitig
machen!
Ich möchte nur so schnell wie möglich nach Hause!“
Sein Blick hielt mich fest.
„Wir werden dir helfen!
-Aber vorher gehen wir jagen!“

36

Es dauerte nicht lange, da schlief Josie tief und fest.
Birgit und Heike hatten sie gemeinsam ins Bett gebracht.

Jetzt saßen sie neben Ralf im Wohnzimmer und schwiegen sich
erstmal an.
„Danke für eure Hilfe!",
Birgit wusste nicht warum, aber sie flüsterte..
„Ich weiß noch immer nicht genau was los, -oder passiert ist."
Sie holte tief Luft.
„Aber anscheinend ist der Doc schon länger wieder auf freiem
Fuß,
-hat in Tschechien ein paar Leute auf dem Gewissen und ist jetzt
auf dem Weg hierher zu uns.
Geralt war wohl in einen Kampf mit Wölfen verwickelt und er
hat dabei Michael und Anderen ermöglicht sich in Sicherheit zu
bringen.
-Aber niemand weiß was dann mit ihm passiert ist, -und sie
suchen jetzt nach ihm."
Dabei sanken ihre Schultern nach unten.
Heike setzte sich sofort zu ihr und legte ihre Arme um sie.
„Birgit, …Geralt ist stark.
Du weißt das, …und er wird klarkommen!
Dr. Fahrenschon wird sich sicherlich in den nächsten Stunden
melden und uns eine gute Nachricht geben!
Geralt schafft das!!!"
Sie wollte Birgit aufmuntern, …unterstützen!
Auch Ralf rutschte neben sie.
„Ja, …Geralt packt das, …und wir passen hier auf euch auf!!!"
…aber irgendwie war er sich dessen nicht sicher!?

37

„Geralt!!!"
Immer wieder riefen sie seinen Namen gegen den stürmischen
Wind.
Sie waren tief in den Wald eingedrungen und folgten den nur
noch spärlich zu sehenden Spuren.

Der Wind und der wieder einsetzende Schneefall verdeckten
diese immer mehr.
Es waren Abdrücke von drei Personen, wahrscheinlich Jäger,
sowie
Spuren von einem Rudel Wölfe.
Und zwischen ihnen lief auch jemand barfuß.
-Geralt!!!
Er war am Leben!

Michael hielt inne und Irina stellte sich neben ihn, -auf die
windabgewandte Seite.
„Es hat keinen Zweck ihnen weiter zu folgen.
Der Sturm wird wieder stärker und die Spuren werden immer
unkenntlicher, und bald werden sie nicht mehr zu sehen sein.“
Der Schein der Taschenlampe wurde auch immer schwächer.
„Wir werden uns im Dunkel verirren!“
Er nahm Irina an der Schulter.
„Komm, wir gehen zurück!“
„Aber, ...aber Geralt ist da draußen,
-wahrscheinlich verwundet,
-gejagt von einem Rudel Wölfe und von Jägern!“
Sie war sichtlich aufgeregt und zerrte Michael an der Jacke.
„Irina, ...du hast ja recht!
-Aber wir müssen zurück.
Sonst werden wir heute Nacht hier erfrieren, ...-oder auch noch
zu Gejagten!?“
Wieder drang Wolfsgeheul durch den schneidenden Wind.

Irina wollte nicht aufgeben.
In diesem Moment leuchteten ihnen Lichtkegel entgegen und
der Wind trug Wortfetzen zu ihnen.
Es waren die Jäger.
Sie liefen in ihre Richtung und riefen aufgeregt.
Sie erkannten Irina, denn immer wieder waren sie bei ihr in der
Bar.

Es entwickelte sich sofort eine anregende, -aber auch aufgeregte
Unterhaltung zwischen ihnen.
Natürlich auf tschechisch.
Irina gestikulierte und wurde immer lauter.
Sie beschimpfte sie!?,
...dies erkannte Michael an ihrem Gesichtsausdruck und am
Klang ihrer Stimme.
Dann spuckte sie verächtlich vor ihnen zu Boden.
Die Jäger schulterten ihre Gewehre und liefen kopfschüttelnd
zurück.
Einer zeigte ihr im Vorbeigehen den Finger.
Normalerweise hätte sich Michael ihn vorgeknöpft, ...-aber jetzt
wollte er schnellstens erfahren was sie geredet hatten.

Er brauchte sie nicht dazu auffordern, sie fing sofort an zu
erzählen.
„Als die Jäger an der Hütte ankamen, flüchtete sich das
Wolfsrudel gerade in den Wald.
Aber die „Kreatur", ...-der Wolf auf zwei Beinen, ...also Geralt,
-kam ihnen über die Lichtung entgegen.
Einer der Jäger schoss auf Geralt und hat ihn auch getroffen.
-Aber er blutete eh schon aus vielen Wunden!, sagten sie.
Irinas Wangen fingen während ihrer Ausführungen zu glühen
an.
Sie fuhr fort.
„Nachdem er angeschossen wurde flüchtete auch Geralt in den
Wald. -Sie verfolgten ihn.
Irgendwann vermischte sich seine Spur wieder mit der des
Rudels.
Er muss sich ihnen angeschlossen haben und sie verfolgten ihre
Spuren noch einige Stunden.
Sie führten direkt zur deutschen Grenze, ...verloren sich dann
aber im frischen Neuschnee!
-Einer beschimpfte dann Geralt als „Ausgeburt der Hölle",
-und ich spuckte vor ihm aus!"

...Sie glühte wirklich!!!
Michael legte den Arm um sie und schnaufte tief ein.
„Beruhig Dich!!!
Lass uns zur Hütte zurück gehen!
Hier draußen kommen wir nicht weiter!"
Sie zuckte enttäuscht mit den Schultern und ging mit ihm
zurück.
Aber sie wusste dass er recht damit hatte.

38

Die Jäger waren wohl schon nach Hause unterwegs.
-Die Hütte war leer.
Irina und Michael stiegen enttäuscht in den Jeep und fuhren
schweigend zurück zum Krankenhaus.
Am Horizont wurde es hell und es hörte auf zu schneien und zu
stürmen.

Stani hatte sich in der Zwischenzeit fürsorglich um Christina
gekümmert.
Diese schlief tief und fest, nach mehreren Infusionen und
Einnahme verschiedener Medikamente.
„Gut gemacht Stani. Danke!"
Michael reichte ihm die Hand.
Irina musste auch ihm berichten was vorgefallen war.
Dann setzten sie sich gemeinsam in die Cafeteria.
-An Müdigkeit war nicht zu denken.
„Böse Mann! ...-Ganz böse Mann! ...-oder was auch immer!??
-Bringt großes Unheil über Familie und andere!"
Stani meinte den Doc damit.
„Was weißt Du über ihn?",
Michael fragte Stani und pustete in seinen Kaffeebecher.
Irina übersetzte.
Stani begann zu erzählen.

„Er war vor drei Wochen das erstemal hier, -als die erste Leiche
bei uns eingeliefert wurde.
Er bedrohte mich, wenn ich irgendjemandem etwas erzählen
würde.
Seine Hunde würden mich zum Abendessen verspeisen, wenn
ich nicht machte was er sagt.
Ich sollte die „Beweise" verschwinden lassen und die Ursache
auf das Wolfsrudel schieben."
Nervös und ängstlich blickte er sich in der Cafeteria um.
„Keine Angst, Stani."
Michael beruhigte ihn.
„Dir wird nichts passieren!?"
-Gelogen oder nicht, ...-keiner weiß es!!!
„Erzähl weiter!"

Stani berichtete weiter und Irina übersetzte wieder.
„Christina bekam die Leiche auch zu sehen, ...und bemerkte
sofort dass irgendetwas an der Geschichte nicht stimmte.
-Und es blieb ja nicht bei dem einen Opfer.
Den Rest wisst ihr ja dann!"
Wieder blickte er ängstlich in die Runde.
„Danke Stani!",
sagte Michael zu ihm und klopfte ihm aufmunternd auf die
Schulter.
Auch Irina nickte ihm zu.

Für einen kurzen Moment vergrub Michael sein Gesicht in
seinen Händen, dann holte er tief Luft und blickte Irina an.
„Ich glaube Geralt hatte Recht!
Der Doc ist mit Sicherheit auf dem Weg zurück und wird seinen
Plan in die Tat umsetzen."
„Was, ...was können wir machen?
Und was wird mit Geralt?"
Große Sorge sprach aus Irina.

„Geralt lebt, das weiß ich! ...Und ich glaube dass auch er sich
auf dem Weg zurück befindet!
Er möchte seinen Lieben zur Seite stehen!
-Und so wie ich ihn kenne, ist er jetzt auch nicht mehr alleine!?"
Irinas Stirn legte sich in Falten.
„Was meinst Du damit, ...mit er ist nicht allein?"
Michael stand auf.
„Mein Gefühl sagt mir, dass er sich dem Wolfsrudel
angeschlossen hat. -Und die Spuren im Schnee, die wir gesehen
haben, bestätigen es!
Nur, ...-wenn er wirklich mit den Wölfen zurückläuft wird es
wohl noch zwei bis drei Tage dauern bis er zurück ist!"
Für einen kurzen Moment wanderte ein Schatten über Irinas
Gesicht.
„Dann sollten wir uns auch schnellstens auf den Weg machen!"
Michael sah ihr irritiert in die Augen.
„Ich stecke da mit drin, -und Geralt und ich haben etwas
gemeinsam!"
Sie blickte ihm zögerlich in die Augen.
„Er hat es ihnen wohl noch nicht erzählt,
...dann werde ich es während der Fahrt tun!"
Michael nickte ihr zu.
„Dann sollten wir unsere Sachen holen und schnellstens los!"
Entschlossenheit sprach aus seiner Stimme.
„Ich fahre Sie ins Hotel und sie können schnell packen."
Irina stand auf und warf sich ihren Mantel über.
„Okay, ...und du kannst Michael zu mir sagen!"
Irina nickte.
Michael schaute nochmals bei Christina vorbei und instruierte
dann Stani.

„Ich hol dich in einer halben Stunde wieder hier ab!"
Irina parkte vor dem Hotel und ließ ihn aussteigen.
Schnell ging Michael zur Anmeldung und ließ sich auch den
Schlüssel zu Geralts Zimmer geben.

Hastig packte er dessen, und dann seine Sachen und ging
wieder nach unten.
Er beglich die Rechnung und fragte dann nach dem Telefon.
Der Portier nickte und schob es ihm entgegen.

39

Es war kurz vor Acht Uhr morgens.

Das Telefon läutete.
Sofort war Birgit hellwach. Ihr Blick ging sofort zu Josie.
Diese schlief neben ihr.
-Birgit hatte nicht richtig geschlafen.
-Nur etwas gedöst!!!
Sie überlegte kurz.
-Ihre Sinne waren in den letzten Tage viel schärfer und
empfindlicher geworden!?

Aber auch Ralf war schon auf,
-und als sie leise aus dem Zimmer trat war er schon am Hörer.
Er meldete sich kurz.

„Hallo Ralf, -hier spricht Michael.
Ist Birgit bei Dir?“
Ralf nickte, ...aber das konnte er ja nicht sehen!?
„-Ich hab gerade bei ihr angerufen, aber es ist niemand ans
Telefon gegangen.“
„Ja, ...sie ist hier.
Ich habe Sie und Josie gestern Abend noch zu uns geholt. So wie
Du es wolltest!
-Was ist mit Geralt?“
Ohne Umschweife direkt drauf zu!!!
Er hörte Michael atmen.

„Ralf, ...ich weiß es nicht genau.
Er ist am Leben, aber ich weiß nicht wo er ist.
Ich vermute dass er auf dem Weg zu Euch ist.
-Aber wenn es so ist wie ich denke, dann wird er erst in zwei bis
drei Tagen bei Euch sein.
Und ich weiß nicht in welchem Zustand er ist!?"
Birgit hatte sich neben Ralf gedrängt und hörte mit einem Ohr
zu.
-Komisch, ...sie konnte alles hören, obwohl Ralf den Hörer zu
sich hielt!?
-Auch die Hintergrundgeräusche!?

„Was ist passiert und was hat das alles zu bedeuten?",
rief sie laut ins Telefon.
Ralf versuchte ruhig zu bleiben, -aber Birgit wollte ihm den
Hörer aus der Hand nehmen.
Michael fuhr fort.
„Ich hab keine Zeit für Erklärungen, -wir müssen jetzt auch los,
und werden, -wenn alles gut geht, gegen Abend da sein.
Wir kommen dann gleich bei euch vorbei!
Sag Birgit nen lieben Gruß, und sie soll sich keine Sorgen
machen!
Bis dann!"
Er legte auf und es drang nur noch ein monotones Tuten aus
dem Hörer.

Birgit blickte Ralf an.
Dieser legte den Hörer zurück.
„Wer ist wir???
-Wen bringt er mit, wenn nicht Geralt???"
Sie lief durch den Flur ins Wohnzimmer.
„Es wird wieder was Schlimmes passieren, ...-und es wird
diesmal sehr böse enden!!!"
Sie sagte es sehr bestimmend und ging dann zurück ins Zimmer
wo Josie noch immer schlief.

Beim gemeinsamen Frühstück trugen sie nochmals ihre
Informationen und Eindrücke zusammen.
Aber keiner wusste so richtig, was auf sie zu kam!?
„Was sollen wir machen?“
Birgit blickte Ralf an.
Josie mampfte wieder genussvoll ein Brot mit Marmelade. Sie
war die einzige, die etwas as, -verfolgte aber aufmerksam das
Gespräch.
„Eigentlich können wir nur warten was auf uns zukommt, denn
wir wissen es nicht!
Und zur Polizei zu gehen halte ich für keine gute Idee!“
Birgit strich Josie über die Haare.
Diese blickte dann freudig in die Runde und sprach mit vollem
Mund.
„Ich kann uns Hilfe holen!“
Sie stopfte sich dabei den letzten Bissen vom Brot in den Mund.
„-Doch, Birgit.
Ja, ...das kann ich und das werde ich!!!“
Sie sagte es und nickte dabei.
„Ihr werdet schon sehen!“
Keiner nahm ihre Worte ernst und Heike reichte ihr nochmals
ein halbes Brot.
„Tja, ...wir können nur abwarten.
Und wir sollten gegenseitig aufeinander aufpassen!
Denn,“, damit bestätigte er Birgits Befürchtungen!
„… -es wird etwas passieren!“
Ralf brachte es wieder auf den Punkt.

Ja, -und es wird nicht mehr lange auf sich warten lassen!!!

40

Ich konnte es lange vor dem Rudel wittern!

Thornt und die anderen Wölfe liefen in einem weiten Halbkreis
und jeder hielt die Schnauze in den Wind.
Der Geruch wurde uns zugetragen.

Zwischen zwei großen Bäumen stand ein Reh.
Es hatte den Kopf hoch erhoben und seine Flanken zitterten.
Der Schnee rechte ihm fast bis zum Bauch, was dessen schnelle
Flucht mit Sicherheit beeinträchtigten würde!?
Thornt schickte drei seiner Wölfe los, um dem Reh den
Fluchtweg abzuschneiden.
Dies wurde immer aufgeregter und angespannter. Seine
Muskeln zitterten und die Ohren drehten sich wie ein Radar.
Es hatte uns wahrgenommen!

Mit einem großen Satz sprang es dann los und ließ seinem
Fluchtreflex freien Lauf.
Aber der Schnee stellte tatsächlich auch für das Reh ein
Handicap dar.
Die drei Wölfe sprangen von der Seite auf es zu und trieben es
so in unsere Richtung.

Mein Blut raste durch meine Venen und mein Inneres spielte
verrückt!
Ich spürte dessen Todesangst,
-das Adrenalin,
-die Kraft,
-und den Willen des Rehs,
der tödlichen Bedrohung zu entgehen!
…-Aber ich war es dann, der es zum Erliegen brachte!!!
Thornt und seine Wölfe wurden durch den Schnee genauso in
ihren Bewegungen behindert wie das Reh selbst.
Es versuchte zwischen ihm und mir hindurch zu entkommen.
Ich lief wieder auf zwei Beinen.
Schnell und instinktiv,
-ohne überhaupt einen Gedanken daran zu verschwenden!?

…-Getrieben durch Gier und Blutdurst, und mit dem Willen zu töten, hechtete ich mit einem mächtigen Satz dem Reh entgegen und brachte es mit Leichtigkeit zu Fall.
Meine langen, und klauenbewehrten Arme hielten es in tödlicher Umarmung und die spitzen, scharfen Zähne meines Kiefers schlugen kraftvoll und tödlich in seinen Hals.
Ein wildes und gutturales Knurren löste sich aus meiner Kehle.
Mit meinen leuchtend gelben Augen nahm ich jetzt Thornt neben mir wahr, der sich in die Flanken des Rehs verbiss.

Blut lief mir nun in die Schnauze und über meine Fratze, und ich genoss dessen Süße und Wärme.

Das Reh bäumte sich mit letzter Kraftanstrengung auf.
Aber sofort schüttelte ich mein zotteliges Haupt hin- und her,
...und riss ihm dabei die Kehle aus dem Hals.
Thornt und ich lagen jetzt auf ihm und drückten es in den blutroten Schnee.
Mit jedem seiner laut pulsierenden Herzschläge schwappte eine kleine Welle von Blut in mein Gesicht, das ich tief in seinem Hals vergraben hatte.
Aber die Herzschläge wurden weniger und leiser, -und verstummten schließlich.
Mit einem sanften, leichten letzten Zittern verendete es zwischen meinen Klauen und Kiefern.
Langsam ließ ich von ihm ab und leckte mir trotzdem gierig über die Lippen.
Thornt duckte sich vor mir und seine Wölfe schlichen geifernd um den Kadaver.
„Dir gehört der erste Bissen, -Geralt Wolfsauge!
Du hast es getötet und es uns zur Beute gemacht!"

Mein Körper und Alles in mir fuhren immer noch Achterbahn.
-Adrenalin, Wildheit, Gier,
… - Blutdurst!!!

Es war ein mächtiges, ein erregendes Gefühl!!!!
Ich reckte meinen Kopf nach oben und stieß ein schauerliches
Geheule aus.
Thornt und sein Rudel stimmten sofort mit ein.

Aber ich überließ ihnen die Beute und zog mich unter einen
Baum zurück.

-Was passiert mit mir?
...ich hatte mit Lust getötet!!! -und es war unbeschreiblich!!!
Ich dachte an Birgit und vor allem an Josie, ...-und ein
merkwürdiges Verlangen stieg in mir auf!

41

Steffi ging in ihr Zimmer zurück.
Die Gießkanne hatte sie im Bad gefüllt und goss nun einen
feinen Strahl in den Topf einer Orchidee, die auf ihrem
Fenstersims stand.
Sie hatte die Pflanze von Schaufel zu ihrem Geburtstag
bekommen.
-Nanu?!?
Sie stellte die kleine Kanne auf den Sims und blickte nun
interessiert nach draußen auf die andere Straßenseite !?

Vor den eigentlich verlassenen Hundezwingern von Dr.
Koppolds Haus hatte sie eine Bewegung wahrgenommen.
Sie schaute genauer hin.
Bei den Hundezwingern konnte sie nichts mehr entdecken, und
so schaute sie vom Garten zum Haus.
… -zwei der Rolläden, ...einer in der Küche, -und der andere im
Badezimmer waren etwas hochgezogen!?
-Was???
Sie war sich sicher, dass alle Rolläden komplett unten waren!?

Seit sie den Doc verhaftet hatten, war außer der Polizei zur
Spuren- und Beweisaufnahme niemand mehr im oder ums
Haus!
-Komisch!?
„Muss ich unbedingt Geralt und Ralf erzählen!", dachte sie bei
sich.

42

Den ganzen Tag verbrachten Birgit und Josie damit, sich bei Ralf
und Heike irgendwie bestens einzurichten.
Birgit war über ihre Hilfe sehr froh und auch Josie genoss es
sichtlich, dass Ralf immer mal wieder mit ihr herumalberte.
Der Himmel hatte sich wieder zugezogen und es wurde früh
dunkel.

Gemeinsam saßen sie dann um den Küchentisch und Heike
hatte kleine Brote zum Vesper vorbereitet.
Josie liebte Leberwurstbrötchen und stibitzte alle drei von der
großen Platte, und platzierte sie sorgfältig vor sich.
„Keiner" hatte etwas dagegen!?
Ralf rief sie plötzlich an.
„Josie, ...hinter Dir!"
Leicht erschrocken drehte sie sich um.
In diesem Moment schnappte sich Ralf schnell eines der
Brötchen.
„Was?",
fragte Josie ihn, -als sie nichts hinter sich erkennen konnte.
„Oh, entschuldige, ...hab mich getäuscht!",
antwortete er ihr verschmitzt.
Birigt und Heike grinsten.
Langsam und provozierend hielt er dann das
Leberwurstbrötchen vor seinen Mund und biss genussvoll
hinein.

Josie blickte vor sich zu den Brötchen und dann aber sofort zu
Ralf.
„Ralfie, ...du Schlingel!
Du, ...du hast mich reingelegt.
-Aber warte, warte, warte, ...das kriegst Du zurück!"

Alle lachten, ...und die Sorgen waren für einen Moment ganz
weit im Hintergrund.
„Ich werd nachher noch bei Willi vorbeigehen und dann kurz in
Löwenhof."
Ralf schlang dabei den letzten Bissen vom Brötchen runter.
„Was willst Du bei Willi?"
Heike blickte ihn aufmerksam an.
„Er hat ne Waffe!
-Und ich wäre jetzt gerne bewaffnet!"
Birgit lehnte sich erschrocken zurück.
„Nicht dein Ernst?",
sagte sie zu ihm.
„Doch!", erwiderte er ihr.
„Mein Gefühl sagt mir dass es sehr ernst wird.
Und da wäre ich gerne vorbereitet.
Mit dem Baseballschläger im Hausgang werd` ich „Ihn" wohl
kaum aufhalten können?
-Und auch die anderen sollten wissen, dass sie vorsichtig sein
sollen.
Ich traue dem Doc keinen Millimeter mehr über den Weg.
Er wird vor nichts zurückschrecken!"
Er sprach es mit solcher Nachhaltigkeit, dass es für eine kurze
Zeit eiskalt und still in der Küche wurde.
„Ich beeil mich und komm nicht spät. Schließt alle Türen ab und
lasst alle Rolläden runter nachdem ich weg bin."
Er stand auf, ging in den Flur und zog sich Jacke und Stiefel an.
Dann kam er zurück, küsste Heike und drückte Birgit.
Josie nahm er in den Arm und drückte ihr einen Schmatzer auf
die Wange.

Sie flüsterte ihm leise ins Ohr.
„Vergiss nicht Ralfie, ...ich krieg dich noch!!!"
„Na dann probiers halt!"
Er streckte ihr die Zunge raus und ging.

43

Willi lag auf der Couch und schaute fern.
Laika war unter dem Couchtisch mit einem Schweineohr
beschäftigt.
Plötzlich ließ sie von ihm ab, stellte die Ohren und lief aufgeregt
zur Terrassentür.
Sie kratzte an der Scheibe.
„Was los?"
Missmutig richtete sich Willi auf.
Laika kratzte weiter und bellte kurz.
„Musst Du jetzt schon wieder?
...warst doch erst vorher!"
Ihr Kratzen ging weiter.
Er nahm sich eine Zigarette aus der Schachtel, zündete sie an
und stand auf.
Dann öffnete er die Terrassentüre.
Laika stürmte wie wild in den Garten.
Willi nahm eine tiefen Zug und trat ebenfalls hinaus.
Es schneite wieder leicht.
Vom hinteren Teil des Gartens, der durch die Garage nicht
einsehbar war, vernahm er ein dunkles, bedrohliches Knurren.
-Es kam nicht von Laika.
Er schlüpfte in seine Clogs, die auf der Terrasse standen und
ging ein paar Schritte in den Schnee.
Wieder war ein tiefes Knurren zu hören.
„Geralt?
Bist du das?
-Mach jah keine Witze mit mir!?!"

Er hatte kaum ausgesprochen, da brach das Chaos los.

Laika bellte in höchsten Tönen und begleitet von ihrem
herzzerreißendem Fiepen wurde sie dann von einer noch
unsichtbaren Kraft in die Mitte des Gartens geschleudert.
Gleichzeitig sprang aus dem Schatten eine große, dunkle,
wolfsähnliche Kreatur hinter ihr her.
Willi war kurz wie paralysiert.
Laika`s, -in der Dimension kleiner Körper, wurde von großen
Kiefern gepackt und wie wild hin und her geschleudert.
Eine zweiter, ...ebenso furchteinflößender Schatten schlich nun
hinter der Garage hervor und kam langsam auf Willi zu.
Jetzt reagierte er aber sofort.
„Nein, ...Geralt ist keiner von denen!?",
war sein kurzer Gedanke.
„Laika!???",
war sein nächster.
Diese wurde von ihrem Angreifer in den Schnee gedrückt und
vor Willis Augen mit heftigen Bissen und Krallenhieben in
wilder Mordlust zerfetzt!
Blut spritzte in alle Richtungen und der Schnee färbte sich rot!
...-und die zweite Kreatur kam Willi immer näher.

„Denk nach, ...denk nach!"
Schnell wandte er sich um.
Zu schnell.
Er rutschte aus seinen Clogs, die im Schnee stecken blieben, und
rannte nur noch in Socken zur Terrassentüre.
Schnell schloss er diese hinter sich und hastete in den Keller.
Es gab eine Verbindungstreppe vom Keller zur Garage und
diese eilte er dann hoch.
Er riss die mittlere Schublade der Werkbank auf und nahm die
in einen Lappen gewickelte Waffe heraus.
Mit geschulter Bewegung lud er sie durch und langsam schlich
er zur hinteren Türe der Garage, die in den Garten führte.

Leise drehte er den Schlüssel im Schloss und trat vorsichtig hinaus.

Er hatte kein Licht gemacht und so konnte er schnell, -durch den gleißenden Schnee, alles erkennen.

Das eine „Wolfshundewesen" kratzte und drückte gegen die Terrassentüre und schnüffelte immer wieder in die Luft.

Das andere war immer noch mit Laika, ...-oder besser gesagt mit ihren Überbleibseln beschäftigt.

Beide knurrten tief und stießen dumpfe Laute dabei aus.

Willi war ein guter Schütze und mit seiner Waffe, einer 357er Magnum, sehr gut vertraut.

-Und sie machte große Löcher!

Mit ihr im freien Anschlag, ging er, ein - zwei Schritte auf die Kreatur, das die Überreste von Laika in der Mache hatte zu, ...und drückte ab.

-Dreimal!!!

Die Bestie wurde mit Wucht nach hinten geschleudert und ohne einen Laut überschlug sie sich in den Schnee.

Sofort wechselte Willi`s Blick und somit auch die Zielrichtung der Waffe zu der Anderen.

Diese machte sich zum Sprung auf ihn bereit.

Willi ging leicht in die Knie und fixierte dessen Brust an.

Doch bevor es zu irgendeiner „Entladung" kam, hallten tiefe, befehlende Kommandos durch den Garten.

Deutlich konnte er die Worte verstehen.

„Zeus! ...Xerxes! ... -Hierher!!!"

Das „Wolfshundewesen" auf der Terrasse machte sofort kehrt und sprang in großen Sätzen durch den Garten, -und dann, ...trotz seiner Größe, elegant über den Zaun.

...-und dann traute Willi seinen Augen kaum!?

Die zweite Kreatur, die er dreimal getroffen hatte, richtete sich auf, schüttelte ihr Haupt, ...und machte es dem ersten gleich!

„Dreimal, ... ich habe es dreimal in die Brust getroffen!!!

-Das kann doch nicht sein!?!"
Ungläubig blickte Willi auf seine Waffe.
Er schüttelte den Kopf und sein Blick schweifte über den Garten.
„Laika!!!, ...-Laika!!!"
Es war ein schmerzvoller Ausruf!
Über viele Jahre war sie seine treue Begleiterin gewesen.
Er steckte die Waffe in den Hosenbund und scharrte traurig und
wutverzerrt mit beiden Armen ihre Überreste zusammen.
-So einen Tod hatte sie nicht verdient!!!
„Warum, -wieso???
Und wer waren diese Viecher???
Wem hab` ich diesen Scheiß zu verdanken???",
-Unverständnis und unendliche Traurigkeit!
Dann stand er auf und ging durch die Türe zurück in die Garage
ins Haus.
Neben Küche holte er einen großen schwarzen Müllsack aus der
Speisekammer und lief gedankenverloren wieder hinaus.
„Dreimal!!!
-Dreimal hab ich es getroffen!"
Immer wieder hämmerte es durch seinen Kopf.

44

Willi trat gerade wieder in den Garten, -da läutete es an der
Türe.
„Komm mir jetzt jah keiner blöd!?",
dachte er bei sich und legte den Müllsack auf die Veranda.
Seine rechte Hand lag hinter seinem Rücken auf dem Griff der
Pistole, als er mit der linken öffnete.

-Es war Ralf.
Für einen kurzen Moment Stille.
„Mensch Willi, ... -wie siehst du denn aus?!
-Und ich hab` Schüsse gehört?

Kamen die von Dir?"
Willi hatte einen großen Spiegel im Flur und konnte sich jetzt
selbst drin sehen.
Seine Jeans, sein Pulli, sein Gesicht und auch seine Haare waren
blutverschmiert. Denn er hatte sich immer wieder mit den
Händen darüber gewischt.
Außerdem waren seine Socken und seine Jeans bis zu den Knien
mit gefrorenem rotem Schnee bedeckt!
„Laika ist tot!"
Mehr brachte er nicht heraus und schüttelte dabei den Kopf.
Ralf schob ihn ins Wohnzimmer zurück.
Willi drehte sich um und ging wieder zur Terrassentüre.
Ralf konnte seine Waffe im Hosenbund sehen.
„Was ist passiert?"
Gemeinsam traten sie auf die Veranda.
„Sieh`s dir an!
Diese Drecksviecher!!!"
Er nahm den Müllbeutel hoch und stapfte in den Schnee.
Mechanisch stopfte er dann die letzten Überreste von Laika in
den schwarzen Sack.
„Kann dich leider nicht im Garten unter deinem Lieblingsbaum
bergraben.",
sagte er liebevoll zu den Überresten.
„-Musst warten bis es wärmer wird. Der Boden ist gefroren!"
Es waren seine letzten Worte an Sie.
Traurig stand er auf und ging mit dem Müllsack durch die
kleine Tür in die Garage.
Ralf, ...-langsam, -ungläubig, aber aufmerksam hinterher.
Er verstand noch immer nicht was passiert war und schaute nur
zu.
In einer Ecke der Garage stand eine große Gefriertruhe.
Diese hatte Willi sich schon vor Jahren zugelegt, als er noch mit
ein paar Kumpels zum Jagen ging.
Aktuell war sie leer.
Vorsichtig verstaute er den Beutel und verschloss die Truhe.

Dann drehte er sich zu Ralf.
„Komm mit rein!"
Gemeinsam gingen sie ins Wohnzimmer.
„Ich erzähl Dir alles,
...aber dazu brauchen wir was stärkeres als Bier!?"
-Die Waffe hatte er noch immer im Hosenbund!

45

Geduldig, -und mit ein paar Gläsern Whisky, hörte Ralf seinen
Ausführungen zu.
Ralf war höchst aufmerksam und hatte alles in sich
aufgenommen.
-Und, ...er konnte eins und eins zusammenzählen.

Jetzt berichtete er Willi, -warum er hier war, und was mit Geralt
und ihnen allen passiert war.
Dieser schnaufte danach erst mal durch.
-Bei all den Geschehnissen heute Abend,
… -Trauer um Laika,
...-Zweifel an der Funktion seiner Magnum,
...und den einigen Whiskeys, war Willi doch noch sehr klar.

„Wow, ...da rollt wohl was auf uns zu!
Und du hättest die zwei Viecher sehen sollen!!!
-Dagegen ist Geralt eine Schönheit!"
Wieder steckte er sich eine Zigarette an.
„Und es weiß tatsächlich niemand was mit Geralt ist, ...und wo
er ist?"
Ralf schüttelte den Kopf.
„Leider nein!
Letzte Info war, dass er am Leben sei!?
Dr. Fahrenschon müsste normalerweise auch in diesen Stunden
zurück sein, ...und er kann hoffentlich mehr dazu sagen!"

Willi stand auf.
„Ich komm mit mit dir, -wenns recht ist!?
Meine Waffe gibt`s nur mit mir!  -Und ich werd` bei dem ganzen
auch noch ein Wörtchen mitreden!!!"
Ralf zuckte die Schultern.
„Okay, kann ja nicht schaden!"
-Dann zog sich Willi Schuhe an und sie gingen gemeinsam los.

46

Michael navigierte Irina, die wie schon zuvor zügig, -aber
sicher mit ihrem Jeep umzugehen wusste.
Dem aktuellen Verkehr und Wetter zufolge sollten sie so gegen
halb acht Abends in Senden sein.
Irina brach das Schweigen.
„Ich wollte Dir noch erzählen, wodurch meine innere
Verbindung zu Geralt herrührt!"
Michael blickte interessiert auf.

„Mein Opa ist ein Werwolf!",
sagte sie ohne Umschweife zu ihm.
„-Und er hat Geralts Opa gebissen und infiziert!
...Er ist der Wirt für Geralts Bestimmung!!!"

Stille.

„Das Leben ist seltsam, ...-und es sucht sich seinen Weg!?"
Michael sinnierte vor sich hin.
Irina blickte ihn kurz an.
„Ich habe es sofort gespürt als ich Geralt am ersten Abend in der
Bar gesehen habe.
-Er hat es Dir noch nicht erzählt? -Oder?"
„Nein, das hat er noch nicht."
Aber sofort formte sich ein neuer Gedanke in ihm.

„-Ich muss unbedingt eine Blutprobe von Dir haben.
Lebt dein Opa, dein Vater, ...irgendwer von deiner Familie
noch?"
Michael plante schon wieder voraus.
„Nur noch mein Opa, … -und das mit meinem Blut geht klar."
Sie war eine toughe, junge Frau dachte er.
Und er stieg gleich darauf ein.
„Wo lebt dein Opa?"
„In der Nähe von Decin. Auf einem alten Hof.
Er ist letzten Monat sechsundachtzig Jahre alt geworden, aber
noch sehr gut drauf.
...-Hat wohl mit seinen Wolfsgenen zu tun?"
Sie sagte es ziemlich amüsiert.
„Kann durchaus sein!",
antwortete er ihr.
Irina erzählte weiter.
„Er hat es mir schon vor vielen Jahren erzählt, -aber ich habe
ihn nicht so ernst genommen.
-Denn ab und an übertreibt er es auch. Meistens mit Wodka.
Und oftmals erzählt er dann phantastische Geschichten!"
Sie holte tief Luft.
„Aber dann, ...-eines Tages hat er es mir gezeigt.
So wie Geralt vor zwei Tagen!!!"
Hörbar atmete sie wieder aus.
„...-aber Geralt ist noch viel hässlicher als er!!!"

Michael schnaufte auch tief aus.
„Aber, ...aber das könnte uns sehr helfen!
Dein Opa ist der Auslöser, ...-der Wirt für Geralts Bestimmung!
-Und mit deinem, und dem Blut und der DNA deines Opas
könnten wir vielleicht bei Geralt was erreichen, ...was
verändern!?
...Es eventuell sogar eindämmen, oder noch mehr?!!!"
Jetzt sprach Euphorie und Tatendrang aus seiner Stimme.
„Hast Du eine Adresse oder Telefonnummer von ihm?"

„Klar!", war ihre schnelle Antwort.
„Danke!"
Erleichtert und ohne darüber nachzudenken legte er ihr für
einen kurzen Moment die Hand auf den Schenkel.
-Danke, danke, danke!!!"
Sie ließ es geschehen und fuhr konzentriert weiter.

47

Heike und Birgit saßen in der Küche und blickten in den Schein
einer kleinen Kerze.
Jede ließ ihren Gedanken freien Lauf.
Josie lag zugedeckt auf der Bank und schlief.
-Aber wiederum eingehüllt in einen leichten bläulichen
Schimmer.
Sie hörten ein Auto vorfahren und blickten beide auf.
Kurz darauf läutete es an der Türe.
Heike zog den Rolladen einen Spalt nach oben und blickte
gespannt Richtung Türe.

-Es war Michael und eine weibliche Person.
Erleichterung!
Schnell öffneten sie.
Michael wurde von beiden herzlich empfangen und er stellte
ihnen dann Irina vor.
„Kommt in die Küche, aber seid leise, -Josie schläft auf der
Bank."
Heike führte sie nach drinnen.
Birgit musterte Irina und sog dabei die Luft durch die Nase!?
...-und diese musterte unverhohlen zurück.

„Was ist mit Geralt?"
Birgit konnte nicht mehr hinter den Berg halten.
„Birgit!"

Heike mischte sich vehement ein.

„Lass sie doch erst mal ankommen.

Wollt ihr etwas Essen, Trinken?"

„Bier wäre jetzt gut!"

Michael nickte ihr zu.

„Und ich nehm `nen Wein!" Irina rutschte vorsichtig neben die schlafende Josie auf die Bank, ohne diese aufzuwecken.

Birgit ließ sie nicht aus den Augen.

„Wo ist Ralf?", fragte dann Michael.

„Der müsste gleich kommen, der wollte nur noch was besorgen!"

Heike schenkte beiden ein und stellte dann noch etwas Käse und Brot auf den Tisch.

Das erste Bier und das Glas Wein waren schnell leer.

„Okay, dann muss ich jetzt wohl!?"

Michael begann zu erzählen.

...und wie früher, als Oma eine spannende Geschichte erzählte, hafteten alle Blicke und Aufmerksamkeiten an seinen Lippen.

Er ließ nichts aus.

-Aus seiner Sicht!

„Und Du!?

Was hast Du dann noch damit zu tun, außer dass Du einen Jeep hast und gut Autofahren kannst???"

Birgit giftete Irina an.

„Tja, ...dann bin ich wohl jetzt dran???"

Sie ging nicht auf Birgits Provokation ein und erzählte.

… -Und auch sie ließ nichts aus!

48

„Puh!!!" Birgit stand auf und blitzte Irina an.

„Das heißt dann ja wohl, dass Du oder deine Familie, -alles Unheil,   -alles Leid, -alle Gefahr, -den Schmerz und den Tod,

… und, und, und, …über uns gebracht habt???"
Sie zog die Nase hoch und irgendwie hatte sich eine etwas
feindselige Stimmung zwischen ihnen entwickelt!?
Aber jetzt stand auch Irina auf.
„Okay, … -ich bin mitgekommen um zu helfen!
…aber wenn du erst eine auf die Nase von mir willst, dann
kannst Du das sofort haben!!!"
Sie griff über den Tisch nach Birgit und eines der Gläser fiel
klirrend um.
Josie wachte auf und rieb sich die Augen.
„Was, … was, -ist Mikka schon da?", fragte sie verstört.
Birgit packte Irinas Arm.
„Das hast du jetzt davon, du blöde Kuh!!!"
Michael griff sofort ein und drückte beide wieder auf ihre Plätze.
„Was soll das denn jetzt?
Wir haben andere Probleme als euer Gezicke!!!"
Womit er mehr wie recht hatte.
Josie setzte sich jetzt auf und blickte Irina an.
„Wer bist denn du?"
„Ich bin eine Freundin von Geralt, du süße Maus!", antwortete
diese und strich Josie durchs Haar.
„Nimm bloß die Finger von ihr, oder es gibt wirklich was!"
Birgit konnte nicht mehr an sich halten und stand wieder auf.

Doch bevor es weiter eskalierte öffnete sich die Türe und Ralf,
gefolgt von Willi traten ein.
Alle blickten sofort erschrocken zu Willi, der noch immer
blutbesudelt war.
„Ouh, ouh, …was ist denn mit euch passiert?"
Heike machte sofort für Willi Platz.
Man machte sich kurz bekannt, …und nachdem die Wogen
wieder geglättet waren, war nun jeder gespannt was die Beiden
zu erzählen hatten.
-Aber niemand hatte so richtig zugehört was Josie zuvor gefragt
hatte!?

Alle hörten nur aufmerksam zu, was Ralf und Willi berichteten.
Für einen Moment wurde es dann still am Tisch.
Danach wiederholte Michael für die beiden in kurzen Worten
was ihnen widerfahren war.
„Und nun?"
Ralf stand auf und ging zum Kühlschrank.
Es war ganz schön eng um den Tisch geworden.
Birgit blickte alle nacheinander an.
„Denkt ihr nicht es wäre besser wieder zu uns zu gehen?
Wir hätten alle Platz und alleine bin ich jetzt ja auch nicht mehr!"
Sie dachte vorrangig an Josie, die jetzt leise im Halbschlaf vor
sich hin brabbelte.
„Ja, das ist gut. Lass uns zu dir gehen!"
Ralf stimmte als erster zu und die anderen nickten dann auch.
Gemeinsam packten sie also noch ein paar Sachen und fuhren
dann mit Ralfs und Irinas Auto zu Birgit und Geralts Haus.
Schnell war eine Zimmeraufteilung gemacht.
-Keiner wollte heute Abend mehr alleine sein.
Michael erledigte ein paar Telefonate mit dem Krankenhaus und
kurze Zeit später saßen wiederum alle in der Küche.
Jeder wusste noch irgendetwas zu erzählen, aber keiner wusste
so genau was auf sie zukommen würde?
...nur Michael war gedanklich sehr in sich gekehrt.

Mit lautem Gähnen meldete sich dann plötzlich Josie zu Wort,
die etwas unbeachtet zwischen ihnen saß und mit Irinas Haaren
spielte.
„Ich hab Hilfe für uns geholt!!!"
„Ah, ...was hast Du?",
-Birgit sah sie an.
„Ich hab Hilfe geholt, ...und jetzt hab ich noch Hunger!"
mit diesen Worten blickte sie zu Heike.
„Erklär`s mir!", sagte Birgit zu ihr und setzte sich ihr gegenüber.
„Ihr werdet es schon bald sehen!
Er wird kommen!"

...damit schlüpfte sie von der Eckbank unter den Tisch,
krabbelte hervor und lief zum Kühlschrank.
„Haben wir noch Leberwurst?"
Jeder sah sie fragend an und Birgit verneinte.
„Hhm, ...dann bring mich bitte ins Bett."
Sie streckte Birgit die Hand entgegen.
-Manchmal hat sie schon ein bisschen was von Geralt!?, dachte
Birgit bei sich, stand auf und ging mit Josie nach oben in ihr
Schlafzimmer.

Heike hatte für Willi ein Sweatshirt von Geralt geholt.
„Denkst du das passt mir von dem Spargel?"
Diese nickte.
„Geralt trägt gerne etwas größer! Das müsste gehen!"
Birgit kam wieder in die Küche.
„Uii, ...steht dir aber gut!
Ist übrigens Geralts Lieblingspulli. Also pass gut darauf auf!"
Willi verbeugte sich vor ihr.
Dann nickte er Ralf zu, der ihm mit einem Bier in der Hand
einen fragenden Blick zu warf.
„Ich knöpf sie mir alle vor, -alle, ...egal wer und was sie sind!!!"
Damit legte er polternd seine Waffe auf den Tisch.
„Nimm sofort das Ding da weg!!!"
Heike ermahnte ihn.
Schnell steckte er die Magnum wieder unters Sweatshirt.
„Sorry!",
sagte er dann etwas kleinlaut.
Ralf wandte sich ihm zu.
„Wir können dich verstehen, Willi.
-Aber Du hast ja selbst gesehen und erzählt, dass du damit
nichts gegen sie ausrichten konntest!"
Willi trank einen großen Schluck.
„Doch!!!",
antwortete er trotzig.
„Mit der richtigen Munition schon!!!"

-Irina unterbrach ihn.
„Was meinst Du damit?",
Willi legte sofort nach.
Man braucht Silberkugeln.
-Damit kannst du diese Viecher töten!"
Er blickte sie an und Irina nickte.
„Silberkugeln!!!",
sagte er nochmals nachdrücklich zu ihr.
Sie nickte wieder.
„Wir hatten welche, aber diese hat die Polizei damals mit der
Waffe von meinem Vater sichergestellt!"
Ralf erinnerte sich noch sehr gut daran.
Willi überlegte schnell.
„Dann lasst uns doch welche machen!!!"
Neuer Mut machte sich in ihm breit.
„Wie denn?
Die kannst du nicht einfach an jeder x-beliebigen Ecke kaufen!?"
Ralf holte ihn zurück.
„Nein, das weiß ich.
-Aber ich kann sie selber machen!
Ich bin ein sogenannter „Wiederlader", das heißt, ich mache
meine Munition für meine Waffen selber.
Ich hab alles was man dafür braucht in meinem Keller. Von der
Presse, den Hülsen, Pulver, …-einfach alles?"
Dann wurde er leiser.
„… - bis auf Silber???"
Wiederum nahm er einen Schluck.
„Kannst du es auch schmelzen?"
Birgit löste das silberne Amulett um ihren Hals und hielt es Willi
entgegen.
Er blickte zu ihr auf und nahm ihr das Amulett ab.
„Ja, das kann ich.
-Aber das Amulett hast du von Geralt?"
Birgit nickte, -und sie erinnerte sich noch sehr gerne daran, als
er es ihr umgelegt hatte.

„Er würde es genauso wollen!"
Eine kleine Träne schlich sich in ihre Augen.
Auch Irina griff sich sofort an den Hals und löste ihre silberne
Kette.
„Die ist von meiner Oma, … - und sie sollte mich vor meinem
Opa schützen.
Aber jetzt kann sie bessere Dienste leisten!"
Außerdem zog sie einen Ring von einem ihrer Finger.
Willi strahlte sie an und stand auf.
„Dann sollte ich sofort los!
Das müsste für vier bis fünf Patronen reichen!!!"
Ralf stand ebenfalls auf.
„Ich komm mit und helfe Dir!"
Heike nickte.
„Was sollen wir so lange tun?"
Birgit fragte es in die Runde.
„Schaut dass alle Fenster und Türen zu sind, lasst überall die
Rolläden herunter und versucht euch etwas auszuruhen, … und
euch etwas besser kennenzulernen!?"
Ralfs Blick ging zwischen Birgit und Irina hin und her.
Diese nickten missmutig.
„Ich würde gerne ins Krankenhaus fahren und noch eine Tasche
holen, damit ich Blutproben nehmen und etwas arbeiten kann?"
Michael wandte sich mit dieser Bitte an Ralf.
-Irgendwie war dieser zum Leader geworden.
„Nein, Michael.
Bitte bleib solange bei den Mädels, bis Willi und ich wieder
zurück sind!
-Wie lange werden wir brauchen?",
seine Frage galt Willi.
„??? … drei Stunden?",
war seine unsichere Antwort.
Michael nickte.
„In Ordnung, -ich werd`hierbleiben!"

Eine halbe Stunde später standen Ralf und Willi in dessen Keller und trafen die Vorkehrungen.

Vorher waren sie noch aufmerksam durch den Garten geschlichen und hatten sich vergewissert, dass niemand ums Haus war.

Jetzt richtete Willi alle Utensilien her, während in einem kleinen Ofen das Silber zum Schmelzen gebracht wurde.

Interessiert folgte Ralf seinen Handgriffen.

Entschlossen und sicher hantierte dieser mit den Gerätschaften.

„Willi, ...tut mir leid mit Laika.
Und danke dass Du uns hilfst!"
Ralf legte ihm die Hand auf die Schulter.
„Schon gut!", antwortete dieser.
„...Kann euch gut leiden, ...vor allem Geralt und Birgit!
-Und natürlich die Kleine!"
Dann holte er das Silber aus dem kleinen Schmelzofen.
Gekonnt füllte er es in die dafür vorgesehenen Formen.
Er tauchte sie dann in ein Bad mit eiskaltem Wasser, das er vorbereitet hatte.
Zischend und brodelnd verfestigte sich das Silber wieder.
Nach kurzer Zeit holte er es aus dem Eisbad und klopfte sie aus den Formen.
Dann hielt er die noch warmen Projektile mit einer Pinzette nach oben und musterte sie von allen Seiten.
„Perfekt!!!", mehr sagte er nicht.
Er bereitete die Kalibrierung vor und wog sorgsam und vorsichtig das Pulver für jede Kugel ab.
Es ergab tatsächlich fünf Patronen.
Mit einer feinen Feile ritzte er dann ein kleines Kreuz auf die Spitzen.
„Das wird meinen Fingerabdruck bei ihnen hinterlassen und den Drecksviechern extra weh tun!"

Man merkte ihm seine Verbitterung über Laikas Verlust noch
sehr deutlich an.
Nach getaner Arbeit begutachtete er diese nochmals.
Dann griff er sich die Magnum, nahm das Magazin heraus,
leerte es, und befüllte es neu, - mit der speziellen Munition.
„So, … jetzt können die Viecher kommen!!!“
Er lud die Magnum durch und sicherte dann zufrieden mit
beiden Händen im Anschlag in jede Ecke.
Ralf klopfte ihm anerkennend auf die Schulter.
„Gute Arbeit Willi.
-Lass uns schnell zurück gehen!“

50

Tatsächlich knapp drei Stunden später waren sie wieder zurück.
Michael und die Mädels saßen um den Tisch und unterhielten
sich leise.
Nur ein „Mädel“ fehlte.
-Josie.
Birgit hatte sie ins Bett gebracht und sie schlief nun tief und fest.
„Es war aber sehr seltsam!?“
Birgit nahm Ralf am Arm als dieser sich an den Tisch zu ihnen
gesetzt hatten.
„Ich muss dir was erzählen.“
Und ihr Blick schweifte nach oben.
„Nachdem ihr gegangen wart, war ich nochmals oben.
Sofort setzte Josie sich auf und sprach mich an.
-Mit offenen Augen.
„“-…ihr braucht meine Hilfe!!!““
sagte sie zu mir.
„…und ich hab sie euch geholt!!!“
Dann umgab sie plötzlich wieder ein fluoreszierendes,
hellblaues Licht.
Sie schloss die Augen.

...-Ihre kleinen Flügelchen breiteten sich aus und sie brabbelte
wieder etwas in ihrer eigenen Sprache!
Ich traute mich nicht irgendwas zu sagen, oder sie zu
unterbrechen!?
Ich schaute und hörte ihr nur zu.
Es dauerte gefühlt zwei Minuten, dann war sie wieder die kleine
Josie.
Sie strahlte mich aus ihren hellen Augen an und fragte.
-""...„Was???,
warum schaust du mich denn so an?
-Ich bin doch so müde!
Lass mich endlich schlafen!!!
- Birgit!"…""
Ich deckte sie zu und sofort war sie wieder eingeschlafen."

Birgit blickte Ralf an und alle anderen zuckten fragend die
Schultern.

-Seltsame Zeiten!

51

Von ihnen dachte keiner an Schlaf.
Birgit unterhielt sich tatsächlich mit Irina.
Diese erzählte ihr aufrichtig ihre Begegnung und ihre
Unterhaltungen mit Geralt.
Ralf, Willi und Michael tauschten sich über die Geschehnisse in
Tschechien aus und Heike hörte einfach nur zu.
Es war spät.

Doch plötzlich läutete es an der Türe.
Ralf stand schnell auf und nestelte kurz an seiner Seitentasche.
Willi holte die Waffe aus dem Hosenbund und lud sie durch.
-Wer konnte das sein?

Mit einem leichten Kopfnicken gab Ralf den Mädels zu
verstehen, sie sollten sich zusammen in die Ecke setzen.
Birgit eilte schnell die Treppe hoch ins Schlafzimmer zu Josie.

Michael schlich zum Fenster und versuchte durch die Ritzen des
Rolladens etwas zu erkennen.
Langsam öffnete Ralf die Tür zum Flur und trat hinaus.
Den rechten Arm hatte er leicht von sich gespreizt, und Heike
konnte sehen, dass er seinen Dolch „Asi" um sein Handgelenk
und den Unterarm geschwungen hatte.
Willi duckte sich ins Treppenhaus, kniete nieder und hielt die
Magnum im Anschlag.
Unendliche Spannung baute sich auf und es wurde mehr wie
still,
…und plötzlich roch es nach Rosen!!??

Ralf erkannte den Geruch sofort, obwohl es schon einige Monate
her war, -und schnell öffnete er die Türe.
Eine große, dunkle Gestalt stand vor dieser und blickte ihm
erwartungsvoll entgegen.

„Krieger!!!
-Krieger, …Gott zum Gruße!!!",
schallte es ihm bestimmend entgegen.
Eine ehrerbietende Verbeugung schloss sich der lautstarken
Begrüßung durch diesen an.
„Mikka!?"
Ralf fehlten die Worte.
„Mikka!!!"
Freude schwang mit seinem Namen, …aber auch ein
Fragezeichen stand auf Ralf`s Stirn!?
Mikka nahm es wahr und ging einen Schritt auf ihn zu.
Sie breiteten beide die Arme aus und umarmten sich.
„Skar" hatte er auch dabei, denn Ralf konnte die lange Klinge
auf dessen Rücken unter dem langen Ledermantel spüren.

„Mikka???",
wiederum formten sich Fragezeichen.
Dieser löste sich aus Ralfs Umarmung und sprach zu ihm.
„Eloa, ...meine Herrin hat mich gerufen!"
Ralf verstand nicht.

„Komm erstmal rein!
...Es werden sich viele freuen dich wieder zu sehen!!!"
In seiner ganzen Herrlichkeit stolzierte er an Ralf vorbei,
nickte dabei Willi zu, -der noch immer seine Waffe im Anschlag
hatte, ...und trat in die Küche.

Heike klappte im wahrsten Sinne des Wortes die Kinnlade
runter als sie ihn sah.
„Blonde Herbergsfrau!!!",
war seine Begrüßung, -und er nahm sie auch sofort in den Arm.
„Ihr irdischen Weiber werdet von Tag zu Tag noch hübscher!
...Und wenn nicht der Krieger euer Liebster wäre,
...dann würde ich sofort mein Glück bei euch versuchen!!?"
Gleichzeitig drückte er ihr einen Kuss auf die Wange.

Und plötzlich erfüllte eine schon lange nicht mehr dagewesene
Wärme und Freude alle vier Wände!
Michael, Irina und auch Willi, der jetzt hinter Ralf in die Küche
kam waren sprachlos.
-Was wurde ihnen hier gewahr???

Ralf versuchte es in kurzen Worten aufzuklären.
„Für manche von euch erschließen sich jetzt unsere Erzählungen
und Erlebnisse von vor über einem halben Jahr.
-Dies ist Mikkael, der erste Engel des Herrn.
Er ist der Beschützer von unserer kleinen Eloa,
...für uns besser bekannt als Josie,
... die einst als Engel in den Himmel kommen soll!?
-Wunderlich, ...aber wahr!!!"

Mikkael nickte, schlüpfte aus seinem Mantel, verbeugte sich
leicht vor allen und setzte sich dann auf die Bank neben Irina.
„So, ...schöne Herbergsfrau!",
sagte er dann zu Heike.
„...habt ihr noch etwas von dem damals so köstlichen
Getränke???,
...und dann blonder Krieger, erzählt mir was euch hier
widerfährt, -und weshalb ihr meine Hilfe braucht!?!"

Er lehnte sich zurück und starrte in aufgerissene Münder.

52

Heike holte zwei Flaschen Weißwein aus dem Kühlschrank und
stellte sie vor ihn.
„Öffnen kannst sie ja hoffentlich noch selbst!?"
Sofort strich er mit einer fließenden Handbewegung über die
Flaschenhälse und hielt so dann die Korken in der Hand.
Alle waren wieder davon fasziniert.

Birgit lief schnell die Treppen runter und trat in die Küche.
Sie hatte natürlich die Aufregung von oben mitbekommen.

Sofort stand Mikka bei ihrem Anblick auf und ging vor ihr in die
Knie.
„Schöne Zauberin und weise Frau von Geralt Wolfsauge!"
Er beugte sein Haupt vor ihr.
Birgit strich ihm durch seine langen schwarzen Haare.
„Mikka, erster Engel des Herrn!
Es ist mir eine große Freude Dich zu sehen!
Jetzt verstehe ich es erst.
- Josie hat dich gerufen!!!
Ich war etwas verwirrt und hätte niemals daran gedacht, dass
sie dich damit meint.

Aber jetzt bin ich sehr froh dich hier in diesen dunklen Stunden
bei uns zu sehen!"
Er ging auf sie zu, umarmte sie und sagte dann mit fester
Stimme.
„Erzählet mir was euch bedrücket,
...welches Unheil über euch gekommen ist,
...und „Skar" und ich werden euch gemeinsam zur Seite
stehen!"
Er griff eine Flasche und trank einen großen Schluck.

„...Aber zuerst mag ich Eloa sehen!
- Wo ist mein kleiner Engel, der mich zu Hilfe gerufen hat?
...und wo ist Geralt Wolfsauge, -mein Gefährte im Herzen!?"
Birgits Blick wurde traurig.
Mikka bemerkte es sofort, schob sie in den Flur und flüsterte ihr
zu.
„Schöne Birgit!
Egal was über Euch und eure Gefährten gekommen ist, ...ich
werde helfen!"
Birgit nahm ihn dankend an der Hand und führte ihn die
Treppe hoch.
Alle gingen neugierig hinterher.

Leise traten sie ins Zimmer und Mikka kniete sofort neben das
Bett in dem Josie friedlich schlief.
Er legte ihr zärtlich die Hand auf die Stirn.
-Sofort erfüllte wieder hellblaues Licht das Zimmer und Josie
richtete sich langsam auf.
Sie hatte nach wie vor die Augen geschlossen.
Birgit und die anderen, die sich hinter ihr im Türrahmen
drängten,
verhielten sich mucksmäuschenstill!
-Leises Flüstern in einer fremden Sprache war zu hören.
Auch Mikka hatte die Augen geschlossen und nun bewegte sich
der Kopf von Josie rhytmisch hin und her.

Birgit lauschte aufmerksam, ...und immer wieder vernahm sie aus dem Gebrabbel und dem Singsang der beiden „Geralts" Namen!?

Sanft legte Mikka dann Josie wieder zurück und deckte sie bis zum Halse zu.
Er strich ihr nochmals über die Stirn und stand langsam und nachdenklich auf.
Die anderen traten schnell zur Seite, als er mitten zwischen ihnen hindurch, die Treppen wieder nach unten ging.
In der Küche griff er sich wieder eine Flasche und setzte sich.
Geduldig wartete er bis sich alle um den Tisch versammelt hatten.
„Eloa hat mir alles berichtet!"
-Wiederum nahm er einen großen Schluck.
Wie in einem Thriller baute sich eine Spannung in der Küche auf.
„Ihr seid alle in großer Gefahr, ...und es sind schlimme Machenschaften im Spiel, ...die wohl mit normalem irdischen Verstand nicht nachzuvollziehen sind!?"
Mit steingrauem Blick schaute er in die Runde.
Birgit sprach ihn an.
„Was ist mit Geralt?
-Sie hat dir auch von ihm erzählt!?
Ich konnte seinen Namen verstehen!?"
Er nickte ihr zu.

„Geralt wird kommen!!!
...-aber er wird wohl nicht mehr er selbst sein!!!
Er ist nun sowohl für Euch, als auch für sich selbst eine Bedrohung!!!"
Birgit verstand nicht!?
Mikka nahm Birgits Hände.
„Das Tier in ihm,
- es ist stärker als er, ...!!!"

Ihr Gefühl und ihre Ängste schienen sich zu bestätigen!?

53

Nachdem jeder vom Rudel seinen Anteil an der Beute
bekommen hatte, gruben sie sich in den Schnee.
Einige schliefen.
Thornt kam neben mich.
„Ich muss weiter!!
Schnell!,
-und vor allem so lange ich noch einigermaßen Herr meiner
Sinne bin!“
...-er war wieder in meinen Gedanken.
„…Ich komme mit!“,
war seine Antwort.
„Gavan wird das Rudel zurück führen.
-Zu zweit sind wir schneller und können uns auch unerkannter
bewegen!“
Ich war mit meinem Blick tief in seinen Augen und konnte
deutlich erkennen dass er es mehr wie ernst damit meinte.
„Nein!“,
erwiderte ich ihm.
„Ich muss alleine weiter!
Ich werde für alle um mich zur Gefahr werden,
...auch für Dich!“

Die Schübe in mir wurden nun immer stärker.
Mein Körper wurde mehr und mehr überrannt von Wildheit,
Kraft und Gier.
Und auch mein Äußeres wurde immer mehr zum…
-Tier?
-Bestie?
-Werwolf!?!

Thornt richtete sich auf und streckte mir seinen mächtigen
Schädel entgegen.
„Dann werden wir erstmal sehen, wer für wen zur Gefahr
wird???",
blitzte es mir aus seinen Augen entgegen.
Wiederum verneinte ich.
„Nein, -ich werde nicht mit Dir kämpfen!
...Und ja, Du bist stark!, ...sehr stark!!!
-Aber das überlebst Du nicht!!!"

Mit einem Ruck stand ich auf.
Meine langen Arme mit den scharfen Klauen schlug ich links
und rechts an meine schlanken Hüften.
Das Innere drang mit einem mächtigen Ruck nach draußen und
verwandelte mich in kürzester Zeit in eine widerliche, starke,
wolfsähnliche Kreatur,
… die einfach nicht in Worte zu fassen war!!!

Mit schauerlichem Geheule drehte ich mich von ihm zum Mond
und schrie diesem laut und bedrohlich entgegen.
Thornts Wölfe rollten sich daraufhin noch enger zusammen.

-So schnell es aber über mich gekommen war, ...so schnell war
es auch wieder vorbei!
Ich konnte es noch immer kontrollieren!
-Noch…!!!
Das Gefühl in mir war surreal,
...unbeschreiblich,
… - und wunderschön!!!
...und ja, mit einem noch ein bisschen menschlichem Verstand
wurde es mir bewusst!?...
-Ich wurde nicht nur für andere zur Gefahr,
… - sondern auch für mich selbst!!!

54

... - So viele Fragen!

Mikka saß entspannt am Tisch und versuchte eine Frage nach
der anderen geduldig zu beantworten.
Es war sehr spät, aber keiner von ihnen wurde müde.

Birgit meldete sich zu Wort.
„Du sagtest Geralt wird kommen!?"
Mikka nickte.
„Ja, ...er ist auf dem Wege.
Aber er ist nicht mehr er selbst!!!
-Und er hat einen Begleiter!"
Birgit konnte sich nicht vorstellen wer ihn begleitete.
„Wer?
-Und wie?"
Sie schüttelte leicht beunruhigt den Kopf und Mikka legte ihr
seine Hand auf die Schulter.
„Er ist in starker Begleitung, ...du wirst es sehen!"
Aber die Unruhe nahm es ihr nicht.

Dr. Fahrenschon, der die letzten Stunden sehr in sich gekehrt
war, wandte sich plötzlich an Irina und Ralf.
-Kommt mal mit, -ich muss mit euch reden!"
Ralf und Irina folgten ihm ins Wohnzimmer.

„Ralf, ...ich möchte mit Irina zurückfahren und ihren Opa
suchen.
Ich bin überzeugt, dass er ein Schlüssel dazu sein kann, um
Geralt zu helfen! -Aber wir sollten schnell handeln!"
Ralf überlegte. Irina nickte bereits.
Schnell erzählte er Michael alles von seinen Erkenntnissen und
seinen Überlegungen dazu.

„Er ist Geralts Wirt, ...und sein Blut kann ihm helfen!
-Und ich kann hier eh nichts für euch tun!?"
„Okay, fahrt. -Was denkt ihr wie lange ihr brauchen werdet?"
Irina antwortete für Michael.
„Ich weiß wo mein Opa wohnt, und normalerweise brauchen
wir von hier gute fünf Stunden. Wir können früh da sein und
sind dann bis zum späten Abend wieder zurück!?"
Michael nickte.
„Vorausgesetzt wir treffen deinen Opa an, und er zeigt sich
kooperativ?"
„Wollen wir`s hoffen! ...Aber hört sich gut an!
-Was braucht ihr für die Fahrt?"
Ralf dachte schon wieder voraus.
„Kaffee wär gut, und tanken muss ich auch noch."
Irina drehte sich um und ging zurück in die Küche.
„Tanken übernehm ich, und wir müssen noch kurz im
Krankenhaus vorbei. -Ich brauch noch ein paar Sachen."
Michael und Ralf folgten ihr.
„Birgit und Heike sollen euch Kaffee und etwas zu Essen
herrichten. Dann könnt ihr gleich los!"
Ralf erklärte den anderen was sie vor hatten und Birgit stand
sofort auf, umarmte zuerst Michael und dann Irina.
„Vielen Dank ...danke für eure Hilfe."
Mit einem Seitenblick auf Mikka und auch auf Willi sagte sie
dann.
„Mit solchen Freunden an der Seite sieht die Zukunft schon
wieder ein bisschen heller aus."
„Wir werden das hinkriegen!"
Irina gab ihren Optimismus jetzt an sie weiter.
„Danke!", sagte Birgit zu ihr, dann machte sie sich daran Kaffee
zu kochen.
Mikka stand auf.
„Wir brauchen die Hexe!!!"
„Krieger, ... holt uns die Hexe her!
Jetzt sofort!!!"

Ralf blickte zu ihm.
Mikka sprach zu Michael.
„Dein Wissen und ihre okkulte Macht vereint!?
-Ja, …!!!"
Er nahm seine Hand.
„Ihr heißt wie ich, …und ich vertraue euch, und eurem Wissen."
„Ihr habt schon einmal,…gemeinsam mit der schönen Birgit, -
den Krieger gerettet!
Ich lese in euren Augen, dass ihr dies auch mit Geralt könnt!?
…Und jeder, oder alles andere,
…ob Mensch, -Tier, - oder irgendwelches Gezeug,
-das sich uns dabei in den Weg stellt,
…wird „Skar" und „Asi" zu spüren bekommen!!!"

„-Und meine Wumme!!!",
…Willi hatte schon lange nichts mehr gesagt, -aber das kam aus
Überzeugung!
Mikka fuhr fort.
„-Verzaget nicht, schöne Birgit!
…und es war richtig von meiner Herrin, mich zu rufen!"
Birgit spürte mehr als einen Funken Hoffnung, wusste aber
noch nicht wie sie es deuten sollte.
Ralf ging zum Telefon.
Es war jetzt drei Uhr morgens.
-Aber es läutete keine dreimal, dann war Steffi am Telefon.
„Ich konnte die ganze Nacht nicht schlafen, …und ick hab`s
gespürt!
-Ihr braucht mich wieder!"
Das waren ihre kurzen Worte.
Ralf nickte wiederum ins Telefon.
„Ick mach mir sofort auf den Weg zu euch!"
Ihren Akzent hatte sie nicht verloren, und schnell machte sie
sich auf.
Kurz darauf läutete sie schon an der Türe.
Ralf öffnete ihr.

Ihre roten Haare legten sich wie ein Tuch um ihn, als sie sich in
den Arm nahmen.

„Komm rein!"

Nach einer Begrüßung mit jedem,

...und prüfendem Blick für Irina, trat sie neben Mikka.

Schnell berichtete er ihr, ... und auch sie erzählte noch kurz was
sie gesehen hatte.

Dann schob sie hinterher:

„... - aber auch jetzt, -auf dem Weg hierher fühlte ich mich
beobachtet,

...verfolgt...!?!

Irgendjemand schlich hinter mir her, -wusste sich aber gut zu
verstecken."

Sie fuhr sich mit ihren langen und feuerroten Fingernägeln
durch die ebensolchen Haare.

Birgit füllte den Kaffee in eine Thermoskanne und reichte diese
an Irina.

„Okay,

...wie geht`s jetzt weiter?"

Alle blickten darauf Mikka an.

Aber Michael,

...Dr. Fahrenschon, beantwortete ihre Frage.

„Irina und ich, -wir werden jetzt zurück nach Tschechien fahren
und ihren Opa aufsuchen."

Mikka stimmte ihm zu.

„Und die Hexe fährt mit euch!"

Steffi blickte ihn fragend an.

„Als Verstärkung, ...auch ein alter Mann kann noch ziemlich
wehrhaft sein!?"

Irina nickte ihr zu.

„Und wir können uns auf der Fahrt etwas näher kennenlernen!
Interessant siehst du ja aus!"

„Det bin ick auch! ...-Wirste sehen!

-Auf was warten wir noch?"

Steffi drehte sich um.

„Dann geh`ick noch auf Toilette, -dann reiten wir los!“
Irina nahm ihre Tasche und verstaute den Kaffee.
„Der Krieger,...und Du!“,
Mikka zeigte dabei auf Willi.
„...wir werden hier für die Sicherheit meiner Herrin sorgen!
...Und wir werden alles dafür tun, dass keinerlei Unheil über
jeden von euch hereinbrechen wird!“
Er trat vor Michael und Irina.
„Geht nun los, ...und wir erwarten euch schnell zurück!!!“
Birgit trat vor Irina und reichte ihr die Hand.
Irina nahm sie in den Arm und drückte sie.
Dann ging sie mit Michael und Steffi zum Auto.
„Auf geht`s,  -ihr Pussy`s!!!
Wir haben keine Zeit zu verlieren!“
-Steffi drängte auf ihre eigene Art zum Tempo.

Als sie weg waren blickte Birgit die Treppe nach oben.
„Ich werde nach Josie sehen und mich etwas zu ihr legen.“
Mikka nickte ihr zu.

55

Thornt richtete sich auf.
Er trat neben Gavan und blickte diesen durchdringend an.
„Du wirst das Rudel führen!“, sagte er dann zu ihm.
„Ich werde mit „Wolfsauge“ gehen.“
Sie rieben sich für einen Moment aneinander.

Gavan wollte schon lange der Rudelführer sein, -aber Thornt
war ihm in vielem voraus.
Er war nicht nur stärker, sondern wesentlich erfahrener, listiger
und klüger!
Die letzten Eigenschaften fehlten Gavan.
-Jetzt bekam er seine Chance.

„Ich werde dich würdig vertreten und auf die anderen aufpassen,
-so wie du es mich gelehrt hast."
Ich blickte in die Runde und schickte jedem von den Wölfen einen Gedanken, dann drehten wir uns um und liefen schnell davon.
Mal auf zwei, mal auf vier Beinen sprang ich neben Thornt her.
Wir gaben ein sonderbares Bild ab!

Lange Zeit liefen wir schweigend nebeneinander.
Thornt verstand es sehr gut, ungesehen an den wenigen Dörfern und Bauernhöfen vorbei zu kommen.
-Es dämmerte.
„Wir sollten uns für eine kurze Zeit ausruhen, dann können wir die Nacht durchlaufen und brauchen uns durch die Dunkelheit nicht zu verstecken!"
Er schickte mir seine Gedanken.
Ich nickte ihm zu.
Wir waren schnell und weit gelaufen.

Bevor mich Michael abgeholt hatte, hatte ich noch einen Blick auf eine der Wanderkarten von meinem Vater geworfen und konnte mich an verschiedene Ortsnamen erinnern.
Wenn wir in diesem Tempo weiterliefen sollten wir Morgen, bis gegen Abend zurück sein!?
In einem mit dichten Hecken umgebenen Wäldchen gruben wir uns in den Schnee und versuchten zu schlafen.

Ich wunderte mich, dass ich nicht mehr fror.
Meine Jeans hing mir um die Hüften und mein Oberkörper war nackt!
Aber fast mein gesamter Körper war jetzt mit dichten, weißen Haaren bedeckt!?

Josie schlief tief und fest.

Birgit saß in dem tiefen Sessel neben dem Bett. Musik drang aus den Kopfhörern, die sie neben sich gelegt hatte.

-"Point of no return", von Kansas.

Wie treffend!

Michael, Steffi und Irina waren vor zwei Stunden losgefahren und die anderen saßen in der Küche.

Mit leicht gesenktem Kopf dachte sie nach.

-Geralt!

-Wie geht's ihm und wo ist er?

-Was passiert mit uns???

-Was kommt hier auf uns zu?

-Was Willi widerfahren war verheißt nichts gutes???

-Können wir dies alles wieder aufhalten?

-Und was passiert mit mir?

-Irgendwie verändere ich mich!

-Körperbewusstsein, -Wahrnehmungen, -Instinkte!?

Sie schaute zu Josie.

„Süße Maus!", -hatte Irina sie genannt.

Ja, das war sie!

Nein, ...-ein süßer Engel!, ...das traf es besser!

Ein Scharren und Kratzen, und eine Bewegung am Dachfenster ließ sie aufblicken.

Eine furchterregende Fratze mit glühenden Augen starrte ihr durchs Dachfenster entgegen.

Geifer tropfte ihr aus dem Maul und aufs Fenster.

Birgit sprang sofort auf, lief zum Bett, schlug die Decke zurück und packte die noch immer schlafende Josie.

Schnell drehte sie sich mit ihr um und rannte zur Türe.
„Mikka, ...-Mikka!!!"
Sie schrie laut.

Mit einem lauten Knall zerbarst das Dachfenster und eine große,
dunkle, hundeähnliche Kreatur fiel mit unzähligen kleinen
Scherben über den Sessel mitten ins Zimmer.
Geistesgegenwärtig zog Birgit den Zimmerschlüssel ab und
warf die Türe hinter sich zu.
Mit nur einer Hand steckte sie den Schlüssel zurück und drehte
ihn schnell im Schloss.
Josie war aufgewacht und schrie hell und laut.
Übertönt von widerwärtigem lautem Knurren und Heulen
wurde von drinnen hart gegen die Türe geschlagen, -so dass
der Türrahmen erzitterte.

-Nochmals hält die nicht mehr stand!?, -war Birgits Gedanke,
während sie mit der noch immer schreienden Josie die Treppe
runterlief.
„Mikka!!!", ...im Kindergarten hätte sie jetzt noch dazu
aufgestampft, um sich Gehör zu verschaffen.
Doch dieser stürmte ihr schon auf halbem Wege entgegen.
-Gefolgt von Willi und Ralf.
Mikka hielt wie immer Skar vor sich und Willi hatte seine
Magnum gezogen.
Birgit brauchte nichts mehr zu sagen, denn in diesem Moment
krachte eine schwerer Körper durch die splitternde, dünne
Holztüre über ihnen.
Mikka schob Birgit und Josie an sich vorbei. Auf halber Treppe
nahm Ralf Birgit Josie ab und lief mit ihr in die Küche.
„Du bleibst mit ihr hier!",
sagte er dann befehlend zu Birgit und verschloss die Küchentür
von außen.
Mikka baute sich jetzt breitbeinig im oberen Treppengang auf
und suchte festen Stand.

Willi stand vor der Badezimmertüre und richtete den Lauf der Waffe nach oben.

Beide blickten dann der Kreatur entgegen.

Diese zeigte sich jetzt in voller Größe und Hässlichkeit.

Sie hatte zwar noch etwas Ähnlichkeit mit einem großen Schäferhund, ...-aber irgendwie verformt, verändert, manipuliert, ...-durch was und wen auch immer!?

-Aber Willi und Mikka wussten es!

...-und Willi hatte diese Kreatur schon einmal gesehen!!

...-und er hatte noch eine Rechnung mit ihr offen!!!

Die Bestie machte sich zum Sprung bereit, alle Muskeln gespannt und die Kiefern weit aufgerissen zum Töten!

Mikka hielt ihr Skar entgegen und fixierte jede ihrer Bewegungen.

Mit widerlichem Geheule sprang diese dann von der obersten Stufe in Richtung Mikka.

Gefolgt von einem ohrenbetäubenden Knall wurde die Bestie aus ihrer Richtung geworfen und stürzte nun unkontrolliert nach unten.

Sie krachte mit ganzer Wucht gegen die weiß gestrichene Wand und Blut spritzte über den Treppenaufgang und Mikka.

Das Projektil aus Willis Waffe hatte sie direkt in die Brust getroffen.

Der außer Kontrolle geratene schwere Körper fiel direkt auf Mikka, der sich aber behende zur Seite drehte, um nicht unter ihm begraben zu werden.

Blitzschnell stieß er dann aus der Drehung sein Schwert von oben in den Rücken der Bestie.

Diese krachte jaulend und röchelnd auf die Treppe.

Willi trat noch zwei Stufen höher.

„Vorsicht! -Es mag noch Leben in ihr sein!?", rief ihm Mikka entgegen.

Aber Willi wollte es nicht hören.

Tatsächlich lebte die Bestie noch und die schwere massige Brust

bewegte sich mit ihren Atemzügen. Die lange Zunge hing ihr
unkontrolliert aus dem Maul.
Willi packte den zottigen Kopf und zog ihn hoch.
Die Augen leuchteten noch immer, -wenn auch schwächer wie
vorher.
„-Always Two!!!“,
mit diesen Worten jagte Willi die zweite Kugel durch das Herz
der Bestie.
-...oder da wo es sein müsste!?
Dann steckte er den Lauf der Magnum in deren widerliche
Schnauze und drückte nochmals ab.
Der Schädel explodierte und das Leuchten in den Augen erlosch
sofort.
Vollgespritzt mit Blut und Hirnmasse drehte Willi sich dann
um.
„Okay, kann man so machen!!?“,
rief Ralf von unten.
„Ist es tot???“
Kopfnickend vergewisserte sich Mikka, dann bekreuzigte er
sich.
„In aller Herrlichkeit, -Amen!“, war Willis Kommentar dazu,
dann ging er ins Badezimmer.
Mikka stieg über den Kadaver hinweg und ging nach oben ins
Zimmer. Dort zog er eines der Betten ab.
Er wickelte den schweren, leblosen Körper ins Leintuch,
schulterte ihn und lief nach unten.
Birgit stand jetzt mit Ralf vor der Küchentüre und auch Josie
spitzelte durch den Türspalt.
Ralf schob sie zurück.
„Das solltest du nicht sehen!“
Er hielt noch immer Asi in seiner Armbeuge.
„Gibt es hier geweihten Boden?“
Mikka blickte ihn dabei an.
„Du meinst einen Friedhof?“, fragte Ralf nach.
„-Wenn ihr das so nennt!?“

Mikka nickte.
„Ich komm mit."
Ralf wollte voraus gehen.
„Nein, Krieger!
Ihr, ...ah, ...ich meine Du, - du solltest hierbleiben.
Erkläre mir wo ich hin soll, ...und dann packt hier zusammen.
Wir müssen uns eine neue Behausung suchen!
Obwohl es nirgends sicher ist, sollten wir trotzdem von hier
weg!
Er weiß wo wir sind!
-Ich bin schnell wieder zurück!"
Ralf erklärte ihm den Weg und er ging mit seinem „Gepäck" auf
der Schulter und Skar in der Hand Richtung Friedhof.
„Wenn ihn irgendjemand so sieht, wird er sofort verhaftet!!!",
Ralf sprach diesen Gedanken nicht aus, schüttelte aber
ungläubig den Kopf.
Aber es war wieder einmal ein unbeschreiblicher Anblick!

57

Ich hatte nicht geschlafen,
-aber ich glaube Thornt schon.
Die Sterne standen am Himmel und durch die weiße Oberfläche
des Schnees konnte man genügend sehen.
Es war bitterkalt!
Beide schüttelten wir uns den Schnee aus den „Haaren und
Fell",
und schnell liefen wir los.

58

Sofort hatte Michael im Krankenhaus seine Arzttasche neu
gepackt.

Er gab noch ein paar Anweisungen an eine etwas ältere Frau
hinter der Anmeldung, dann fuhren er, Steffi und Irina weiter.

Während der Fahrt erzählte Irina ihm nochmals alles was er
wissen sollte. Und er war sich danach sicher, dass Irinas Opa der
Schlüssel zu Geralts Heilung sein konnte!
Nein, ...-sein musste!!!
-Steffi saß gelangweilt auf dem Rücksitz, hörte aber sehr
aufmerksam zu.

59

Nach knapp einer Stunde kam Mikka zurück.
Er hatte den Kadaver der Bestie am Rande der Friedhofsmauer
begraben und die Stelle so gut wie möglich unkenntlich
gemacht.

Er setzte sich an den Tisch und wurde von Josie herzlich
begrüßt.
„Was denkst Du, wo können, oder sollen wir hin?“
Ralf stellte die Frage.
Sie hatten in der Zwischenzeit wieder alles nötige gepackt.

„Wir werden in deine Herberge gehen und Eloa und Birgit dort
Schutz gebieten!
Geralts „Jünger“ können uns dabei auch wieder helfen!?“
Mikka sagte es mit Nachdruck.
Ralf schaute ihn an.
„Aber sie werden dadurch auch wieder in Gefahr gebracht!“
„Ihr möget Recht damit haben.“,
entgegnete ihm Mikka.
„Aber je mehr sich unserem Feinde entgegenstellen, desto
unüberschaubar wird es für ihn.
Wir können ihn verwirren, beschäftigen.

...Vielleicht auch etwas verängstigen!?
und er hat eine seiner Kreaturen verloren.
-Dem Revolvermann sei Dank!"
Alle nickten jetzt Willi zu.
„-Wir sind in der Überzahl, -und das sollten wir für uns
ausnutzen!!!"

- 3 -

... unendliche Gier

60

Wir waren sehr schnell gelaufen.
Die restliche Nacht durch und auch jetzt am Tage.
-Es war nicht mehr weit.
Bis heute Abend sollten wir dort sein!?
-Aber was dann?
Ich hatte in der Zwischenzeit mehr Ähnlichkeit mit einem Wolf,
als mit mir vorher.
Meine Sinne spielten verrückt, -und ich musste mich immer
stärker konzentrieren, -um überhaupt noch menschliche
Gedanken zu realisieren.

-Birgit!?
-Ralf!?
-die Anderen!?
-...und Josie!!!
Eine unfassbare Gier hatte von mir Besitz ergriffen, vor allem
wenn ich an Josie dachte, und diese Gier versuchte in meinem
ganzen Handeln und Tun die Oberhand zu gewinnen!

„Lass es nicht zu!!!",
redete ich mir immer wieder ein.
-Aber der Widerstand in mir zerbröckelte!
Mit mir und meinem Körper geschah etwas
-Seltsames,
-Unkontrollierbares,
aber Wunderbares!?

-Metamorphose!
-Verwandlung!
-Instinkte!
-Wahrnehmung!
-Freiheit!
-Leben!

-Zwang
-Töten!!!

61

Wahnsinn stand in seinen Augen.

Heute Abend sollte es doch soweit sein!
-Aber irgendetwas lief anders?

Sie hatten einen seiner Gefährten getötet!
...Zeus war tot!!

Der Doc stand hinter ihrem Haus im Garten und blickte zum
Dachfirst.
Mit der linken Hand kraulte er den anderen ..."Hund"?,
...das „Geschöpf", ...oder besser gesagt die „Bestie"
-Xerxes!
...hinter den Ohren.
Diese, -oder der war ihm hörig,
...liebte und diente ihm!
-befolgte seine Befehle aufs Wort!
...-und war begierig darauf für ihn zu „Töten"!!!
Aber jetzt war Zeus tot!
Was war schiefgelaufen???
Er hinterfragte sich selber!?
Deutlich hatte er die Schüsse vernommen, und sofort war ihm
daraufhin klar, dass er einen seiner Gefährten verloren hatte.
Er drehte sich um und Xerxes folgte ihm unwillig.
Geifer tropfte diesem aus dem Maul.
„Nein, ...du bleibst bei mir.
-Ich kann dich nicht auch noch opfern. -Noch nicht!!!"
Im Schutze der Hecken schlichen sie um den Block und blickten
geduckt zum Eingang des Hauses.

Die Bestie legte sich flach neben ihn in den Schnee als er ihr mit seiner
Klauenhand ein kurzes Kommando gab.
Ein ihm bekanntes Auto stand auf dem Parkplatz vor dem Haus.
-Es gehörte Ralf.
Er war damals auch mit in der Praxis.
-Und er hatte sehr großen Anteil daran, dass er jetzt noch lebte!!!
-Hätte er damals Geralt, der sich in sein zweites Ich verwandelt
hatte, mit einem kühnen Hechtsprung nicht aufgehalten, dann
wäre es wohl damals um ihn geschehen!?
-Tja, ...aber nach über einem Jahr im Gefängnis, und Entlassung
wegen „guter Führung", ...konnte er seiner „Rache" jetzt endlich
wieder freien Lauf lassen!!!
Und er hatte genügend Zeit um alles dafür vorzubereiten.
-Aber irgendetwas lief nicht wie geplant!?

Die Haustüre ging plötzlich auf und er wurde aus seinen
Gedanken gerissen. Xerxes neben ihm richtete sich sofort auf.
Er legte ihm beruhigend die Hand auf die Schnauze.
Zuerst trat der Bruder von Geralt aus der Türe.
Er ging direkt zu seinem Auto, schloss es auf und setzte sich
hinters Steuer.
Sofort danach folgte ihm ein bisher Unbekannter mit einer Waffe
in der Hand.
Dieser blieb am Auto stehen und schaute sich aufmerksam nach
allen Seiten um.
Er müsste dann der Mörder sein!?
Der, -der Zeus auf dem Gewissen hatte!
Dann kam sie!
-Birgit!
...-sein Atem ging für einen Moment schneller, ...-aber sofort
hatte er sich wieder unter Kontrolle!
Sie hatte ein Kind auf dem Arm, lief schnell zum Auto und setzte
sich mit ihm auf den Rücksitz.
Die Freundin von Geralts Bruder hetzte dann ohne einen Blick

nach links oder rechts zum Auto und drängte sich ebenfalls auf
die Rückbank.
Der ihm Unbekannte sicherte mit seiner Waffe weiterhin nach
allen Seiten.
-Und schließlich trat eine große, dunkle Gestalt aus der Türe
und zog diese kraftvoll hinter sich zu.
-„Ihn" hatte er noch nie gesehen!?
Aber er machte Eindruck!
-Und war es ein langes Schwert, das er in Händen hielt?
Als letzter zwängte dieser sich dann auf den Beifahrersitz.

Mit der flachen Hand hielt er weiterhin seine Bestie im Schnee,
die nervös mit den Lefzen und den Hüften zuckte.
Der Motor des Autos wurde gestartet und langsam rollte es aus
der Parklücke auf die Straße.
„Folge Ihnen vorsichtig und zeige mir wo sie sich vor mir
verstecken wollen!?"
Mit dieser Aufforderung zog er seine flache Hand zurück und
Xerxes lief schnell und tiefgeduckt hinter dem Auto her.

62

Komisch!?
-Ich wurde nicht müde.
Obwohl wir nun schon seit Stunden sehr schnell unterwegs
waren.
-Birgit!
-Josie!
...alle Anderen!
Sie sind in Gefahr!?
...ich konnte es spüren!
Das trieb mich an.
-Aber auch ich bin jetzt eine Gefahr für sie!!!

Wir liefen ab Höhe Memmingen an der Iller entlang.
Der Mond stand wieder am Himmel und leuchtete uns.
Und Thornt lief wie ein treuer Gefährte neben mir.

-War er das? ...war er ein Gefährte?
-oder nur ein Mittel zum Zweck?
...oder war er Artgenosse?
-ich so wie er?
...oder wurde er mir zum Feind???

-Ich konnte es nicht mehr verstehen!?
...ich war mir auch nicht mehr so richtig bewusst warum ich so
schnell drängte wieder zurückzukehren?
-War es wirklich der Grund, dass meine Liebsten in Gefahr
waren???
...oder war mir danach sie in Gefahr zu bringen???
(-und kein Anderer durfte das!)
-War es der Drang meiner Bestimmung!?
-Vorsehung!?
-Schicksal???

„Du bist nicht mehr du selbst!"
Thornt drängte sich wieder in meine Gedanken.
„Du wirst immer mehr wie wir.
Aber gleichzeitig doch anders!
Das bisschen Menschliche in Dir leitet dich zwar noch, aber die
animalischen Instinkte, Triebe und die Gier gewinnen mehr und
mehr die Oberhand.
...Du wirst wahrlich zum wandelnden Wolf,
und Du wirst zum Mörder werden!!!"
Ich konnte es weder verneinen, noch ihm Recht geben.
Es wurde immer schwieriger, -mich, ...oder mein nach außen
drängendes Ich unter Kontrolle zu halten.
Darum blitzte ich ihn nur mit leuchtend gelben Augen und
einer Reihe messerscharfen Zähne an.

Ralf parkte das Auto hinter dem Bräustüble zwischen zwei
Kastanienbäumen.
Schnell stiegen alle aus und gingen durch den Hintereingang
nach drinnen.

Wiederum war Mikka der Letzte und er schaute sich nochmals
aufmerksam um.
-Ein leichtes Frösteln lief ihm über den Rücken.
Aber der dunkle Schatten im Schutze eines aufgehäuften
Schneeberges fiel ihm nicht auf!?

Sie setzten sich um den runden Tisch.
Mikka zog Skar aus seinem Mantel und legte das Schwert mitten
auf den Tisch.
„Und jetzt?"
Willi hatte den ganzen Abend am wenigsten gesprochen, -aber
nun fragte er.
„Jetzt warten wir!",
entgegnete ihm Mikka.
„Warum sollen wir warten?"
Willi trommelte nervös mit den Fingern auf den Tisch.
Sein Gesichtsausdruck veränderte sich.
„Es waren zwei von diesen hässlichen Viechern, die mir und
Laika zuhause aufgelauert haben.
Also läuft eins davon noch draußen rum!
-Jagen wir die Bestie und schicken sie zum Teufel. Die
Silberkugeln haben ihre Wirkung gezeigt.
-Es sind noch zwei davon im Magazin!
Und den, dem ich dies alles zu verdanken habe, den schick ich
dann gleich noch hinterher!!!"
Willi war stinkesauer, ...-und das erste mal zeigte er aber auch so
was wie Trauer.
„Es ist der Doc. Er steckt hinter alledem."

Ralf blickte zu Willi.
„Und wir wissen immer noch nicht, warum er so einen Hass
gegen uns hat?"
Mit uns meinte er Geralt und sich.
„Ich glaube er wird erst aufhören, wenn wir tot sind!"

Mikka stand auf.
„...Oder er!!!"

64

Wir schlichen uns durch die Vorgärten und verharrten immer
wieder hinter hohen Hecken.
„Da vorne ist es!"
Mit einem meiner Klauenarme zeigte ich auf unser Haus.
Beide sogen wir die kalte Luft durch unsere Nasen.
Vielleicht war ich es der sie als erster riechen konnte!?, ...oder
doch Thornt!?
„Sie waren hier!!!
-Aber jetzt sind sie fort. Es ist niemand mehr im Haus!"
Wir sprangen beide über den Zaun in den hinteren Bereich des
Gartens.
Er, leicht und behende auf allen Vieren, -und ich tat es ihm auf
zwei Beinen nach.
-Ich stimmte ihm bei.
Es war niemand mehr da.
Kein Laut war zu hören und nirgends brannte Licht.
Ich gab Thornt zu verstehen, er solle ums Haus herum
aufpassen, und ich schwang mich über die Dachrinne nach
oben.

Das schräge Dachfenster war eingeschlagen, oder unter einer
Last zerborsten.
Unzählige kleine Scherben lagen überall im Zimmer verstreut.

Sie störten mich nicht, -aber was war hier passiert?
Ich schaute mich um.
Leise und vorsichtig schlich ich aus dem Zimmer ins
Treppenhaus.
-Blut!
-Blut!!!
-Ich hatte es schon vom Garten aus gerochen, aber jetzt war es
allgegenwärtig!
Und nun ich konnte es auch sehen.
Die weiße Tapete war über und über mit langen großen roten
Blutschlieren verschmiert, und auf zwei Treppenstufen hatte
sich eine große dunkle Lache gebildet, die langsam trocknete.
Mein Puls beschleunigte sich.
Irgendwer, ...-oder etwas war hier gestorben!
So viel Blutverlust konnte niemand überlebt haben!?
-Und es roch nach Pulverdampf!
Was war passiert???
Doch nicht nur wissentliche Neugier drängte sich nach vorne,
sondern mein Blutdurst und die unstillbare Gier wurden in mir
geschürt!!!
Trotzdem weiterhin vorsichtig lief ich vollends nach unten.
Wiederum sog ich die Luft ein.
...-Rosenduft!?
-eine Erinnerung meldete sich an.
...der Duft war mir bekannt!
Das Wohnzimmer war leer und auch in der Küche war
niemand.
Nur zwei leere Flaschen Wein und die Korken dazu standen
und lagen auf dem Tisch.
...Rosenduft???
Ich blickte mir die Korken genauer an.
Keiner wurde mit einem Korkenzieher aus der Flasche gezogen.
Sie waren unversehrt.
-...wie von Zauberhand!!!

„...-Mikka!",
die Erinnerung an ihn setzte ein!
„Aber was macht Mikka hier?
Was ist denn hier passiert???"
Ich schaute mich weiter um und ging dann zur Haustüre.
Gab es einen Sinn für mich!?
-Jemand ist durchs Fenster eingebrochen?
-Zeichen eines Kampfes?
-Blut!!!
-Mikka!?

Und was ist mit Birgit und Josie???

65

„Wie weit noch?"
Michael blickte zu Irina, die den Geländewagen auf der
schneebedeckten Straße manövrierte.
„In zehn Minuten sind wir da."
Sie setzte den Blinker und bog nach rechts in eine kleine
Seitenstraße.
Der Schnee türmte sich links und rechts des Sträßchens fast
einen Meter hoch, und bildete so einen Korridor in dem das
Auto gerade so noch durch passte.
Sie wurden ganz schön durchgeschüttelt, als die Kotflügel
immer wieder die natürliche Begrenzung streiften.
Irina bremste trotzdem nicht und fuhr mit hoher
Geschwindigkeit weiter.
„Lass uns heile ankommen!",
rief Michael ihr kurz zu.
„Bemühe mich doch schon die ganze Zeit!"
Und nochmals beschleunigte sie auf der glatten Straße.
Steffi saß die ganze Fahrt über schweigend auf der Rückbank.
„Da vorne ist es!"

Irina deutete mit den Fingern am Lenkrad nach vorne und
Michael konnte nach der Biegung mehrere Häuser erkennen in
denen noch, oder schon Lichter brannten.
Es war ein kleiner Ort mit einer Kirche im Mittelpunkt.
Im Dorfwirtshaus daneben brannte auch Licht. Aber es war
noch niemand auf der Straße zu sehen. Der Tag brach erst an.
Kurz vor einem hohen Bretterzaun brachte Irina den Wagen
zum Stehen und stellte den Motor ab.
„Wir sind da.“
Sie stieg schnell aus und lief ums Auto.
„Komm mit.“,
forderte sie Michael auf, der seine Arzttasche vom Rücksitz
holte.
Steffi stieg auf der anderen Seite aus.
„Darf ich auch mit???“
Sie liefen um den Zaun auf ein kleines Häuschen zu.
Schwacher Lichtschein drang durch die Ritzen eines der
geschlossenen Fensterläden.
Fordernd hämmerte Irina mit ihren kleinen Fäusten gegen die
hölzerne, schwere Türe.
Wieder und wieder!
„Dos vedanja?“
Irina antwortete laut auf tschechisch.
Endlich, nach gefühlt langer Zeit in der eisigen Kälte hörten sie
wie von innen ein Schlüssel im Schloss gedreht wurde.
Die Türe schwang knarrend nach innen und ein wahrlich alter
Mann öffnete ihnen.
Für einen kurzen Moment sah Michael in zwei gelblich
leuchtende Augen.
...-oder hatte er sich das nur eingebildet???

„Iri, ...-Iri,
...do ce se vi!?“ (schön dich zu sehen)
Freude schwang in seiner etwas rauchigen Stimme und Irina
umarmte ihn innig.

„Reinkommen, … bitte eintreten!",
er wandte sich mit einer einladenden Geste zu Michael und
Steffi und das Leuchten in seinen Augen war verschwunden!?
Leicht gebückt ging er dann vor ihnen in die beleuchtete Stube.
„Freunde?",
fragte er dann Irina und blickte Steffi und Irina an.
„Gute Freunde!",
entgegnete sie ihm und stellte alle vor.
Er war nicht sehr groß, -oder lag es nur daran, dass er gebückt
ging.
Michael schätzte ihn auf weit über achtzig, ...aber er wirkte noch
sehr rüstig.
Er hatte sehr helle Haut, was für diese Gegend unüblich war!?
Schwarze, längere nach hinten zusammengebundene Haare
umrahmten ein kantiges und hageres Gesicht. Seine Nase war
knochig und spitz.
Aber das interessanteste waren seine Augen.
Tiefliegend, von dunklen Rändern und langen Wimpern
umrahmt, strahlten sie Listigkeit, Wissen, Leben und vor allem
Glanz aus.
„Opa!!
Opa, ...-so schön dich zu sehen!
-Und du siehst gut aus!!!"
Irina nahm ihn an der Hand.
Er erwiderte ihre Herzlichkeit und wies uns Platz an einem
großen Holztisch.
Er stellte eine Karaffe mit Wasser auf den Tisch und holte aus
einer kleinen Kammer neben dem Ofen einen Laib Brot und
einen Ring geraucher Wurst, die er ebenfalls auf den Tisch
legte.
„Ich bin Tadislav,
aber ihr dürft natürlich Tadej zu mir sagen."
Mit einem kleinen Messer in der Hand setzte er sich dann zu
ihnen und begann Brot und Wurst aufzuschneiden.
Michael beobachtete ihn interessiert und ihm fielen auch sofort

seine langen, spitzen Fingernägel auf.
„Ich habe dich erwartet!",
sagte er dann zu Irina.
„Schlimme Nachrichten verbreiten sich hier sehr schnell."
Er schob sich ein Stück Wurst in den Mund und deutete dann
Steffi, Michael und Irina, zuzugreifen.
Diese ließen sich nicht zweimal bitten.
-Denn schließlich waren sie über vier Stunden unterwegs
gewesen.
Sein Deutsch war gut, und so brauchte Irina nicht zu übersetzen.
„-Was hat euch Iri über mich erzählt?",
-er brachte es sofort auf den Punkt, und Michael war es nicht
unrecht.
Die Zeit drängte.
„Eigentlich wissen wir fast alles, ...-auch wenn uns manche
Zusammenhänge noch unklar sind!?"
Mit wiederum leuchtenden Augen blickte er Michael direkt an.
Dabei sog er die Luft durch die Nase.
„Du riechst wie ein Doktor?"
Dann drehte er sich zu Steffi.
„Und Du siehst nicht nur aus wie eine Hexe, ...-sondern Du bist
auch eine!!!
-Und eine mächtige noch dazu!!!
Warum begleitest du sie?"
Steffi schüttelte ihre roten Haare.
„Ich bin ihre Lebensversicherung!!!"
Sie zwinkerte ihm zu.

„Aber ihr braucht keine Angst vor mir haben!
Meine Zeit als Wolf ist vorbei. ...-Ich bin es müde zu jagen und
zu...?",
er vollendete den Satz nicht und blickte wieder Michael an.
Michael erwiderte seinen Blick.
„Tadej,
ich brauche dein Blut und Speichel von dir.

Außerdem eine Haarprobe und ein paar beantwortete Fragen!"
„Das sollst Du haben! -Ich werde euch alles erzählen!
Aber zuerst berichte mir von dem Jungen, der nun zum Wolf
wird, ...und dessen Bestimmung wohl auf mich zurückführt!!?"
Er schenkte sich Wasser ein und lehnte sich auf der Holzbank
zurück.
Michael nickte, tat es ihm gleich und begann zu erzählen.
Steffi und Irina hörten interessiert zu.

66

Der Doc beugte sich über die Kreatur.
Er las aus ihren Augen.
Aber er war mit dem Ergebnis nicht zufrieden.
„Wir müssen sie auseinanderbringen.
Gemeinsam sind sie zu stark!!!"
Der erste Teil seines Plans war ja fast aufgegangen.
Er hatte es fast geschafft mit Hilfe der Jäger Geralt zu töten,
...und keiner wusste wo er jetzt war und wie es ihm ging?
Aber danach ging bisher alles schief!
„Ich brauche die Kleine und auch Birgit!
-Aber wer sind die anderen beiden bewaffneten???"
Er meinte damit Willi und Mikka.
Seine beiden Bestien hatten zwar Willi`s Hund getötet, aber das
war nicht geplant. -Und Willi hatte er dabei nicht zu Gesicht
bekommen!?
Die Kreatur knurrte nur.
„Wir müssen sie auseinander bringen, ...uns einen nach dem
anderen vornehmen. -Und auch seine Freunde!"
Er setzte sich in seinem Tarnanzug in den Schnee und seine
Bestie legte sich vor seine Füße.
Mit einer Hand strich er ihr sanft das Fell.
„Lass uns gehen!",
flüsterte er und sie schlich lautlos hinter ihm her.

67

Es wurde spät,
-obwohl Michael zur Eile drängte.
Während seiner Erzählungen nahm er Irinas Opa Blut ab, einen
Abstrich Speichel, und schnitt ihm eine Strähne seiner
schwarzen Haare ab.
Tadej ließ es geschehen.
Er schob sich ein weiteres Stück Wurst in den Mund.
„Ich habe mir nie träumen lassen, dass ein einziger Biss von mir,
jemals so eine Geschichte oder Auswirkungen nach sich ziehen
wird!?
-Und es kann nur durch meinen Tod gesühnt werden!!!"
„Nein, das darf auch nicht sein!"
Erschrocken meldete sich Irina.
„Michael kann und wird auch dir helfen!"
Michael nickte und blickte ihn direkt an.
„Aber was passiert mit Ihnen?
...wie verhält es sich bei ihnen bei Vollmond,
...wie macht es sich bemerkbar, ...wie gehen sie damit um,
...und vor allem,
...wie können sie es kontrollieren? "
Fragen über Fragen formulierten sich in Michael und natürlich
sprach auch seine ärztliche Neugier aus ihm!
„Für mich als Mediziner, -Naturwissenschaftler, und auch
Mensch mit gesundem Verstand ist es ja überhaupt schon
schwer zu verstehen, dass es „Euch" überhaupt gibt!!!
...und ihr nicht nur in Mythen und phantastischen Erzählungen
existiert!?"
Er stand auf und packte die Proben in seine Tasche.
„Der Wolf in ihnen, ist er noch da?"
Tadej lachte leise und zeigte seine scharfen kleine Zähne.
„Ja, ...trotz meines Alters!
Der Wolf schläft nie!!!

-Ab und zu,
…wenn die Gier,
…oder die Anziehungskraft des Mondes zu groß wird!?…
…-dann reiße ich ein Schaf,
…laufe nackt über die Felder,
…und stelle mir vor wie ich eine junge Frau beglücke!?!“
Ein schelmisches Grinsen ging ihm dabei von den Lippen.
„…-aber ich kann mich unter Kontrolle halten und werde
niemals mehr einem Menschen Leid zufügen!
Nein, …denn der Wolf ist alt und weise geworden!
Und mir tut es im Nachhinein leid, dass ich mein Schicksal
damals an einen anderen weitergegeben habe!!!“

-Geralt`s Opa!

„Aber er wollte mir meine liebe Frau abtrünnig machen!?
Er hatte mich wütend gemacht, mich herausgefordert und ich
habe mich schließlich vor ihm verwandelt und ihn gebissen!!!“
Geralts Bestimmung!
-Jetzt war es raus,
…und es war für kurze Zeit still am Tisch.
Dann standen alle auf.

„Wir sollten los, …die Zeit drängt!“
Michael trat vor Tadej.
„Danke!“,
sagte er zu ihm und nahm seine Hand.
Dieser erwiderte den kräftigen Händedruck.
„Und wenn diese Geschichte vorüber ist, …und wir noch am
Leben sind, werde ich zu ihnen zurück kommen.
Ich glaube und weiß, dass ich noch vieles von ihnen erfahren
und lernen kann, …und vielleicht kann und darf ich dann auch
ihnen helfen!?“
Mit listigem Gesichtsausdruck entgegnete dieser.
„Wir werden sehen.

-Ja, wir werden sehen!
Das könnten aufschlussreiche Gespräche und Erfahrungen
werden!
-Aber wer weiß,
vielleicht will ich es ja auch gar nicht!?“
Wiederum war ein leichtes Leuchten in seinen Augen zu
erkennen!
Daraufhin meldete sich Irina bestimmend.
„Doch Opa, ...denn ich werde auch mitkommen und ihm zur
Seite stehen.!“
„Iri, ...oh Iri! -Dann freue ich mich jetzt schon darauf.
-Aber jetzt geht und rettet den jungen Wolf. Denn er braucht
sein Leben noch länger als ich!“
Mit diesen Worten schob er uns aus der Türe und drückte Irina
nochmals.
Ein liebenswerter, aber doch komischer Kauz („Wolf“).

68

Ich schob die Haustüre einen Spalt auf und vergewisserte mich,
dass niemand auf der Straße war, bevor ich aus dem Haus trat.
Thornt hatte sich hinter den Büschen des Nachbarhauses ganz
klein und unsichtbar gemacht.
Jetzt richtete er sich auf und schüttelte sein Fell.
„Wo sind sie hin?“,
er fragte mich in Gedanken.
-Ich musste wirklich für einen Augenblick überlegen. Meine
Gedanken an das vergangene verblassten wirklich, ...oder ließen
nach!
...-Ich habe einen Bruder, -dessen bin ich mir sicher.
Birgit und Josie!, ...-wir haben zusammen gewohnt!?
Tja, ...und Freunde??? -ich denke Ja!!!
...-aber es scheint mir alles so weit weg???
-und nicht mehr greifbar für mich!!!

Die Erinnerungen verblassten und die Schübe wurden stärker.
Ich hatte noch immer den süßen Geruch des Blutes in der Nase!!
...-und es erfüllte mich mit Gier!!!
Ich lief an Thornt vorbei, und er folgte mir ohne weitere Fragen.
Halbnackt, -an den haarigen Armen lange Klauen,
-und mit spitzen Zähnen aus einem wolfsähnlichen Gebiss,
-ging ich vor einem leibhaftigen Wolf her.
Instinktiv, ...und wirklich ohne Plan liefen wir Richtung
Bräustüble.

Immer wieder hielt ich inne und nahm neue Witterung auf.
„Nach was suchst Du?",
Thornt streckte ebenfalls die Nase in den Wind.
„-Habs schon!!!",
erwiderte ich ihm.
Geifer lief mir über die Lippen!
...-oder sollte ich sagen, -aus dem Maul!
Ich hatte ihn gerochen,
… -gespürt,
… -gefunden!!!
Meine Nackenhaare stellten sich auf.
„Er war hier!"
Gebückt strich ich mit meinen Klauenhänden über den Schnee.
„Hier hat er gestanden, gelegen, gesessen!?
-Und einer seiner Hunde war auch dabei!"
Ich nahm eine Handvoll Schnee auf und steckte sie mir in den
Mund.
Sofort spuckte ich wieder aus.
„Ekelhaft!
-Nasser Hund!!!",
rief ich Thornt entgegen.
(...möchte aber nicht wissen, nach was ich schmecke???)
Dieser streckte seine Nase hoch in die Luft und blickte dabei zu
den Fenstern vom Bräustüble, aus denen leichter Lichtschein
drang.

„Ich kann sie riechen und hören!"
Sein Geruchssinn war noch feiner wie meiner.
„Es sind sechs!
Ein Kind ist dabei,
… - einer riecht nach Rosen!
-… und Zwei davon sind ohne Angst!"
Mikka und Ralf!
„Der, der geschossen hat ist auch dabei, …ich kann das Pulver riechen!"
Ich nahm seine Gedanken aufmerksam auf,
…-und ich versuchte sie mir vorzustellen!
Alles war verschwommen.
-Ich hatte Hunger!
…aber nicht auf normale Art und Weise.
In meinen Gedanken wollte ich mich auf jeden von ihnen stürzen,
-ihr Blut kosten!
Aber am liebsten das von Josie!!!

Thornt schlich neben mich und er spürte genau was in mir vorging!?
„Nein, -Geralt,
… -ich bin mit dir gekommen um Dir zu helfen!
-und nicht um mit Dir triebhaft zu töten!"
Dann stellte er sich vor mich.
„...Denn dazu musst Du erst an mir vorbei!!!"
Er fletschte seine Zähne, baute sich vor mir auf und starrte mir in die Augen.
Bevor ich etwas entgegnen konnte sprang er mich an und wischte mir eine seiner Pranken ins Gesicht.
Ich fiel nach hinten und wusste nicht was mit mir geschah.
Er sprang auf mich und drückte mich nach unten.
Aus seinen geöffneten Kiefern tropfte mir sein Speichel in die Augen und ein tiefes und gefährliches Knurren drang aus seiner Kehle.

„Wenn du dich jetzt nicht wehrst, lasse ich von Dir ab!
-Aber ansonsten lasse ich es drauf ankommen!?",
er war mehr als nur mit seinen Gedanken in mir.
-Ich wehrte mich nicht.
Im Gegenteil!
Jeder Muskel in mir entspannte sich,
...und es kehrte wieder ein Gefühl der Wärme in mir ein.
Ich breitete meine Arme vor ihm aus.
„Nein Thornt, ...ich werde mich nicht wehren!!!"
Er spürte sofort die Veränderung in mir und ließ von mir ab.
-Trotzdem saß er mir dann angespannt und erwartungsvoll
gegenüber.
Ich brauchte ein paar Momente.
-Aber er hatte es geschafft!
Er hatte mich wieder in die Realität zurückgeholt.
… -aber, wer weiß für wie lange???

„Da drin!",
...und sein Kopf schielte zum Bräustüble.
„Da drin sind die, ...die Du liebst,
-wegen denen Du diesen weiten Weg auf dich genommen hast.
Also handle auch danach!!!"
Thornt blickte mich durchdringend an.

...Wow!!!
-Wahrlich ein weiser Wolf!!!

69

Steffi saß nun neben Irina auf dem Beifahrersitz und Michael
hatte auf der Rückbank ein mobiles Labor aufgebaut.
Er musste vorsichtig sein, um bei den Erschütterungen und
plötzlichen Lenkbewegungen bei Tempo 130 nicht irgendetwas
der wertvollen Proben zu vergeuden.

-Die Zeit drängte!!!

70

Birgit blickte zum Fenster.
-Plötzliche innere Unruhe!
Irgendetwas in ihr meldete sich zu Wort.
Sie stand auf.
Ralf beobachtete sie.
Auch er hatte plötzlich so ein Gefühl!?
Josie, ...die zwischenzeitlich auf der Bank geschlafen hatte,
öffnete plötzlich ihre Augen.
„Geralt ist da!!!"
Alle schauten augenblicklich zu ihr.
„Er ist da!!!
Ich kann ihn spüren!"
Sie richtete sich auf.
„Ich auch!"
-Birgit.
„Ich ebenfalls!"
-Ralf.

Alle standen auf und gingen zum Fenster.
Ralf schob den Laden auf.
Das Licht aus dem Fenster und der immer noch hoch am
Himmel stehende Mond erhellten die Nacht ein wenig.
-Aber sie wurden enttäuscht!
Es war niemand zu sehen.

Aber Thornt und ich konnten sie aus unserem Versteck sehen.
...-Und ich erkannte sie alle wieder!
Mikka, Willi, Heike, Ralf, ...- Josie und Birgit!!!

„Ich kann niemand sehen!?"

Willi hatte trotzdem seine Waffe in der Hand.
„Aber er ist da!!!", betonte Josie nochmals.
Mikka stupfte Ralf an.
„Komm mit Krieger.
-Wir werden danach sehen was euch beunruhigt!
Schließet die Läden an den Fenstern, es sollte euch niemand
gewahr werden!!!"
Gemeinsam gingen sie dann nach draußen.
Willi schloss die Tür hinter ihnen.

Mikka hatte Skar gezogen und ging voraus.
Ralf schaute aufmerksam über den Hof.
Mikka lief über Parkplatz.
Ralf bückte sich leicht, um hinter oder unter die Büsche und
Hecken zu sehen.
-Täuschte er sich???
Nein!!!
Er nahm zwei Schatten wahr, die nicht zu den Büschen passten!
Langsam ging er darauf zu, mit Asi in der Armbeuge.
Einer der Schatten richtete sich knurrend auf.
Er sah einen wahrhaftigen Wolf im sanften Mondlicht, der
hinter einem der Büsche hervortrat.
-Und eine seltsame Gestalt daneben!!!
-Halb Mensch, -halb Wolf!?
Es war Geralt!!!

Aber auch Mikka hatte sie sofort bemerkt, tat aber so als habe er
sie übersehen, schlich im Kreise um sie herum ...und eilte nun
mit hocherhobenem Schwert auf sie zu.
„Nein, Mikka!
-Halte ein!
Es ist Geralt!"
Ralf hielt ihm beide Handflächen entgegen.

Thornt stellte sich schützend vor mich.

Dann drehte er sich blitzschnell um und lief unter die nächste
Hecke.
Mikka hielt mir die Spitze von Skar entgegen und musterte mich
im Halbdunkel von oben bis unten.
-Er roch nach Rosen, und Ralf schaute nun fragend auf mich
herab.
„Geralt?"
Ich blickte von einem zum anderen und richtete mich langsam
auf.
Thornt knurrte unter der Hecke hervor.
Die Schwertspitze von Skar strich mir von den Hüften bis unter
meine Nase, als Mikka sie langsam nach oben führte.
„Geralt,
-obwohl ihr hässlicher als jemals seid, -erkenne ich euch wieder!
… -und ich kann euch riechen!
Aber warum wandelt ihr vor uns im Dunkeln?
-Und wer ist der echte Wolf an eurer Seite?"
Aus den Augenwinkeln hielt er auch Thornt in Schach!

„Geralt!?"
-Ralf war einfach nur überwältigt.
„Wir dachten, du bist…, du bist tot, …oder irgendwas???
Bist du es wirklich?"
Ich stand jetzt in voller Größe, aber auch in voller Hässlichkeit
vor ihnen.
-Und ich musste wohl schlimm aussehen!?
Ein warmes Gefühl sich in meinem nicht mehr menschlichen
Körper breit!
Etwas ähnliches wie Worte blubberten aus meinem Maul.
…-und meine Erinnerung ließ mich nicht ganz im Stich.
„Ralf!?, …-Mikka!?"
-Viel war es nicht was ich herausbrachte!?
Ich winkte Thornt zu mir, der noch immer mit gesträubtem Fell
und gefletschten Zähnen aus dem Busch knurrte.
Mikka ließ ihn nicht aus den Augen.

Ralf nahm mich etwas zur Seite.
„So kannst du nicht mit rein!?"
Selbst Birgit würde sich vor dir erschrecken!?"
Ich blickte seit langem wieder an mir herunter.
„Ihr möchte so was von Recht haben!",
meldete sich wieder Mikka.
„Selbst bei unserer letzten Auseinandersetzung mit Luzifer
hattet ihr mehr Ausstrahlung und Würde!
-Aber jetzt seid ihr verwildert, und ihr stinkt!!!"
Verächtlich schüttelte er den Kopf.
Ralf blickte Richtung Bräustüble.
„Sie können uns von den Fenstern nicht sehen! Die Läden sind
alle zu.
Wenn wir schnell sind können wir ungesehen zum
Hintereingang und ihr könnt erst mal nach oben.
Dort könnt ihr euch aufwärmen.
-Ich bring dann was zu essen und zu trinken hoch.
Es wird hoffentlich dazu beitragen, dass Du wieder deine
normale Gestalt annimmst, oder wenigstens etwas Ähnlichkeit
mit ihr bekommst!?"
Ich konnte ihm nur zunicken.
„Bei ihm sehe ich da aber weniger Chancen!?"
Damit meinte er Thornt, -blickte fragend zu ihm ...und grinste
dabei!

Ich brauchte noch einige Momente, konnte dann aber wieder
reden.
„Das ist Thornt.
Er hat mich vor Tagen in sein Rudel aufgenommen und mir
geholfen hierher zurück zu finden! "
Mikka ging vor Thornt in die Knie und blickte ihm tief in die
Augen.
Seine wurden wieder steingrau.
Danach stand er auf und strich Thornt durch sein dichtes Fell.
-Dieser ließ es zu meinem Erstaunen über sich ergehen.

Mikka sprach zu ihm.
„Stolz, Kraft und Mut sind eure Attribute!
Eure Meute hat einen würdigen Anführer.
Mein Dank gehört Euch, ...-Und vielleicht könnt ihr uns auch
hier eine große Hilfe sein!"
Thornt richtete sich auf und trat stolz neben mich.

„Ich werde zurückgehen und alle in der Schankstube
versammeln. Der Krieger kann euch sodann die Hintertüre
öffnen und euch nach oben führen."
Mikka nahm Ralf am Arm.
Dieser drehte sich nochmals zu mir um.
„Geralt, reiß dich jetzt zusammen.
-So darf dich niemand sehen!
Ihr müsst schnell und aufmerksam über den Hof. Es kann sein,
dass auch Er uns noch immer beobachtet. Und es wäre von
Vorteil wenn Er nicht mitbekommt, dass Du wieder da bist!?"
Ich atmete tief ein und aus und nickte.
Ich wusste wen Ralf damit meinte, und meine Nackenhaare
stellten sich wieder auf.
Ralf und Mikka liefen los.
Flach legte ich mich in den Schnee und Thornt tat es mir gleich.
Aufmerksam warteten wir bis sie im Hauseingang
verschwanden.
Ich blickte kurz über den Parkplatz und beide sogen wir die
Witterung ein.
-Nichts!
Schnell liefen wir dann immer noch geduckt und wie fliegende
Schatten zur Hintertüre.
Wir kauerten uns hinter die bereitstehende Mülltonne und
warteten.
Kurze Zeit später wurde die Türe geöffnet.
-Ralf.
Er winkte uns rein und wir schlichen schnell und leise die
Treppen hinter ihm nach oben.

Es gab mehrere Räume.
Ein größeres Wohnzimmer mit Schlafsofa, ein Schlafzimmer mit
großem Doppelbett und einer kleinen Couch, die man auch
ausziehen konnte.
Und ein kleineres Zimmer mit einem Schreibtisch.
Es diente ihm als Büro.
Dort führte er uns hinein.
Es hatte aber kein Fenster und Ralf knipste das Licht an.
Birgits Bogen und der mit Pfeilen gefüllte Köcher lehnten in der
Ecke.

„Nein!, ...Nein, niemals wieder!
Thornt schickte mir seine Gedanken.
„Ich lasse mich nicht einsperren! ...-Nie mehr!"
Ich legte ihm beruhigend eine meiner Klauenhände auf.
„Hab Vertrauen! ...-Wir werden hier nicht eingesperrt.
Wir sind hier vorerst in Sicherheit.
-Ich spüre schon jetzt wieder mehr innere Ruhe und meine
Kontrolle über mich kehrt zurück.
Lass uns ausruhen, was essen und später werden wir nach
unten zu den anderen gehen!?"
Ralf hatte in der Zwischenzeit Wasser und einen Teller mit Brot
und Wurst aus dem Kühlraum gebracht.
„Was anderes kann ich nicht bringen, ...und ich weiß nicht, ob
du schon Bier verträgst?"
„Wer weiß, ...vielleicht hilft ja Alkohol???
-...aber auf ein Bier hätte ich jetzt echt Lust!"
Ralf drehte sich zur Tür.
„Okay, ich hol dir welches.
-Siehst auch schon wieder viel besser aus!"
In dem kleinen Zimmer war ein kleiner Spiegel an der Wand.
-Tatsächlich.
Meine Körperbehaarung war extremst zurückgegangen und
auch mein Gesicht wies wieder menschliche Züge auf.
Ich konnte mich wirklich wieder im Spiegel erkennen.

Thornt hatte zwischenzeitlich die Wurst mit Heißhunger
verspeist und seine lange Zunge leckte über seine Zähne.
„Gut!
...das war gut!"
Er legte sich vor die kleine gefüllte Wasserschüssel.
Ralf kam mit zwei Flaschen Bier zurück und öffnete mir eine.
„Ich muss wieder nach unten.
Soll ich ihnen schon was sagen?"
Ich verneinte und nahm einen tiefen Schluck.
Wow!
Es schmeckte!!!
-Und wie!
„Gib uns noch ne Weile, dann kommen wir runter und
überraschen alle!"
Ich sah mich nochmals im Spiegel an.
„Ah, ...ich könnte vielleicht eine Hose und nen Pulli
vertragen???"
Während der ganzen Zeit war mir nicht aufgefallen dass ich fast
nackt war.
Jetzt, ...ohne Haare (oder Fell)???
Schnell lief Ralf ins andere Zimmer und kam mit einer Jeans
und Pulli zurück.
„Bis gleich!"
Er klopfte mir auf die Schulter.
„Schön dich wieder hier zu haben, ...-auch wenn du echt Scheiße
aussiehst!?"

71

„Du wirst anständig sein, ...und dich hinter mir halten!"
Ich sagte es mit Nachdruck zu Thornt.
„Was ist los mit Dir???"
Seine Gedanken waren wieder in mir.
„Du bist der, vor dem Sie Angst haben werden!

-Ich bin nur ein Wolf!
...was Du bist, wissen Sie nicht so richtig!?"
Er hatte Recht damit.
Ich wusste es selbst nicht mehr so genau.
Aber momentan fühlte ich mich wieder wohler, und der
Alkohol löste ein angenehmes Gefühl in mir aus.
„Okay!",
ich nickte ihm zu.
„Lass uns runtergehen!"

Ich konnte schon vom Ansatz der Treppe alle hören und riechen.
Thornt ebenso.
Langsam öffnete ich die Türe zum Gastraum und trat ein.
Thornt neben mir.

Alle saßen um den großen runden Stammtisch.
-...Josie sah mich als erstes.
„Geralt!
-Geralt!!!"
Sie hüpfte vom Stuhl und lief mit ausgebreiteten Ärmchen auf
mich zu.
Jegliches Gespräch verstummte, ...und es wurde unwirklich
ruhig.
„Geralt!?"
Jetzt war es Birgit.
-Ein ungläubiger Unterton lag in ihrer Stimme.
Ich ging in die Knie und Josie fiel mir in die Arme.
„Oh Geralt!
-Geralt!!!"
Sie wiederholte noch oft meinen Namen während sie sich ganz
eng an mich kuschelte.
Mit einer ihrer Hände fuhr sie dabei Thornt durchs Fell, der es
mit sich geschehen ließ.
-Mir war sogar als ob ich ein leichtes Schnurren aus seiner Kehle
vernahm!?

Josie roch sehr gut, und ein komisches Gefühl und Ziehen
machte sich sofort wieder in mir breit!?
Ich blickte in die Runde.
Birgit war auch aufgestanden und schaute etwas irritiert zu mir.
Willi blickte nervös zu Thornt und nestelte seine Waffe aus dem
Hosenbund, -aber Mikka stellte sich vor ihn.
„Ho, ho, ho, -langsam Cowboy!
 ...Er will uns nichts Böses!", sagte er zu ihm.
Aber mir war nicht unbedingt klar, wen von uns Beiden er
wirklich meinte.
Heike stellte sich neben Ralf und sie suchte seine Hand.

Mit Josie im Arm richtete ich mich langsam auf und ging auf
Birgit zu.
„Ja, ...-ich bin wieder da!"
Sie trat neben uns und strich mir über den Arm.
Sie sagte nichts, ...-aber ihre Blicke sprachen Bände.
Ich konnte so vieles aus ihnen lesen!
Fragen, -Fragen, -Fragen!?!
-...aber auch grenzenlose Erleichterung!!!
„Erzähl`s mir alles später!"
Sie küsste mich leicht und strich Josie durchs Haar, die immer
wieder meinen Namen flüsterte.
Auch Willi kam jetzt zu uns.
„Mensch Geralt!
Bin wirklich froh dich zu sehen.
Du glaubst nicht was hier alles passiert ist!?"
Er steckte seine Waffe wieder in den Hosenbund.
„Und, ...wer ist deine Begleitung?"
Ich setzte Josie auf Thornts Rücken, der es ohne Widerwillen
geschehen ließ.
„Es ist Thornt.
Ein echter Wolf, ...-und ein wahrer Freund!!!"
Josie ritt auf seinem Rücken in der Zwischenzeit durch den
Gastraum.

Thornt beschnüffelte jeden.
Vor Heike und Ralf blieb er länger stehen.
„Sie waren mit Dir damals im Zoo, … - und auch deine
Freundin war mit dabei!"
Er sandte es mir weder in Gedanken und er konnte sich gut
daran erinnern!
Dann nahm ich Birgit in den Arm und wir gingen zum Tisch.
Keiner ließ mich mehr aus den Augen.
-Bis auf Mikka, ...der aber immer wieder aufmerksam zu den
Fenstern blickte.
„Es ist wieder jemand da draußen!, ...ich fühle es!",
sagte er dann.
Aber ich hielt ihn zurück als er nach draußen wollte.
„Los, ...erzählt mir alles!
Ich muss alles wissen, ,
...-und wo ist Michael?"

„Vielleicht sollte Willi als erster beginnen!?",
die Aufforderung kam von Birgit.

72

„Wie lange dauert es denn noch?"
Michael fragte es beiläufig als er wieder einmal ein
Reagenzgläschen mit Flüssigkeit aus einer Spritze füllte.
„Knapp zwei Stunden, ...wir sind auf Höhe München!"
Steffi streckte sich etwas auf dem Beifahrersitz.
Immer wieder holte Michael neue Gläschen aus seiner
Arzttasche und probierte verschiedene Mixturen.
Aber immer wieder schüttelte er auch den Kopf.
„Bis in einer Stunde sollte ich eine positive Probe haben. Ich
muss mir sicher damit sein.
-Und ich kann sie nicht mal vorher testen???"
Steffi drehte sich jetzt interessiert zu ihm um.

„Was soll dein Mittel denn können?“
Ohne von seinen Proben aufzusehen antwortete er ihr.
„Es soll sowohl die Verwandlung der Kreaturen aufhalten, als
auch Geralts Infizierung oder seine Bestimmung rückgängig
machen, ...oder wenigstens etwas eindämmen.
Wenn ich dann mehr Zeit damit hätte, könnte ich vielleicht
sogar ein Anti-Serum herstellen, mit diesem wäre dann uns
allen geholfen!!!“
„Aber diese Zeit haben wir nicht!“
Irina hatte schon lang nichts mehr gesagt.
„Ich spüre Gefahr.
Ja, sie sind alle in Gefahr!
-Und wir werden es auch sein, sobald wir zurück sind!!!“

73

Angespannt und aufmerksam saßen sie um mich am Tisch.
Josie lag auf dem Boden neben Thornt und kraulte sein Fell.
Ich hörte ihnen zu und jedesmal wenn der Namen des Doc fiel,
sträubten sich mir meine Nackenhaare und ich trommelte mit
viel zu langen Fingernägeln auf die Tischplatte.
-Birgit, Ralf und Mikka nahmen es wahr.

Dann musste ich erzählen was mir widerfahren war.
In meiner Nase hatte sich seit meiner Ankunft ein merkwürdiger
Geruch festgesetzt.
Er machte mich irgendwie nervös.
-Nein!?
Fordernd.
-Nein!?
Gierig!!!

Ich sog wieder die Luft durch die Nase und schnüffelte.
Mit meinem Blick glitt ich von einem zum Anderen.

-Der Geruch blieb gleich und ich konnte ihn noch immer nicht richtig zuordnen.
Und er irritierte mich immer mehr.
Meine Beine zuckten nervös unter dem Tisch und langsam wollte mein Inneres wieder nach außen.
-Es musste einer von Ihnen sein!?
Mikka?
Heike?
Willi?
Ralf?
Birgit?
-Nein!!!
Mein Blick wanderte zu Josie und Thornt auf dem Boden.
Birgt ließ mich nicht mehr aus ihren Augen.
Sie bemerkte meine Nervosität und ihre Nasenflügel begannen zu zittern!?

Wieder sog ich die Luft ein und gierig leckte ich mir dabei über die Lippen.
Meine Zähne wurden länger und spitzer.
Birgit beobachtete mich mit einem Stirnrunzeln und stupfte Ralf an.
Dieser nickte Mikka zu.

-Es war Josie!
Josie strömte einen Duft aus, der mich „betörte"???
-der mein Inneres in Aufruhr brachte.
Ich hatte es vom ersten Moment an gerochen als sie mir in die Arme fiel.

Um mich herum nahm ich plötzlich nichts mehr wahr.
Meine Augen, die schon die ganze Zeit über gelb waren, leuchteten nun hell auf.
Meine Sinne und Muskeln waren angespannt und in mir breitete sich eine unbändige Lust aus.

-Es war wie eine unstillbare Gier,
...eine Gier mit der Lust zu töten!!!

„Geralt?"
Birgit sprach mit beruhigender Stimme zu mir.
„Alles okay mit Dir?"
Alle Blicke richteten sich jetzt auf mich.
Zum Teil fasziniert, zum Teil angstvoll.
„Du, ...Du veränderst Dich!?"

-Und wie!!!
Mit Wucht drängte mein Inneres nach draußen!

Was vorher noch Fingernägel waren, waren jetzt lange behaarte
Klauen geworden.
Aus meinen „Maul" blitzten lange, messerscharfe Zähne.
Blitzschnell sprang ich auf und warf mit einer kraftvollen
Bewegung den Stuhl in die Ecke.
Ich drehte mich ungestüm zu Josie, ging in die Knie und fauchte
sie an.
Erschrocken hielt sie beide Hände vor sich und war sofort von
hellblauem Licht umgeben.
Thornt war blitzschnell auf den Beinen und hatte sich zwischen
sie und mich platziert.
Mikka war wie die anderen aufgesprungen und stellte sich mir
mit Skar entgegen.
Heike und Willi wurden von Ralf in die andere Ecke der Stube
gedrängt.

-Plötzlich herrschte eine andere Stimmung im Raum.
Birgit zwängte sich an Thornt vorbei zu Josie.
Beschwichtigend sprach sie zu mir.
„Geralt!
-Was soll der Scheiß???"

Sie stellte sich schützend vor Josie.
-Denn jeder konnte erkennen dass mein Verhalten nur ihr galt!
„Geht weg!"
Knurrte ich sie alle an.
„Geht alle weg!
Ich will nur sie!!!
-Und wenn ihr sie mir nicht gebt, …werde ich euch alle töten!!!"
Mordlust und Gier sprachen aus meiner Stimme.
„Was tue ich nur???"
-Ich sprach mit mir selbst, …und ich kannte mich nicht mehr!
Und mit einem bisschen verbliebenen Verstand versuchte ich
mich selbst dagegen zu wehren!
Mein Inneres Ich, und Ich kämpften gegeneinander.

„Geralt, …-lass es nicht zu!
Wehr Dich dagegen!!!"
Verzweifelt, aber trotzdem ruhig sprach Birgit auf mich ein.
Willi hatte in der Zwischenzeit die Waffe auf mich gerichtet und
durchgeladen.
„Ich werde es tun Geralt!
Wenn Du auch nur einen Schritt auf die Kleine zumachst werde
ich abdrücken!"
Er meinte es ernst.
Auch das konnte ich riechen!

Doch nun machte sich Euphorie und Macht in mir breit.
„Nein!",
knurrte ich wieder mit gutturaler Stimme.
In der Zwischenzeit hatte ich mich fast komplett verwandelt.
„Nein!
Ihr könnt mir nichts anhaben!
…Und Du, -Du kannst mich nicht töten!!!

Aber Ralf handelte sofort.
Er trat zu Willi und nahm ihm die Waffe aus der Hand.

Dann legte er auf mich an.
„Aber ich!
Ich kann es!!!
Und ich werde es tun, wenn Du die Kleine auch nur anrührst!!!“
-Nur noch vage konnte ich mich an die Aussage meiner Mutter
erinnern.
„ ...-nur dein Vater, oder dein ältester Bruder kann dich von
deiner Bestimmung befreien!“

Und nun stand Ralf mit durchgeladener Waffe vor mir!

74

Er saß mit seinem Tarnanzug bekleidet in einem großen dunklen
Ledersessel und überlegte.
Xerxes zu seinen Füßen schien zu schlafen, reagierte aber sofort
auf jede seiner Bewegungen.
Hässlich?
Nein, ...dieser Begriff war noch viel zu harmlos um das
Aussehen der Bestie zu umschreiben.

Seine Gedanken drehten sich.
Die Injektionen und Selbstversuche hatten doch gewirkt!
Seine Hunde waren zu gierigen, willenlosen Bestien geworden.
-Sie hatten Spaß am Töten!
Und auch bei ihm selbst hatten seine Mittel gewirkt.
Er war stark und konnte endlich seine Rachegelüste umsetzen.
...aber trotzdem war etwas schiefgelaufen!?
Wer war der große Kerl mit dem Schwert.
-Er strahlte Macht und Kühnheit aus!

Noch lange blieb er nachdenklich sitzen.
Sein Körper wirkte ausgemergelt. Die Wangen eingefallen.
Dann stand er abrupt auf.

Xerxes auch.
„Du wirst die Rache für Zeus bekommen!
-Ich werfe sie dir vor, … einen nach dem Anderen!
-Und du wirst sie zerfetzen!!!"
Wie wenn sie alles verstanden hätte, warf die Kreatur ihren
mächtigen Schädel hin und her und schlug die Kiefer
aufeinander.
„Aber wir müssen sehr, sehr vorsichtig sein!!!
Sie wissen jetzt von uns!
-Aber wir werden unsere Rache bekommen!!!
-Lass uns jagen gehen!"
Er streckte sich ein, zweimal und seine Klauenarme wurden
noch etwas länger dabei!

75

Noch ziemlich müde ging Fräulein aus dem Haus.
Es war kurz nach fünf Uhr.
Er musste zur Arbeit.
Im September hatte er eine Lehrstelle als Maschinenschlosser in
Ulm begonnen.
Er ging wie immer die Anhöhe nach unten, entlang einer
verschneiten Wiese, Richtung Bahnhof.
„Nur noch fünf Tage!",
dachte er freudig bei sich.
„-Noch fünf Tage dann ist Urlaub!"
Seine Firma hatte über Weihnachten und Neujahr
Betriebsurlaub und er musste dann erst wieder nach Hl. Drei
Könige zum Arbeiten.

Eine schnelle Bewegung zu seiner Linken holte ihn aus seinen
Gedanken.
-Da war es wieder.
Er blickte angestrengt im Halbdunkel über das Feld.

-Und wieder.
Ein langer, schwarzer Schatten glitt tief geduckt am Boden auf
ihn zu.
Er ging schneller.
-Immer noch, ...und diesmal näher.
Er fing an zu rennen.
Der Schatten war jetzt auf gleicher Höhe mit ihm und überholte
ihn nun.
Mit einem weiten Satz sprang der Schatten über den kleinen
Holzzaun vor ihm auf die Straße.
Der Schatten war groß.
-Kräftig,
...stand auf vier Beinen und hatte scharfe Zähne im Maul.

Fräulein sah sich um.
-Niemand außer ihm war auf der Straße und der direkte Weg
zum Bahnhof war ihm nun versperrt.
Jetzt kam die Kreatur auf ihn zu und er konnte das Scharren
ihrer Krallen auf dem kalten Asphalt vernehmen.
„Also Geralt ist das nicht!!!
Der ist war zwar hässlich, ...aber nicht so!",
schoss es ihm durch den Kopf.
Nein, so etwas Abartiges hatte er noch nie gesehen!
Und so wie es aussah, hatte es diese Kreatur auf ihn abgesehen!?

Langsam und mit wiegendem Kopf schlich diese auf ihn zu.
„Okay, ...aber so leicht mache ich es dir nicht!",
Fräulein drehte sich schnell nach rechts und rannte in einen
kleinen Fußweg, der direkt an den Rand des Stadtparks führte.
Dieser endete an einem etwas steilerem Abhang.
Ein Lattenzaun trennte die danach steile Wiese, die an den
Bahnschienen endete, vom Weg.
Vom Frühjahr bis Herbst grasten dort Schafe, Ziegen und Esel
auf den eingezäunten Feldern.
-Fräulein hatte sofort einen Plan.

Ohne sich umzudrehen hechtete er über den Lattenzaun, rollte sich ab und presste sich dicht an den gefrorenen, schneebedeckten Boden.
Er schlitterte unter einem doppelt gewickelten Stacheldrahtzaun hindurch.
Trotzdem schnitt ihm eine der Stacheln von der Wange bis zum Ohr die Haut auf.
-Aber er hatte einen Vorteil.
Er kannte die Gegend und auch das Hindernis.
-Sein Verfolger nicht!!!

Noch im Schlittern drehte er sich auf den Bauch und blickte zurück.
In diesem Moment sprang die Kreatur ebenfalls über den Lattenzaun. Und mit vollem Schwung und getragen durch ihr Gewicht prallte sie mitten in den doppelten Stacheldraht. Dieser wurde unter der Last gespannt, -riss, ...und der mit unzähligen langen scharfen Stacheln gespickte Draht wickelte sich im Fallen wie ein Netz um die Bestie.
Laut aufheulend blieb sie schließlich wie ein aufgewickeltes Wollknäuel in einer Schneekuhle liegen.
Sie versuchte sich sofort zu befreien, aber mit jeder Bewegung gruben sich die Stacheln tiefer in ihr Fleisch.

Fräulein stand auf, wischte sich über die blutende Backe und klopfte sich den Schnee ab.
Dann formte er einen großen festen Schneeball, trat vor das jaulende Knäuel, holte weit aus und schmetterte ihm diesen mit voller Wucht in die hässliche Fratze.
„Soo!
-Ja, Mann!!
-Du hast so ein Glück dass ich nichts anderes bei mir habe!!!
-Ja, ...so ein Glück!"
Mit dem Fuß trat er der Kreatur noch in den Leib.
Er ließ seinem Schrecken und Ärger freien Lauf.

„Du, ...oder „Es!,
...oder was immer du bist oder warst,...
-Du wärst so was von Tot!!!“
Schnell drehte er sich dann um und lief über die Schienen.
„Das muss ich unbedingt Geralt erzählen.
-Sofort!!!“
Hätte er sich nochmals umgedreht, hätte er sehen können, wie
eine große, ebenso bedrohliche Gestalt, die immer noch
wimmernde Kreatur aus ihren Fesseln befreite, und beide über
die Wiese verschwanden.

76

„Ja!!!, … -endlich!!!“
...Steffi wurde durch diesen Ausruf aus ihrer kurzen Schlafphase
geholt!
„Das ist es!!!
Ich hab`s!“
Michael wedelte triumphierend mit einem Fläschchen vom
Rücksitz.
„Ich hab`s!“,
wiederholte er noch einmal.
Irina saß immer noch gespannt hinter dem Lenkrad und hielt
den Wagen bei Tempo hundertdreißig.
Im Rückspiegel blickte sie zu Michael.
„Das muss es sein.“
Euphorisch blickte er die rötliche Mixtur an.
„Seit über einer Stunde sind alle meine Tests positiv.
-Es muss es sein!!!
-Wo sind wir und wie lange noch?“
„-Burgau. Noch knapp dreißig Kilometer!“
Irina blickte wieder auf die Straße.
Es war halb sieben Uhr morgens und am Horizont wurde es
schon hell.

„Von der Farbe passts ja eher zu mir als zu Geralt und zu
irgendwelchen Monstern!?“,
das war der Kommentar von Steffi zu der bunten Mixtur, und
sie schüttelte ihr rotes Haar.
Michael zog ein paar Spritzen mit der Flüssigkeit auf und
verstaute sie vorsichtig in seine Tasche.
„Ich gebe euch nachher auch jeder eine davon.
Wer weiß wofür ihr sie brauchen und einsetzen könnt!?“
Steffi und Irina nickten.
„Uh jaa!!!
-Mächtig gefährliche Waffen!!!“
Irina grinste süffisant und beide schielten sie zu Michael.
„Ihr habt ja keine Ahnung!!!“,
entgegnete dieser ernsthaft.

„Wohin sollen wir?“
Irina bog auf die Hauptstraße Richtung Senden ein.
„Zu Geralt und Birgits Wohnung.“

77

Fräulein lief ans Haus und versuchte durch die Rolläden etwas
zu erkennen.
Er hatte öfters geklingelt, aber alles blieb still.
„Sie müssten doch schon auf sein!?“
Josie hatte Schule und Birgit und Geralt müssten arbeiten
gehen?
Er ging hinten rum ums Haus und trat in den Garten.
Verschiedene Spuren waren im Schnee zu erkennen und er
blickte über die Veranda hoch zum Dach.
„Was `n da passiert?“
Das Dachfenster war gesplittert und auch auf den verschneiten
Dachplatten waren komische Spuren zu sehen.
Wie die eines großen Hundes, -oder eines Wolfs?

Genauso wie hier im Garten.
-Er schaute genauer hin.
Es waren verschiedene.
Die Spuren der Pfoten waren groß.
-Aber eine halt noch größer und mit langen Krallen!?
...-und jemand lief barfuß???
Was war passiert?
Er drehte sich um und wollte gerade Richtung Bräustüble
gehen, da hielt ein Auto direkt vor dem Haus und ein Mann
sprang heraus.
Eine junge Frau und Steffi folgten ihm.

78

Skars Schwertspitze kratzte mir am Hals.
Mikka stand einen Meter vor mir, blitzte mich aus seinen nun
wieder steingrauen Augen an und hielt mir auffordernd, aber
auch sehr bedrohlich sein Schwert entgegen.
„Waget es nicht Geralt!
...oder wer ihr jetzt seid?
Waget es nicht auch nur eines von euren hässlichen Haaren
gegen meine Herrin zu wenden!!!
-Ich hoffe ihr verstehst mich und es weilt noch ein bisschen
Verstand in Euch!
Einen Schritt, oder auch nur eine Bewegung von euch nach
vorne,
...und ihr werdet das Sonnenlicht dieses und auch der anderen
Tage nie mehr wieder sehen!!!“
Es war nur ein leichtes Flüstern von ihm, aber jedem
anwesenden drang es tief in die Ohren!
Ralf hielt die Waffe hoch und trat neben ihn.
„Es wird weh tun, -wenn ich abdrücken muss!!!
-Vor allem dir , … -aber auch mir!!!
-aber ich werde es tun!!!“

- 4 -

- ...das Ende

Michael sprang aus dem noch rollenden Auto als Irina vor dem Haus einparkte.

Mit seiner Tasche unterm Arm lief er zur Türe und drückte seinen Finger auf die Glocke.

Irina und Steffi folgten ihm schnell.

„Steffi!?!"

Jemand rief von der Straße ihren Namen.

Michael klingelte weiter Sturm.

-Aber Steffi und auch Irina drehten sich nach dem Rufer um.

„Fräulein!?

Was machst Du denn hier?"

Steffi erkannte ihn sofort im Schein der Straßenlaterne.

Sie umarmte ihn kurz.

„Wollt ihr zu Geralt und Birgit?",

fragte er.

„-Sie sind nicht da, ...und es sind komische Spuren im Garten!

Das Dachfenster ist kaputt und ich mach mir ernsthafte Sorgen.

- Vor allem nach dem was mir vorher passiert ist!"

Jetzt sah Steffi seine blutverschmierte Wange.

Michael hatte aufgehört zu läuten und war zu ihnen getreten.

„Lass mich kurz sehen, … - ich bin Arzt."

Er schaute sich die Risswunde an.

„Ist nichts ernsthaftes!

Aber weißt Du wo sie hin sind?"

Sorge sprach aus seiner Stimme und er kramte etwas aus seiner Tasche.

Michael sprühte ihm Desinfektionsmittel auf die Backe.

„Ich wollt grad ins Bräustüble schauen, und wenn sie da nicht sind, dann zu Ralf!

Muss unbedingt mit Geralt reden.

-Du glaubst wirklich nicht woher ich die Schramme habe!?!"

Der letzte Satz von Fräulein galt Steffi.

„Dann komm mit.
Wir fahren und du kannst uns schnell dein Erlebnis berichten."
Steffi drängte zum Auto und Fräulein setzte sich sofort auf den
Beifahrersitz.
In kurzen Sätzen berichtete er was ihm widerfahren war.
-Und immer wieder blickte er dabei interessiert zu Irina.

80

„Fahr nicht auf den Parkplatz.
Stell das Auto in der Seitenstraße ab."
Steffi beugte sich zu Irina vor und wies ihr den Weg.
Fräulein hatte ihnen in kurzen Sätzen sein Erlebnis geschildert,
und Irina himmelte ihn darauf an.
„Wir sollten vorsichtig sein und zum Hintereingang gehen!"
Steffi behielt kühlen Kopf.
„Guter Plan!
-Könnte von mir sein!"
Fräuleins Wangen glühten leicht.
Schnell sprang er aus dem Auto, eilte zur Fahrertür und öffnete
sie für Irina.
„Hey Casanova!!!"
-Steffi.
„Für so was haben wir jetzt keine Zeit!"
Trotzdem lächelte Irina ihm zu.
„Es ist auf jeden Fall jemand da.",
flüsterte Michael sofort.
Die Läden waren zwar geschlossen, aber durch die Ritzen drang
schwacher Lichtschein.
Vorsichtig gingen sie zur Hintertür.
-Auf dem Parkplatz konnten sie niemanden sehen.
Fräulein öffnete leise die Türe und sie schlüpften hinein.

Thornt und ich hörten es gleichzeitig.
-Die Hintertüre wurde geöffnet und es trat jemand ein.
Die Türe befand sich in meinem Rücken.
-Das beunruhigte mich und entlockte mir ein tiefes Knurren!
Jetzt sah es auch Mikka, -aber er wich deswegen keinen
Millimeter von mir ab.
Auch Ralf hielt mich weiterhin in Schach.

-Was sollte ich tun?
Ich sandte Gefahr nach vorne,
und von hinten drohte mir vielleicht diese???

-Aber meine Sinne waren nur noch auf Josie fokussiert und ich
konnte meine Gier nicht mehr zügeln.
Für diesen einen Moment sahen alle zur Hintertüre, als diese
aufschwang und Fräulein mit den anderen eintrat.

Ich duckte mich blitzschnell unter die Schwertspitze und holte
mit einem kräftigen Schlag Mikka von den Beinen, so dass
dieser gegen Ralf fiel und auch diesen aus dem Gleichgewicht
brachte.
Dann sprang ich mit wildem Knurren auf Birgit, Thornt und
Josie zu.
Ich konnte nicht mehr an mich halten und das Tier hatte
komplett die Oberhand gewonnen!
Doch Birgit warf sich mit einem Satz entschlossen vor Josie, und
Thornt sprang mich sofort an.
Er schlug mir seine Fänge in einen meiner Klauenarme und warf
mich durch seine Wucht von den Beinen.
Ich heulte kurz auf.
Seine Kiefer schlugen nur knapp vor meinem Hals aufeinander
und er war mit seinem ganzen Körpergewicht über mir.
Ich packte seinen Kopf und drehte ihn um seine Achse.

Sein Körper rollte von mir und ich schleuderte ihn wild in die
Ecke.

Fräulein war im Türrahmen stehengeblieben, wurde aber jetzt
von Michael und Steffi in den Gastraum geschoben.
Ich war sofort wieder auf den Beinen und ging wie von Sinnen
weiter auf Josie los, -die nun bewegungslos und mit weit
aufgerissenen Augen hinter Birgit stand.
Sie schrie gellend auf!
Bereit zum Sprung holte ich weit aus.

-Jegliche Liebe und Erinnerung an das Schöne...,
-...an das gemeinsame war weg!

Töten!!!

-Der Zwang zu Töten und ihr süßer Geruch löschten jegliche
Gefühle in mir aus!
Das Tier in mir hatte endgültig gewonnen!!!

„Geralt!?!
-Geh weg!
Was ist nur mit Dir los???"
Verzweiflung lag in Birgits Stimme.
Sie schrie mich an.
„Geh weg!!!
Lass Josie in Ruhe!!!"
Birgit ballte ihre Fäuste gegen mich und blickte mir entschlossen
in die Augen.
-Eine mutige Frau mit Mutterinstinkt!!!

Ralf hatte ja auf mich angelegt, verlor mich aber durch den
Rempler von Mikka für einen kurzen Moment aus dem Visier.
-Trotzdem drückte er ab!
Es gab einen ohrenbetäubenden Knall.

Schreie,
-Durcheinander,
-Chaos!?

Ich sprang, -und in diesem Moment traf mich das Projektil. Es
schlug mir wiederum seitlich in die Brust, durchschlug einen
meiner Lungenflügel und trat neben meiner Wirbelsäule hinten
wieder aus.
Es schrammte knapp an meinem Herzen vorbei.
Ich krachte hart auf den Boden und ein noch nie gefühlter
Schmerz breitete sich in mir aus.
Das Silber erfüllte seine Wirkung, -auch wenn die Kugel knapp
mein Herz verfehlte!!!
-Es lähmte mich.
Birgit packte Josie und rutschte mit ihr in die hinterste Ecke.
Dann vergrub sie die Kleine unter sich.
Ich wollte mich nochmals aufrichten.
-Aber ich konnte mich nicht mehr bewegen.
Steffi stand plötzlich mitten in der Stube und hatte sofort ein für
mich undurchdringliches Kraftfeld aufgebaut.
Mikka trat neben sie, formte ebenfalls ein mystisches Zeichen,
und gemeinsam hielten sie mich so am Boden.

Schmerz!
Unglaube!
...Noch mehr Schmerz!
Eine Gestalt beugte sich über mich.
Ich hörte viele Stimmen, die meinen Namen riefen.
Es roch nach Pulverdampf.
Doch es entglitt mir alles.

-Unwirklich!

Ich spürte noch einen feinen Einstich an meinem Hals und ganz,
ganz sanft wurde es dann dunkel um mich.

-Aber der Schmerz blieb!!!

-...Fühlt sich so der Tod an???

… - Erleichterung!!!

82

Fräulein blieb wie angewurzelt stehen, als er in die Gaststube
trat.
Aber Steffi und Michael hinter ihm schoben ihn nach vorne und
drängten nach innen.
-Es gab einen ohrenbetäubenden Knall!
Michael und Steffi reagierten sofort.

Steffi breitete ihre Arme aus und formte ein undurchdringbares
Kraftfeld und Mikka tat es ihr gleich!
...es galt einzig und allein nur Geralt!

Michael kramte geistesgegenwärtig eine der Spritzen aus seiner
Tasche und sprang Geralt???,
...oder was immer aus „ihm" geworden war, in den Rücken.
Dann drückte er „ihm" den kompletten Inhalt der Spritze in den
Hals.

83

… ich konnte mich selbst sehen!?
… ich stand „wirklich?" neben mir!

Seltsam verkrümmt lag mein Körper am Boden und aus meiner
Schusswunde lief dunkles Blut auf den Dielenboden.
Ich konnte alles sehen,

...aber nichts mehr hören, schmecken, riechen…?
Und alles wurde Dunkel um mich!

84

Weiß!
-Alles um mich war weiß.

Die Decke raschelte leicht als ich mich vorsichtig bewegte.
Ich konnte vorerst nur leichte Konturen erkennen.

"Bin ich im Himmel?
-Hat Mikka mich mitgenommen???"
Ein Schatten näherte sich mir und beugte sich über mich.
„Geralt?"
Jemand nahm meine Hand und drückte sie leicht.
„Geralt, … -bist du wach?"
Ich hatte die Stimme in meiner Erinnerung, konnte sie aber noch
nicht zuordnen.
Es war alles wie im Nebel.
„Geralt???", diesmal etwas fordernder.
Es dauerte,
...aber langsam nahmen die Konturen feste Formen an.
Ich blickte an mir herunter, konnte aber nur eine weiße Decke
sehen.
Auch das Leintuch und das Bett auf dem ich lag waren weiß.
Farben mischten sich nun in meine Wahrnehmung und alles
wurde real!
Jetzt nahm ich auch Geräusche wahr.
-So langsam funktionierten meine Sinne wieder.
...aber doch anders als bisher!?

Es war Michael der neben mir stand, in weißem Arztkittel und
Hose.

Ein Stethoskop baumelte um seinen Hals und er hielt noch
immer meine Hand.
Er fühlte meinen Puls.

-Erinnerung kam zurück!
Zwar langsam, … - aber unaufhaltsam!

Ich hatte mich verwandelt,
nicht mehr ich selbst,
-und bereit zu töten!
… - und wurde dabei „fast" getötet?!
Oder war,
oder bin ich tot!?

„Geralt?!
Trink das.
-Es wird dir gut tun!"
Michael hielt mir mit der anderen Hand einen Becher an den
Mund.
Die Flüssigkeit war lauwarm und schmeckte nach gar nichts.
Aber ich spürte wie sie mir die Kehle runterlief und es breitete
sich ein wohliges Gefühl in mir aus.
In kleinen Schlucken leerte ich den Becher komplett.

Draußen war es hell und die Sonne schien ins Zimmer.
Auf einem kleinen Tisch stand eine Vase mit bunten Blumen.
Davor lag ein mit vielen Farben gemaltes Bild.
Ich konnte nicht erkennen was es darstellen sollte,
… aber es war schön!
Langsam versuchte ich mich etwas aufzusetzen und Michael
half mir, in dem er das Kopfteil des Bettes etwas hochklappte.
„Langsam, …ganz langsam!",
sagte er zu mir.
In meiner Brust meldete sich sofort ein Schmerz durch die
Bewegung.

Ein leichtes Stöhnen kam aus meinem Mund.
Auf der anderen Seite des Bettes befand sich ein großer
Metallständer an dem zwei durchsichtige Beutel mit Flüssigkeit
aufgehängt waren.
Durch zwei dünne Schläuche tröpfelten diese nach unten in eine
Kanüle, die in meinem Handrücken steckte, und mit einem
Pflaster fixiert war.
„Und?
-Geht´s???"
Michael notierte etwas in eine Akte.
Ich wollte ihm antworten, aber mehr als ein leichtes
„Hhm", kam nicht über meine Lippen.
„Na wenigstens etwas!",
er hielt mir dann wieder einen Becher entgegen.
„Nochmals zum Schlafen und gegen die Schmerzen.
-Ich hab jetzt Visite, aber in knapp drei Stunden hab ich wieder
Zeit für Dich.
Ruh dich noch etwas aus, schlafe, und wir sehen uns dann!"
Ich trank den Becher wieder leer und er stellte das Kopfteil nach
unten.
Er sah die Fragezeichen in meinen Augen.
„Nachher!
Wenn ich wiederkomme erzähle ich Dir vieles!"
Ich nickte leicht und streckte mich unter die Decke.
Noch bevor er das Zimmer verlassen hatte fiel ich wieder in
einen unruhigen, aber gesunden Schlaf.

85

-Was war passiert?
Selbst die Kreatur war bei dem lauten Knall zusammengezuckt.
Tiefgeduckt schlichen der Doc und sie über den Parkplatz und
kauerten sich unter eines der Fenster.
Der Doc richtete sich soweit auf, dass er durch die Ritzen des

Fensterladens ins Innere blicken konnte.
Nur durch kleine Ausschnitte konnte er etwas erkennen.

Eine Gestalt lag auf dem Boden und jemand beugte sich über diese.
Er zwängte sein verunstaltetes Gesicht noch näher an den Laden, dass er mehr erkennen konnte.
-Die Gestalt am Boden war Geralt!?
… - das konnte doch nicht sein?
Hörbar schnaufte er aus und Xerxes zu seinen Füßen knurrte leise.
Wieder veränderte er seine Position.
Tatsächlich!
-Es war Geralt!!!
…und über ihm kniete Dr. Fahrenschon!?
Seine Blicke wanderten hin und her.
-Und,??? …da war noch ein Wolf!??
-Ein großer grauer Wolf und Birgit lagen schützend vor dem Kind in der hinteren Ecke der Stube.
Auch die Rothaarige, die ihm in seiner Praxis eine verpasst hatte und der Unbekannte mit dem Schwert standen mitten im Gastraum.

-Warum?
-Wieso?
… -Wo kamen sie her???
… -und wer hatte geschossen?
Er konnte nicht den gesamten Raum einsehen, und musste auch leise und vorsichtig sein.
Wieder geduckt gab er der Xerxes ein Zeichen und sie liefen schnell zurück in einen nahegelegenen Garten.
Geschützt unter einer Hecke legten sie sich beide auf die Lauer.
-Er fasste seine Eindrücke zusammen!?
So wie es ausgesehen hatte, wurde auf Geralt geschossen, denn am Boden vor ihm hatte er Blut gesehen und gerochen.

-Aber warum schießen seine Freunde auf ihn?
Und jetzt fiel es ihm auch wieder ein.
Auch den Wolf hatte er schon einmal gesehen.
Er konnte sich an ihn erinnern!
-Er war der Leitwolf des Rudels in Tschechien, als seine beiden
„Hunde" einen seiner Wölfe getötet hatten.
Aber wieso und wie kam er hierher!?

Irgendetwas lief wirklich schief???
Er schüttelte den Kopf,
-und Xerxes tat es ihm gleich.

86

-Geräusche!?
Langsam wachte ich auf und öffnete die Augen.
Wieder war jemand im Zimmer.
Ein haariger Arm mit mächtigen Klauen streckte sich mir
entgegen und gleichzeitig traf mich ein harter Schlag an der
Schläfe.
Die Klauen gruben sich durch die Decke in meine Brust und
scharfe lange Nägel rissen mir die Haut und das Fleisch von den
Rippen.
Im Nu färbte sich das weiße Laken rot.
Ich wurde gepackt und hochgerissen.
-Schmerz???

...doch diemal blieb dieser aus...?

„Geralt!?"
Michael stopfte mir ein Kissen in den Nacken und setzte mich
auf.
„...ich kam wohl grad noch rechtzeitig!
-Du hast geträumt und dich von links nach rechts gewälzt.

Fast wärst du mir aus dem Bett gefallen!"
-Ich zitterte.
Verstört schaute ich mich um.
„Entspann Dich.
Ich hab Dir was zu Essen mitgebracht.
Suppe wird dir gut tun!?"
Er zog einen Stuhl neben das Bett und nahm eine kleine
Schüssel von dem Tablett, das auf dem Tisch stand.
Er zog den Deckel ab,
...-und es duftete herrlich!
Rinderbrühe!?
Michael nahm den Löffel.
„Er wird mich doch jetzt nicht füttern wollen?",
dachte ich bei mir.
-Aber tatsächlich schöpfte er Suppe und führte mir den Löffel
zum Mund.
Sie schmeckte!
… -und wie!!!

Langsam,
-ganz langsam kam ich wieder ins hier und jetzt!

Die Schüssel war schnell leer.
Michael hatte dabei kein Wort mit mir gesprochen.
Aber jetzt.
„An was erinnerst Du dich?"
-Pause.
Ich versuchte nachzudenken.
-Es fiel mir schwer.
„Hhm!?"
-Am liebsten wäre mir noch etwas Suppe!?

„Okay.."
Michael räusperte sich kurz und blickte mich an.
„Dann fang ich einfach mal an zu erzählen.

-Vielleicht hilft dir das in deinen Erinnerungen.
Ich beginne aber damit, dass Ralf auf dich geschossen hat!"
Ruckartig wollte ich mich noch mehr aufrichten,
...aber sofort schoss mir der Schmerz wieder quer über die Brust.
Michael drückte mich sanft, aber bestimmend zurück.
„-Ralf hat auf mich geschossen?
Warum???
… und was hab`ich getan, dass er auf mich schießen
musste???"
Meine Gedanken fuhren weiterhin Karussell.
Ich versuchte mich wieder zu entspannen und hörte ihm
weiterhin zu.

„Als ich mit Steffi und Fräulein zur Hintertüre reinkam, warst
du ein
Wolf!!!
-Ein Wolf auf zwei Beinen!
Du warst komplett mutiert, -so wie ich dich noch nie gesehen
und erlebt habe!
Gier und Wahnsinn trieben dich an!
...-Und du warst bereit zum Sprung auf die kleine Josie!"
Mir zog es die Innereien zusammen.

-Josie!!!
… ich könnte doch nie auf Josie losgehen!!!
Was…??? ...ich brachte keine Erinnerung daran zusammen!
-das letzte was ich wusste war, als ich mit Thornt in die
Gaststube ging.
...-und Josie roch doch so herrlich!!!

„Geralt,
deine Bestimmung hat die Herrschaft über dich genommen!
Du bist zum Werwolf mutiert und Du wolltest töten!!!
Birgit hat sich mutig vor sie gestellt, aber du hast sie in die Ecke
gestoßen.

-Und dann hast du dich noch über Willi lustig gemacht, dass er
dich nicht töten könnte!?
Doch Ralf reagierte am schnellsten.
Er schnappte sich die Waffe von Willi und hatte dich im
Anschlag.
Wäre Mikka nicht fast auf ihn gefallen, hätte er dich
wahrscheinlich ins Herz getroffen.
...So hast du wahrlich Glück gehabt und die Kugel strich daran
vorbei, ...und fügte dir nur eine üble und schmerzende Wunde
zu!"
Er stand auf.
„Im gleichen Moment konnte ich dir von hinten eine Injektion in
den Hals verpassen, die auch sofort wirkte.
Zusammen mit der Schusswunde und der Spritze wurdest du
im Nu bewusstlos.
Tja, ...und nun bist du hier!!!"
Ich schüttete etwas ungläubig den Kopf.

Birgit?
Josie?
Ralf?
Willi?
Mikka? …

-Was hab ich gemacht,
… -und was ist aus mir geworden?

Wieder schüttelte ich den Kopf und wollte mich weiter
aufrichten.
-Aber der Schmerz hielt mich auf.
Irgendetwas war anders mit mir!?
„Wie lange bin ich schon hier?",
es war der erste komplette Satz den ich nun mit leiser Stimme
sprach.
-Das Reden fiel mir schwer.

„Heute ist der elfte Tag.
Du warst neun Tage komplett im Koma,
...und fast wärst du mir weggestorben!!!"
Er räusperte sich und legte leise nach.
„Da hab ich mich doch fast etwas an meiner Mixtur verschätzt!
-Seit gestern bist du nun hier auf Station."

Ich hörte in meinen Körper.
-Aber ich bekam nicht dieselben Antworten wie sonst.
Schmerz war vorrangig???
Das war mir neu!?
-Schmerzen hatte ich wirklich schon oft genug,
-aber noch nie so lange!
Sonst waren diese doch immer sehr schnell vorbeigegangen???

Michael spürte meine Frage.
„Ich hab ein paar Experimente und Tests mit dir gemacht,
während du bewusstlos warst!"
-Jetzt wurde es interessant!?
„Ich brauchte Gewissheit und positive Ergebnisse!"
-Von was redet er?, ...waren meine Gedanken dazu.
Michael sprach weiter.

„Irina, Steffi und ich waren in Tschechien nachdem Du vermisst
warst,
-und wir haben deinen „Wirt" gefunden!
Den Auslöser für deine Bestimmung.
Und dieser war sehr kooperativ. Wir bekamen alles was ich für
deine „Heilung" benötigte.
Ich habe danach Tag und Nacht gearbeitet um ein Antiserum für
dich zu entwickeln. Vor fünf Tagen war es dann endlich soweit.
...Und es hat so wie ich es sehe, durchaus gewirkt!!!"

Mir fehlten noch ein paar Zusammenhänge, und ich konnte
Einigem auf die schnelle noch nicht folgen.

-Aber was wollte er mir genau sagen?
...Und es ging wiederum um körperliche Veränderungen in und
mit mir!?
Hielten deshalb die Schmerzen an? Und auch meine Sinne und
Empfindungen reagierten ungewohnt langsam, ...oder auch gar
nicht mehr!?

Er redete weiter, spürte aber auch wie anstrengend es für mich
war, seinen Ausführungen zu folgen.
„-Aber es ist auch noch einiges anderes passiert, ...das erzähl ich
dir dann wenn du wieder etwas besser bei Kräften bist!
Jetzt nehm ich dir nochmals Blut ab und dann solltest Du wieder
schlafen!"
Er holte eine Spritze aus seiner Tasche.
Bereitwillig ließ ich es geschehen.
„Birgit?",
fragte ich ihn.
„Ihr geht es gut!
Sie war jeden Tag da und hat nach dir gesehen.
Oft war auch Josie dabei,
...und die hat dir das bunte Bild gemalt!
Ich werde ihnen Bescheid geben, dass du wieder unter den
Lebenden weilst.
Besuchen sollen sie dich dann aber erst morgen!"
Er zog die Spritze aus meinem Armgelenk und packte seine
Tasche.
Auf dem Tisch stand auch noch ein kleiner Becher, den er mir
jetzt reichte.
„Hab nochmal nen Cocktail für dich.
-Aber gewöhn dich nicht zu sehr dran!!!"
Ich trank den Becher leer.
An der Türe drehte er sich nochmals zu mir um.
„Du wirst schnell wieder zu Kräften kommen!
Davon bin ich überzeugt.
-Auch ohne deine Bestimmung!"

-...Wie meinte er das denn jetzt???

...aber dann übermannte mich auch schon wieder der Schlaf.

87

Er sortierte Anziehsachen.
Eine weiße Arzthose und Kittel legte er aufs Bett.
Sie müffelten etwas nach der langen Zeit im Schrank, aber das
störte ihn nicht!
Aus den Schubladen seines Arbeitstisches holte er diverse
Medizingegenstände und packte diese in eine Ledertasche.
Zum Schluss kramte er noch ein Stethoskop heraus und hängte
es sich um den Hals.
„Ja!",
sagte er zu sich selbst.
„Das ist gut!
-...Ein guter Plan!!!"
Er war mit sich einig!
Im Badezimmer schaute er interessiert in den Spiegel.
„-Reiß dich zusammen!!!",
sagte er zu seinem Ebenbild.
Sein Gesicht hatte momentan wenig menschliches.

-Konzentration!
Sofort veränderte sich sein Antlitz.
Was vorher wie eine erschreckende Wolfsfratze ausgesehen
hatte, nahm nun langsam wieder menschliche Züge an.
Nach ein paar weiteren tiefen Atemzügen war er wieder er!
Zufrieden drehte sich der Doc um, nahm seine Tasche und ging
aus dem Haus.
-Diesmal sollte sein Plan funktionieren!!!

Die Nachtschwester saß an der Rezeption.
Sie war noch jung und relativ neu hier.
Es war erst ihre dritte Nachtschicht.
Sie versuchte sich an einem Kreuzworträtsel.
Doch immer wieder wurde sie durchs Telefon, ...-irgendwelchen
Nachfragen, ...und vor allem durch Notfalleinsätze dabei
gestört.
Tja, aber es war ihr Job!

„Äh, Hallo!?",
...jemand sprach sie an.
Sie blickte auf.
Ein großgewachsener, grauhaariger Mann mit eingefallenem
Gesicht und durchdringendem Blick starrte sie an.
Er hatte ein Stethoskop um den Hals und eine braune
Ledertasche unter seinem Arm.
Sein weißer Arztkittel und seine Hose waren ungebügelt und
sahen etwas heruntergekommen aus.
-Aber vielleicht ist das halt bei Älteren so,
...dachte sie sofort bei sich!?
„Ich bin die Unterstützung für Dr. Fahrenschon und soll ihn
heute Nacht bei der Betreuung seines Komapatienten vertreten!"
Er sagte dies mit Nachdruck und zog einen Kugelschreiber aus
der kleinen Brusttasche.
„Wo finde ich ihn, und auf welchem Formular muss ich dafür
unterschreiben???"

Die Nachtschwester war sofort überfordert.
-Warum hatte Dr. Fahrenschon ihr keine Nachricht hinterlassen?
Und, ...ja, ...sie waren wie immer personell unterbesetzt!?
Ungeduldig trommelte der Doc jetzt mit dem Kuli auf die
Anmeldung.
-Er hatte sie an der Angel.

Und er ließ sie nicht mehr aus.
-Er würde bekommen was er wollte!!!
„Ah, ...Moment",
stammelte sie und ihr Blick fiel nochmals über einige Papiere die
sie in der Ablage hatte.
-das hatte er wohl vergessen ihr zu sagen!?
„Wir sollten uns vielleicht etwas beeilen, … der Patient ist nun
schon einer ganze Weile ohne ärztliche Aufsicht!"
Wieder trommelte er mit langen Fingernägeln auf dem Tresen.
„-Und sie wissen selbst wie wichtig es gerade in diesem
Stadium ist???"
Er sprach ihr Kompetenz zu,
...-aber gleichzeitig auch wieder ab.
„Ja, -ja ich weiß!"
...sie wusste von welchem Patienten die Rede war.
-Und Dr. Fahrenschon wurde vor kurzem zu einem größeren
Notfalleinsatz gerufen.

„Zimmer 2.31 im zweiten Stock.
Und wenn sie was brauchen, dann klingeln sie!"
Zufrieden klopfte er auf die Theke,
-und war es ein leichtes Lächeln als er sich umdrehte?
Das Telefon läutete wieder und so fehlte ihr die Zeit weiter
darüber nachzudenken!?

89

Die Clique saß im Löwenhof um den Stammtisch und Rosi
brachte Getränke.
Sie hatten sich für heute Abend verabredet.
Ralf hatte alle angerufen und Heike ließ es sich nicht nehmen
dabei zu sein!
Schaufel mit Steffi.
Schädel.

Berber mit Conny.
Mikka – natürlich mit Skar.
Und auch Fräulein und Irina waren da.
-Sie saßen nebeneinander und Fräulein hatte rote Backen.
Willi stand wieder vor den Automaten und besänftigte seine
Aufregung mit flinken Fingern an den Tastaturen.
-Nur Birgit und Josie fehlten.

Diese hatten sich wieder bei Ralf und Heike einquartiert und
Josie schlief bereits in ihrem Schlafzimmer.
Das „Erlebnis" mit Geralt hatte sie sehr beängstigt und
beunruhigt!
Thornt hatte sich ihnen als „Wachhund" angeschlossen.
Sie konnten momentan nichts für Geralt tun, der noch immer im
Krankenhaus lag, und dort bei Michael in guten Händen war.

Fräulein erzählte ausschweifend von seiner unheimlichen
Begegnung mit der Kreatur, und was danach passierte.
„Fräulein Du Held!!!",
Irina küsste ihn auf die Wange, und er glühte noch mehr.
„Aber was ist denn in Geralt gefahren???
-Der wollte tatsächlich auf Josie los und wahrscheinlich auch auf
jeden von uns, der sich ihm in den Weg gestellt hätte!!!
Er war irgendwie nicht mehr er selbst???
-Was ist mit ihm in Tschechien passiert???"
Conny blickte darauf Irina an.
Diese war bisher ziemlich schweigend zwischen ihnen gesessen.
„Erzähl uns was du weißt!"
Irina kam der Aufforderung nach.
Niemand unterbrach sie, als sie erzählte wie sie Geralt das erste
mal an der Hotelbar gesehen hatte, und was sich dann danach
alles ereignet hat.
„Aber seine Bestimmung trug er ja schon vorher in sich.
-Nur ist sie jetzt vollends zum Ausbruch gekommen!
Wenn ich dazu beigetragen habe, dann tut`s mir leid.

-Aber ich glaube es war nur noch eine Frage der Zeit!?"
Sie schaute dabei in die Runde.
Fräulein bestellte noch ein Bier und jeder nahm erst mal einen
großen Schluck.

Mikka brach das kurze Schweigen.
„Nein, redet euch nicht Trauer ein, ...-ihr seid nicht der
Auslöser!",
er legte Irina die Hand auf die Schulter.
„Man bringet mir den Kerl, der sich für all dieses Unheil
verantwortlich zeigt!?",
er stand auf, zog Skar aus seinem Mantel und hielt das Schwert
hoch in die Luft..
„...und wir werden ihn richten, bevor er noch einmal sein Antlitz
gegen irgendjemand von euch wenden kann!!!"
Rosi kam sofort an den Tisch und schnauzte alle an.
„Sofort nehmt ihr diesem Faschingsclown sein Schwert
herunter!"
Sie blitzte Mikka und die anderen an.

Dieser wandte sich ihr zu.
„Frauen wie ihr,
...- die sollten nicht ihr Dasein hinter irgendeinem Tresen leben!
Ihr solltet Seite an Seite mit mir und Skar,
- gegen das Unheil,
- gegen die Dämonen,
-und gegen jeglich schreckliches Getier kämpfen!?
… -Und danach euer Lager mit mutigen Kriegern teilen!!!"
Er senkte sein Schwert, hob sein Glas und hielt es ihr dafür
entgegen.
„Spinner!"
Rosi schüttelte den Kopf und drehte sich schnell um.
-So konnte keiner ihre leichte Rötung im Gesicht erkennen!

Sie tauschten sich gegenseitig aus und brachten sich alle auf den gleichen Stand.
-Und sie warteten dabei!?
Sie warteten auf neue Nachrichten von Michael.
Dieser wollte sich heute Abend aus dem Krankenhaus melden.

Schwierige Zeiten!
-Für Alle.
„Was können wir in der Zwischenzeit tun?"
Schaufel blickte Mikka an, der immer noch bewundernd Rosi beobachtete.
In diesem Moment läutete das Telefon.
Rosie nahm sofort ab.
„Es ist Dr. Fahrenschon!"
Auffordernd blickte sie an den Tisch.
Ralf stand sofort auf und lief zum Tresen.
„Ja?",
meldete er sich kurz und hörte dann nur noch aufmerksam zu.
Alle reckten die Köpfe und lauschten.
Es war plötzlich totenstill.
Außer einer immer wieder kurzen Bestätigung von Ralf konnten sie aber sonst nichts hören oder verstehen.
Gefühlt dauerte das Gespräch für alle eine Ewigkeit.
-Ralf bedankte sich danach und legte mit ernster Miene den Hörer auf.
Er kam nachdenklich zurück an den Tisch.
-Auch Willi stellte die Automaten auf Pause und wandte sich mit fragendem Blick den anderen zu.
Doch plötzlich hellte sich Ralfs Miene auf und er prustete los.
„Geralt ist aufgewacht und es geht ihm soweit gut!
Er hat auch schon ´nen Teller Suppe gegessen!"
Fräulein schlug freudig sich auf den Schenkel.
„Yes, ...ich hab`s gewusst dass er uns nicht einfach so sitzen

lässt, nachdem was wir für ihn getan haben!??"
„Was hast du denn schon getan?",
dieser Kommentar kam nun von Schädel.
„Hey, hey, hey, ...wer hat denn vor ein paar Monaten diesem
Drecksvieh das Weihwasser ins Gesicht gespritzt,...und…,
und..."
Er wollte fortfahren aber Ralf fiel ihm ins Wort.
„Hey, ...das tut jetzt alles nicht mehr zur Sache!
Sind wir froh, dass Geralt wieder unter den Lebenden weilt.
-Ich denke am meisten müssen wir uns bei Irina und Michael
bedanken, -denn ohne ihn und Irinas Opa hätten wir jetzt Geralt
nicht mehr.
Und Michael hat mehr wie einen guten Job gemacht."
Er schluckte schwer und richtig, richtig ernst schob er hinterher:
„Denn ich hätte Geralt, -oder das was aus ihm geworden ist,
-tatsächlich bei seiner nächsten Bewegung erschossen!!!"

Jeder am Tisch sah den anderen an.
Fräulein nahm seine Flasche hoch.
„Na dann stoßen wir mal auf Geralt an und wünschen ihm das
Beste und alles Glück auf dieser Welt!!!
-Und Ralf, …-Gott sei Dank hast Du`s nicht getan!"

„Aber was ist mit Birgit und Josie???
Nur auf sie hatte er es abgesehen!"
Conny fragte nach.
Ralf stand schnell wieder auf.
„Stimmt, ich werd` nach ihr und der Kleinen sehen und ihnen
die gute Nachricht überbingen!"
Mikka nickte und stand auch auf.
„Ich begleite euch!"

91

„Was habe ich erschaffen???"
Dieser Gedanke beschäftigte den Doc, als er umsichtig die
Treppen des Krankenhauses nach oben zum zweiten Stock lief.
„-Und zu was bin ich noch fähig???"
Er dachte dabei vor allem an sich selbst!
Es war ihm gelungen Mixturen herzustellen, die fast
unvorstellbares aus lebenden Organismen machen konnten.
-Geralts Gene, -gemischt mit denen von Wolfgang und danach
auch die von Rudi!?…
-unglaubliche Veränderungen, die er vor allem an sich selbst
bemerkte!!!
-Es bedeutete Macht!
…und es verbreitete Angst!!!
Seine beiden Hunde waren die ersten Schöpfungen, und sie
waren
an Kraft und Scheußlichkeit nicht zu überbieten!
-Aber Zeus war tot!
„Sie" hatten ihn auf dem Gewissen!
-Und Xerxes wartete nur darauf, seine Rache zu vollenden!!!

Und jetzt sollte es soweit sein!!!

92

Birgit brachte Josie ins Bett.
Seit dem gestrigen Abend hatte diese kein Wort mehr
gesprochen.
-Irgendwie war sie wieder mal in ihrer eigenen Welt.
Heike und Ralf hatten die Beiden zu sich nach Hause gebracht
und waren dann zum Löwenhof gefahren.
Thornt wich Josie die ganze Zeit nicht mehr von der Seite, und
hatte sich auch jetzt neben das Bett in dem sie schlief, gelegt.

-Es war beruhigend ihn hier zu haben!
Birgit setzte sich auf die Couch im Wohnzimmer und dachte
nach.

-Was war in den letzten Jahren alles passiert!?
-War es überhaupt real???
-Wie kommt man mit all dem klar???
Sie schüttelte leicht den Kopf und lehnte sich zurück.
-Und,
...es war und ist ja noch nicht vorbei!?
Geralt liegt im Koma!,
...und keiner weiß ob er es überlebt???
Und wenn ja,
...was ist und was wird mit ihm???
Dr. Fahrenschon probiert alles in seiner Macht stehende aus, um
Geralt ins Leben zurückzuholen.
-Und ihm seine Bestimmung zu nehmen!?
...aber wird es gelingen?
Und was wird, wenn nicht???...

Langsam sank sie in sich zusammen und schlief ein.

Ein dumpfes Geräusch an der Balkontüre holte sie aus dem
Schlaf.
-Sofort war sie hellwach.
Aber auch Thornt stand schon im Wohnzimmer, fixierte die
Terrassentüre und hatte die Ohren gespitzt.
Das Kratzen oder Scharren verstärkte sich.
„Scht...", machte sie zu Thornt und hielt ihn mit der Hand
zurück.
Schnell stand sie auf und stellte sich so, dass sie die Balkontüre
sehen konnte, aber selber aus diesem Winkel nicht zu sehen war.
Der Rolladen war noch oben.
Irgendjemand oder irgendetwas war da draußen!?
Suchend schaute sie sich um.

Das Wohnzimmer war sehr spärlich eingerichtet und es gab
nichts, was man irgendwie als Waffe benutzen konnte.
Thornt duckte sich flach auf den Boden.

Ein großer Schatten baute sich vor der Türe auf.
-Und er stand auf zwei Beinen!
Denk nach!, sagte sie zu sich selbst.
Ralf hatte einen silbernen Baseballschläger im Hausflur neben
einer Kommode stehen!!!
Leise schlich sie rückwärts in den Flur, ohne die Balkontüre aus
den Augen zu lassen.
Mit der Linken tastete sie nach dem Schläger.
Sein Gewicht in ihrer Hand vermittelte ihr für einen kurzen
Moment ein Gefühl der Sicherheit!
„Okay, !?",
sie sprach sich selbst Mut zu.
„Angriff ist die beste Verteidigung!"
Der Schatten stand nun in voller Größe vor der Balkontüre.
Ohne weiter darüber nachzudenken sprang sie über Thornt, riss
die Türe auf, -holte weit aus und donnerte der dunklen Gestalt
den Schläger auf den Schädel.
-Gefolgt von einem metallischen Klirren sank diese sofort zu
Boden und stürzte dabei über die Türschwelle ins Wohnzimmer.

-Es war Mikka!!!
Ihr zweiter Schlag verpuffte im Nichts, als sie die jetzt leblose
Gestalt erkannte.
Thornt war aufgesprungen und wollte ihm an die Kehle.
„Ouuh, ... Nein!",
sie warf den Schläger weg, drückte mit aller Kraft Thornt zur
Seite und beugte sich dann über Mikka.

In diesem Moment wurde die Haustüre aufgeschlossen.
„Was, ...was ist denn hier los?"
Ralf trat ins Wohnzimmer und kniete sich sofort neben Birgit.

„Thornt, ...verschwinde und pass weiter auf Josie auf!"
Widerwillig, aber trotzdem sofort drehte sich dieser um und
legte sich wachsam in den Flur vor die Schlafzimmertüre.
-Aber so, dass er noch immer ins Wohnzimmer sehen konnte.

„Was hast du mit ihm gemacht?",
fragte Ralf anklagend ohne Birgit dabei anzusehen.
„Na mit dem Schläger eins übergebraten!",
-und entschuldigend fügte sie hinzu; ...
„In solchen Zeiten schleicht man sich nicht einfach mitten in der
Nacht über die Terrasse, und kratzt dann auch noch an der
Scheibe!?"
„Ja, ...hast ja Recht!",
entgegnete Ralf.
„Hol ein nasses Handtuch und was zum Verbinden!"
Ralf drehte Mikka zur Seite und Birgit konnte jetzt sein Gesicht
sehen.
Blut lief ihm aus der Nase und diese sah etwas schief aus.
„Du hast ihm, glaub ich, die Nase gebrochen!!?
-Aber er lebt noch!"
Erleichterung.
Schnell stand Birgit auf und lief in die Küche.
Kurz darauf kam sie mit einem nassen Handtuch und
verschiedenem Verbandszeug zurück.
Mit einem dunklen Brummen meldete sich Mikka wieder im
Leben.
Sofort griff er sich an seine Nase.
„Wer? ...
- Was?, ...
-Schon lange nicht mehr musste ich mein eigenes Blut sehen?"
Er blickte zu Birgit und Ralf.
„Welchem Feind habe ich dies zu verdanken?"
Birgit schaute etwas verlegen zur Seite.
„Ich wars!",
murmelte sie ihm zu.

„Ihr, schöne Zauberin!?“,
Mikka schüttelte ungläubig den Kopf, griff sich dabei aber sofort
wieder an die Nase.
„Sauberer Hieb!
-Aber warum mir, -und warum auf die Nase?“
Jetzt wurde Birgit stinksauer.
„Komm mir jetzt du nicht auch noch blöd!!!
-Woher sollte ich denn wissen dass Du es warst???
Da stand eine große dunkle Gestalt vor der Terrassentüre und
machte mir Angst!
Und sei froh, dass Thornt nicht noch auf dich losgegangen ist!
… - ich konnte ihn gerade noch so zurückhalten!!!“
„Ist ja gut jetzt!“,
warf Ralf ein und wischte Mikka mit dem Handtuch das Blut
von der Nase und aus dem Gesicht.
Dieser stand langsam auf, ging zum Flur und betrachtete sich
dann im Spiegel.
Thornt richtete sich sofort drohend vor ihm auf.
„Schon gut!“
Birgit hielt ihm die flache Hand entgegen und kraulte seinen
Kopf.
„Du hast sehr gut aufgepasst und mich unterstützt!“
Der Wolf entspannte sich und legte sich wieder hin.
Dann trat Birgit neben Mikka.
„Tut mir echt leid Mikka.“
Er wandte sich ihr zu.
„Schöne Maid,
…in all meinen Schlachten die ich geschlagen, -hat mir noch
niemals eine Frau so einen Hieb verpasst!
Ihr seid wahrlich wehrhaft und wisst auf euch und die Euren
aufzupassen!!!
-Es wird mir wohl eine ewige Erinnerung daran bleiben!!?“
Aufmerksam betrachtete er nun seine etwas veränderte
Nasenlinie.
Die Blutung hatte aufgehört.

Birgit legte den Arm um ihn und scherzte.
„Weißt du Mikka,
du bist ja schon ein ganz Hübscher!
-Aber so was macht einen Mann nur noch interessanter und
attraktiver!"
Sie lachte sein Spiegelbild an.
Mikka lachte zurück.
„Jeden anderen hätte ich zur Revanche herausgefordert, und ihn
meinen Zorn und Skar spüren lassen!
-Aber Euch, -schöne Zauberin, ...euch kann ich nicht böse sein!"
Er drückte sie und schob sie dann vor sich zurück ins
Wohnzimmer.
„Aber kommt mit,
-wir sind gekommen um euch eine gute Nachricht zu
berichten!"
Sein Blick forderte nun Ralf auf und dieser nickte.
Gemeinsam setzten sie sich auf die Couch.

Vorher aber betrachtete Mikka nochmals sein Schwert von allen
Seiten und steckte es dann zufrieden in seinen Mantel.

93

Ralf berichtete von seinem Telefonat mit Dr. Fahrenschon, -und
Birgit war die Erleichterung daraufhin sichtlich anzumerken.
„Du darfst ihn morgen besuchen kommen, -und auch Josie
kann mit, -wenn sie möchte!" ‚hängte er dann noch an.
Birgit blickte ihn daraufhin trotzdem sorgenvoll an.
„Birgit!",
Ralf legte den Arm um sie.
„Er wird wieder richtig gesund und so wie Michael berichtet
hat, wirken die Injektionen und Bluttransfusionen auf seine
Bestimmung.
-So was wie im Bräustüble wird nie wieder passieren!!!

Er wird wieder Er selbst werden!"
Richtig sicher war er sich mit seiner Äußerung aber auch nicht!!?

„-Und sollte es doch anders kommen,…!"
Diesen Gedanken sprach er aber gegenüber Birgit nicht aus.
-Nur Mikka konnte es aus ihm lesen!!!

„-Aber wir haben doch immer noch ein anderes Problem!!!"
Birgits Stimmlage hatte sich wieder verändert.
„Ihr seid sehr weise in euren Überlegungen!",
Mikka stand auf und ging langsam im Wohnzimmer auf und ab.
„Den, den ihr den Doc nennt, ...und seine Missgeburt, sie haben
Euch beobachtet!
Er weiß, dass Geralt schwer verwundet ist und mit der großen
bunten Kutsche in euer Hospital gebracht wurde!"
Mikka meinte damit den Krankenwagen, den Michael gerufen
hatte.

-Birgit sprang plötzlich auf.
„Dann ist Geralt auch dort nicht mehr sicher!
Wenn er uns beobachtet hat, wird er alles daran setzen Geralt
dort umzubringen."
Aufgeregt lief sie zur Türe.
„Er ist Arzt,
-und kann sich sicherlich mit Leichtigkeit Zutritt ins
Krankenhaus verschaffen!!!"
Ralf blickte beide an und nickte.
„Mag sein,
...-mag sein, -und es ist gar nicht so abwägig!!!"
Dieser Gedanke von ihr schien ihm gar nicht zu gefallen!?
Er dachte nach.
„Wir müssen schneller sein als er!",
sagte er dann.
„An was denkt ihr Krieger???",
Mikka zog Skar wieder aus seinem Mantel.

„Und, …wir werden schneller sein!!!"
Ralf weihte sie in kurzen Sätzen in seine Überlegungen ein und
ging dann in den Flur zum Telefon.

94

Dass es so einfach war hätte er selbst nicht gedacht!?
„Bring es jetzt zu Ende!!!",
dachte er bei sich.
„…es dauert schon viel zu lange!"
-Geralt konnte nichts dafür,
…-aber er war für ihn zum Ventil seiner Rachegelüste
geworden.
Und außerdem stand er ihm die letzten Jahre immer wieder im
Wege.
-Geralts Mutter war der Auslöser!
Sie hatte seine Liebe verstoßen und sich für den anderen
entschieden.
Dabei hätte er ihr ein Leben bieten können in dem sie sich nie
mehr Sorgen über irgendetwas hätte machen müssen!?!
-Aber Nein!!!,
…Sie ließ ihn links liegen und verspottete ihn auch noch!!!

-Und damit nahm alles seinen Lauf!!!
„Drecks Wolfs – Familie!!!",
er sprach es leise aus als er die letzte Stufe hinter sich ließ.

-Kurze Orientierung und Konzentration!
Er hatte vorher alles ausgekundschaftet.
Als „sogenannter Arzt" konnte er sich im Vorfeld ohne großes
Aufsehen fast überall Zugang zum Krankenhaus verschaffen.
Eine freundliche, ältere Dame hatte ihm am Telefon zwar keine
nähere Auskunft erteilt, aber aufgrund ihres Verhaltens wusste
er sofort Bescheid.

-Und das, was er sehen wollte, ...bekam er, ohne dabei selbst
gesehen zu werden!!!

Am Ende des Flurs gab es eine Türe die auf eine kleine Terrasse
führte.
-Für die Raucher.
Auf diese führte auch von außen eine Feuertreppe.
Er vergewisserte sich dass niemand auf dem Flur war und
öffnete diese Türe dann leise.
Auch der Raucherbereich war leer.
Dann pfiff er befehlend durch die Zähne.
Die eiserne Treppe fing an zu vibrieren und kurz darauf stand
seine, von ihm geschaffene Kreatur neben ihm auf der Terrasse.
Xerxes!
-Bereit zu Töten!!!
Er strich ihr liebevoll durchs Fell.
„Du wirst es für mich beenden!!!
-Und ich hole mir dann noch seine Freundin und die Kleine!!!"

Wieder schaute er sich aufmerksam um, bevor sie gemeinsam in
den Flur traten.
-Es war alles ruhig.
(… - in anderen Romanen oder Filmen würde man jetzt hören:
… zu ruhig!!!)
Vor Zimmer 2.31 hielt er inne.

-Sein Puls beschleunigte sich etwas, als er langsam und leise die
Zimmertüre einen Spalt öffnete.
Xerxes neben ihm schnappte schon erwartungsvoll mit den
Kiefern.
Er legte ihm beruhigend die Hand auf.
Durch den Spalt spähte er ins Innere des Zimmers.
-Es war alles dunkel, nur das kleine Nachtlicht neben dem Bett
schimmerte sanft.
Er meinte sogar einen leisen, regelmäßigen Atem zu hören!?

Zufrieden und euphorisch drückte er die Türe weiter auf und
gab der Bestie ein Zeichen.
Diese schlich sofort, -tiefgeduckt, mit leuchtenden Augen an ihm
vorbei ins Innere.
Alles an ihr war bereit zu Töten!
-Nein,
...zu vernichten, ...zu zerstören, …und zu rächen!!!
Mit der letzten Injektion hatte er aus seinem einst prächtigen
Schäferhund die perfekte Tötungsmaschine geschaffen!
-„The Crown of Creation!!!“,
wie er Xerxes danach nannte.

Schnell schloss er daraufhin die Türe und hielt sein Ohr
dagegen.
Diesmal würde es nicht lange dauern!!!

...-Doch dann brach plötzlich im Inneren das Chaos los!!!

...-Die ihm gestellte Falle schnappte zu!!!

95

Michael, Ralf, Mikka und Birgit mit Thornt trafen sich im
hinteren Bereich des Krankenhauses.
Dort gab es einen Korridor zu den OP`s und Krankenzimmern,
der von außen nicht einsehbar waren.

Jeder von ihnen wusste was zu tun war!
Sie hatten lange darüber diskutiert.
Mit allen Vor – und Nachteilen.
Und sie hatten ein sehr gutes Ergebnis erzielt!
-Das dachten Sie wenigstens Alle!!?
Doch meistens kommt es anderst, …-und zweitens als man
denkt!!!

Das Krankenhauspersonal schaute etwas ängstlich zu Thornt,
und auch Mikka wurde verwundert beäugt, als sie sich auf den
Weg zu den Krankenzimmern machten.
Aber Dr. Fahrenschon hatte eine plausible Erklärung dafür und
konnte sie allesamt beruhigen.
„Keine Angst!“,
sagte er beschwichtigend zu ihnen.
„Es handelt sich hier um eine weitere Studie meinerseits!?“
Diese Aussage von ihm genügte.
Denn schon so oft hatten sie mitbekommen wie er giftiges
Getier,
Schlangen, Kröten, und … und … und, mit in sein
Behandlungszimmer brachte, und verschiedenste Experimente
mit ihnen anstellte.
-Aber noch nie hatte er einen Wolf und einen wahrhaftigen
Engel dabei!?

„Sollen wir Geralt in unser Vorhaben einweihen?“,
die Frage stellte Ralf an Michael.
„-Unbedingt, ...das müssen wir!“,
kam sofort die kurze, aber klare Antwort von Birgit.

Gemeinsam gingen sie dann nach oben.

96

„Ich möchte erst alleine zu ihm!“
Birgit stellte sich vor die anderen.
„Lasst mir mit ihm etwas Zeit!?“
Selbstverständlich nickten alle, -obwohl die Zeit drängte.
Sie klopfte und trat dann ein.

„Hey!“, begrüßte sie mich.
Ich lag wach und halb aufrecht im Bett.

Mir ging es schon viel besser.
„Auch Hey!",
kam von mir mal wieder als Antwort.
„-Schön Dich zu sehen!!!"
„-Dito!,
vor allem da Du wieder wach und ansprechbar bist!"
Dann setzte sie sich zu mir aufs Bett und wir hielten uns eine
gefühlte Ewigkeit im Arm.
„Ich war schon öfters da, ...-Tja, -aber !?
-Und auch Josie war einmal mit.
Aber sie hat sich fast nicht an dein Bett getraut!
-Du hast ihr ganz schön Angst gemacht,
...und allen Anderen auch!!!"

Ich löste mich aus ihrer Umarmung.
„Ja, ich weiß. Michael hat es mir erzählt!
...Ich,
-ich war einfach nicht mehr ich selbst!
Der Wolf in mir wollte nur noch töten!
Und, ...und ich kann dir nicht erklären warum ich so sehr auf
Josie fixiert war!???"
Ich setzte mich ganz auf.
„Und es tut mir entsetzlich leid!
-Vor allem für Josie!"
Obwohl Michael mir alles erzählt hatte, konnte ich mich
trotzdem an fast nichts mehr erinnern.

„Ich verstehe noch vieles nicht.
-Was hat Michael mit mir gemacht?"
Birgit stand auf.
„Michael hat dich wieder menschlich gemacht!
-Du warst komplett verwandelt und wärst auf alle und jeden
von uns losgegangen.
Du wolltest töten, …
-und, ...und du hättest dich dabei sehen sollen!!!

Ohne Ralf, Mikka und Michael wärst du uns
verlorengegangen!!!
...Obwohl Ralf dich dabei fast erschossen hätte!!!
Und er hätte es tatsächlich getan wenn Michael nicht gekommen
wäre und dich betäubt hätte!!!"
Sie hatte Tränen in den Augen.
„Jeder von ihnen hätte unser Leben gegenüber Dir verteidigt!
-Und trotzdem haben sie dich gerettet, obwohl Du
wahrscheinlich jeden von ihnen getötet hättest!!!
Michael hat mit seinem schnellen Handeln nicht nur Dir das
Leben gerettet, …sondern unser Aller auch!?
-So schlimm,
-so abstoßend!!!,
-so feindlich und angriffslustig!!!,
-...und so hässlich
hab ich Dich noch nie erlebt!!!"

Jetzt weinte sie richtig.
-Ich wusste nicht was ich sagen sollte!
Aber schnell hatte sie sich wieder unter Kontrolle.
„Geralt,
-es ist noch nicht vorbei!"
Ich wollte etwas zu ihr sagen, aber sie unterbrach mich sofort
indem sie mir den Finger auf den Mund legte.
„Hör gut zu!
-Dein Leben hängt davon ab was in den nächsten Stunden
passiert!
-...und wir haben einen Plan!"
Sie ging im Zimmer auf und ab.
„Ich muss dir das erklären.
-Mit meiner und Ralfs Einwilligung hat Michael verschiedene
Experimente an dir ausprobiert.
Durch das Auffinden deines Wirtes in Tschechien ist es ihm
gelungen verschiedene Antiserums herzustellen.
-Und die hat er auch alle an Dir getestet!!!"

Sie schnaufte tief.
„Und eines davon hat dann positiv auf Dich angesprochen!!!
Es hat sofort auf dein Blut reagiert und sehr schnell deiner
Infektion entgegengewirkt."
Wieder holte sie tief Luft.
„Du wirst, ...
-Nein!
...du bist wieder menschlich!!!"
Sie setzte sich wieder zu mir ans Bett.
Ich lehnte mich mit ihr im Arm wieder zurück.
„Und!???",
sofort stand sie dabei wieder auf.

„Du bist jetzt auch wieder sterblich!!!"

97

„Ralf, Mikka, Michael und Thornt warten draußen vor der
Türe."
Sie ließ mir keine Zeit zum Nachdenken über das was mit mir
passiert war,
- und wahrscheinlich noch passieren könnte!?
„Na dann hol` sie doch alle rein!"
„Aber die Zeit für lange Begrüßungen haben wir nicht mehr!"
Dann erklärte sie mir kurz was ich machen sollte, küsste mich
auf die Wange und ging zur Türe.
Sie holte die Anderen ins Zimmer.

98

Es blieb uns wenig Zeit.
-Und vor allem mussten wir schnell und versteckt handeln!
Aber ich musste zugeben, ... - es war ein guter Plan!!!

Der Doc hatte sich diesmal selbst verraten!?
-Aber, ...er konnte auch nicht wissen, dass genau in dem
Moment seines Anrufes im Krankenhaus Dr. Fahrenschon neben
der Anmeldung stand.
Dieser wurde sofort hellhörig, als er mitbekam dass sich der
Anrufer nach Geralt erkundigte.
Es machte ihn stutzig und er hörte mit.
Die Telefonistin handelte sehr professionell und gab keine
Internas nach außen.
-Aber den Fragen des Anrufers nach wusste Michael sofort, wer
am anderen Ende der Leitung sprach.
Und somit handelte er dementsprechend!?

99

Die Kreatur schlich vorsichtig und geduckt ins Zimmer,
nachdem er ihr die Türe geöffnet hatte.
Sofort nahm sie mehrere unbekannte Gerüche wahr und
schemenhaft konnte sie eine großen Schatten neben der Türe
sehen.

-Gefahr!!!

Sie wollte umkehren, aber der Doc hatte die Türe schon wieder
geschlossen.

Kraftvoll stieß sich die Bestie dann mit den Hinterbeinen ab und
schnellte mitten ins Zimmer.
So entging sie knapp dem tödlich geführten Hieb von Mikka,
der versteckt hinter der Türe stand, -und Skar pfiff nur heulend
durch die Luft.

Aber gleichzeitig wurde sie seitlich von einem großen Wolf
angesprungen.

-Thornt!!!
Er schlug seine Kiefer in die Flanken der Kreatur und warf sie
damit zu Boden.

-Aber sie war stark!!!
-Und Böse!!!
-Und zu allem bereit...,
...Nein,
-sie freute sich darauf zu Töten!!!

Kraftvoll richtete sie sich wieder auf,
- sie wischte mit einem ärgerlichen Hieb ihrer Klauen Thornt
von ihrer Flanke und sprang ihn seinerseits an.
Ihre mächtigen Reißzähne rissen Thornt eine tiefe Wunde in die
Brust, und Blut ergoss sich auf den hellen Fliesenboden.
Noch einmal biss die Bestie zu und diesmal entfuhr Thornt ein
schmerzhaftes Jaulen.
Die Bettdecke wurde auf einmal zurückgeschlagen und eine
kräftige Gestalt stürzte sich vom Bett auf die Kreatur, -die sich
weiterhin in Thornt verbiss.
Eine silberne Klinge blitzte kurz auf und bohrte sich dann
oberhalb der Brust in den vorderen Lauf der Kreatur.
Es war Ralf, der sich im Krankenbett versteckt hatte und nun mit
Asi auf sie einstach.
Sofort richtete sich diese auf und wandte sich dem neuen
Angreifer zu. -Sie krümmte sich zum Sprung.
Diesen Moment nutzte jetzt wiederum Mikka, dessen erster
Hieb ja im Nirgendwo endete.
Er nahm einen Schritt Anlauf, ließ sich mit Schwung auf die
Knie fallen und schlitterte dann unter der Bestie hindurch.
-Skar tat sein übriges!!!
Die scharfe Klinge schlitzte die Kreatur von vorne bis hinten auf.

Aus der klaffenden Wunde am Unterbauch quollen nun ihre
Eingeweide und schwarze, stinkende Flüssigkeit heraus!

-Eine tödliche Wunde!
...aber dem noch nicht genug!?

Sofort danach richtete Mikka sich auf, drehte sich elegant um
seine eigene Achse, -schwang Skar dabei aufheulend im Kreise,
... -und mit einem fürchterlichen Hieb trennte er das Haupt der
Bestie von deren Rumpf!
Ralf rollte sich blitzschnell zur Seite und zog den Kopf ein,
-sonst hätte ihn die scharfe Klinge auch noch erwischt!
Nicht einmal ein Zucken war danach noch von der Kreatur zu
sehen, oder zu spüren!!!
-Mausetot!!!

„Huh, ... - das war knapp!!!",
Ralf blickte auf die mit dunklem Blut überzogene Schneide von
Skar.
Widerlicher Gestank breitete sich im Zimmer aus.
-Mikka stand jetzt hocherhobenen Hauptes vor dem Kadaver
der Bestie und bekreuzigte sich!
-Es war eine immer wiederkehrende Ehrerbietung gegenüber
seinen Feinden!

Gleichzeitig vernahmen sie aber das unterdrückte, -trotzdem
schmerzerfüllte Jaulen von Thornt.
Ralf knipste das Licht an.
Der mächtige Wolf lag zusammengekrümmt am Boden, ...im
dunklen Blut der Bestie, das sich aber nun mit seinem eigenen
zu einem skurrilen Farbenspiel vermengte.
-Und es war nicht wenig!
Thornts Hinterläufe zuckten rhythmisch und seine rosafarbene
lange Zunge hing ihm aus dem Maul.
Der Brustkorb war durch die Reißzähne der Bestie bis zu den
Knochen freigelegt.
-... es war kein schöner Anblick,
und Ralf und Mikka wussten was es zu bedeuten hatte!?

-Ich trommelte gegen die kleine Terrassentüre des Zimmers.
„Schnell, hol Geralt rein!",
Ralf sagte es zu Mikka.
Dieser machte sofort die Türe zum kleinen Balkon auf und
winkte mich herein.
Sie hatten mich dort „geparkt", ...weil sie es für einen, -für
diesen Moment, ...sicheren Platz für mich hielten!?
Ich konnte von diesem, -und durch die leicht getönte Scheibe,
nur schemenhaft erkennen und hören, was im Zimmer passiert
war!?

Sofort beugte ich mich über Thornt, -der im Todeskampf mit
sich selber lag.
Seine Augen hatten keinen Glanz mehr als sich unsere Blicke
fanden.
„Geralt!?"
Ganz leise war er nur noch in meinen Gedanken.
„-Geralt!
...Du, ...Du bist kein Wolf mehr???"

-Erstaunen!!!
-Bei beiden von uns.
Ich konnte trotzdem seine Gedanken noch lesen???
„Du warst mir ebenbürtig,
Nein, ...mehr wie das!!!
-Und ein Gefährte!
… -aber diesen Weg gehe ich nun alleine."
Es war nur noch ein Flüstern von ihm.
„Und ich gehe mit Stolz hinüber!"
Er versuchte seinen Kopf zu heben, -aber es gelang ihm nicht
mehr.
Ich strich ihm über seine Schnauze.
„Meine Zeit ist gekommen!
-Erlöse mich,
...denn ich möchte nicht so werden wie diese Kreatur!!!"

Sein Blick ließ mich los und wanderte zu dem stinkenden
Kadaver.

Ich legte ihm die Hand auf die Schnauze.
„Das werde ich Thornt!!!"
Ein leichtes Zittern lief durch seinen Körper und flehend blickte
er mich an..
„Thornt???"
Ich spürte seine Schmerzen und seinen Todeskampf.
„Thornt!!!"
Wütend und hilflos stand ich auf.
Gleichzeitig klopfte es an der Zimmertüre und Michael spähte
herein.
„Geht!",
schrie ich.
-Geht sofort Alle raus!!!"
Ich drehte mich zu Ralf und nahm ihm Asi aus der Hand.
Er nickte wissend,
-dann drehte er sich um und schob Mikka und Michael aus der
Türe.

Kurz darauf trat auch ich zu ihnen nach draußen.

-Ich hatte einen Freund verloren!!!

100

Der Doc hatte kaum die Türe hinter seiner Kreatur
geschlossen, ...-da
spürte er schon, dass sein Vorhaben auch diesmal nicht gelingen
konnte.
Er hörte seine Bestie laut aufheulen.
Auch das leise Singen der scharfen Klinge von Skar drang noch
an seine spitzen Ohren.

Er wusste sofort, dass ihm sein letzter Begleiter jetzt auch noch genommen wurde.
„Sie" hatten ihn wieder durchschaut, und waren ihm diesmal sogar einen Schritt voraus.
Mit einem leisen „Pling" kündigte sich die Ankunft des Fahrstuhls an.
Schnell hastete er zurück zur Raucherterrasse.
-Seinem Begleiter ließ er keine Hilfe zukommen.
Er musste aktuell seine eigene Haut retten!

Michael, Willi, Fräulein mit Irina, Steffi, Heike und Birgit, -mit Josie auf dem Arm, traten aus der Fahrstuhltüre.
Alle hatten sich im Arztzimmer versteckt, hielten es aber jetzt nicht mehr dort aus.
Sofort lief Willi zur offenen Terrassentüre, wo er schemenhaft eine große Gestalt verschwinden sah.
Er zog die Pistole aus dem Hosenbund und sicherte nach draußen.

Michael klopfte derweil vorsichtig an der Krankenzimmertüre und öffnete diese einen Spalt weit.
Es war still im Zimmer.
Sie konnten hören wie Geralt, -Ralf und Mikka schreiend nach draußen befahl.
„Geht!
-Geht sofort Alle raus!!!"
Birgit erkannte an seiner Stimmlage dass etwas Schlimmes passiert sein musste!?
Ralf kam etwas betreten heraus, gefolgt von Mikka, der mit einem Lederlappen die Klinge von Skar sauber wischte.
Keiner von Beiden blickte zu ihnen.
„Was, -was ist passiert?
-Was ist mit Geralt?"
Birgit drängte mit Josie nach vorne, und warum sie flüsterte wusste sie nicht, ...aber sie tat es.

Josie breitete ihre kleinen Ärmchen aus und sofort umgab sie
wieder ein fluoreszierendes blaues Licht.
Dabei murmelte sie wieder unverständliches, ...und Mikka
antwortete ihr.
Dann legte sie ihre Ärmchen um Birgit und flüsterte ihr ins Ohr.
„Der Tod ist ein ständiger Begleiter,
… - sowohl im Himmel, als auch in der Hölle!"
Sie hatte ihren Satz soeben beendet, als ich auf den Flur trat.
Die geschwungene Klinge von Asi schimmerte in meiner
Hand, ...und frisches Blut tropfte von ihr auf den hellen
Fliesenboden.
Birgit blickte mich fragend an.
„Thornt???",
sie wusste es sofort.
Ich wollte stark sein, -trotzdem war mir zum Heulen!???
...Traurig nickte ich allen zu.

Im Vorbeigehen reichte ich Ralf Asi,
...ließ alle stehen und ging langsam den Flur nach hinten, wo ich
Willi an der Terassentüre stehen sah.
„Geralt! ...Bleib hier!
-Geralt, bitte!"
Birgit wollte mit Josie hinter mir her, aber Ralf hielt sie am Arm.
„Lass ihm den Moment!", sagte er zu ihr.

-Trauer!!!
-Einsamkeit???
Ja und Nein!
-...eine gewisse Leere machte sich in mir breit!
Egal wo ich war,
...was mit mir,
-oder um mich passierte,
es war immer verbunden mit Chaos,
-Leid,
...und seit kurzem auch immer mit Tod!!!

Unser Plan hatte nur zum Teil funktioniert, -wir hatten dabei
einen Freund verloren.

Ich blieb neben Willi stehen.
Im Hintergrund konnte ich hören wie Ralf den anderen erzählte
was sich im Zimmer abgespielt hatte.
Willi zeigte mit seiner Waffe nach draußen.
„Ich hab` den Bastard noch kurz gesehen, dann ist er in einem
Riesensatz über das Geländer auf den Parkplatz gesprungen und
mit langen Sätzen in diese Richtung verschwunden.
Aber leider hat er mir kein richtiges Ziel geboten, da war es zu
Schade für eine der Kugeln!?"
Er steckte die Waffe wieder in seinen Hosenbund.
„Und,
-er hatte Ähnlichkeit mit dir, -...ein Wolf auf zwei Beinen!!!"
Ich blickte ihn an, und obwohl mir noch alles weh tat, wusste ich
für mich, was zu tun war.
„Dann sollten wir schnellstens hinter ihm her!"
Mit diesem Satz drehte ich mich entschlossen zu den anderen
um.
„Wer kommt mit?
-Lasst uns einen Wolf erlegen!!!"

„Geralt!!!
Du bleibst schön hier!
-Spinn jetzt bloß nicht rum!"
Birgit lief energisch auf mich zu.

Sie hatte Josie abgesetzt.
Diese ging ins Zimmer und beugte sich über den leblosen
Thornt.
Zärtlich strich sie ihm über sein blutbesudeltes Fell und fing
wieder an zu flüstern.
-Es hatte den Anschein als würde sich dessen verkrümmter
Körper dabei entspannen!?

101

Mikka lief sofort zu mir, -und auch Ralf.
Birgit schüttelte vehement den Kopf.
„Nein, Nein, Nein!!!
Ihr geht jetzt nirgendwohin!
-Und Du sowieso nicht!"
Das galt mir.
„Dieses Chaos hier muss erklärt und beseitigt werden und wir
sollten uns in Ruhe Gedanken machen wie es nun weitergeht!"
Sie schaute sich nach Josie um.

„Nein, Nein, Nein!!!"
-Ich griff ihre Worte auf.
„Lange genug konnte ich nichts unternehmen!
Er wird nicht damit aufhören hinter mir, oder uns her zu sein,
und uns heute, morgen, oder irgendwann wieder aufzulauern!?
-Auch wenn ich jetzt vielleicht sterblich bin, und mein Schicksal,
oder meine Bestimmung weg ist, oder was auch immer,
… -ich muss und will ich es endgültig zu Ende bringen.
Es muss für jetzt und immer vorbei sein!!!
-Und das wird es nur, wenn ich ihn töte!!!...
...-oder er mich!!!
Er hat es des öfteren schon versucht!?
-Aber jetzt bin ich dran!!!"

102

Ohne mich weiter umzusehen sprang ich über das
Terrassengeländer.
-...Hhm,!!
es war höher wie ich mir gedacht hatte!!!
Mein Körper wurde beim Aufprall ziemlich
zusammengestaucht.

…Tja…!!?

Doch ohne mir eine Blöße zu geben richtete ich mich schnell auf
und lief leicht humpelnd los.
„Ralf, …Mikka!!!
- Mensch, …tut doch was und haltet ihn auf!"
Aus Birgit schrie Verzweiflung.
-Doch gemeinsam mit Willi zuckten die beiden nur mit den
Schultern und liefen mir hinterher.

„Das gibt`s doch nicht.
Bin ich denn nur von Idioten umgeben???"
Birgit schrie, drehte sich dann aber um und schaute nach Josie.

Diese kam traurig aus dem Zimmer auf den Flur.
„Der arme Thornt ist tot!"
Schnell nahm Birgit sie wieder auf den Arm.
„Oh Josie, das tut mir so leid. Das solltest du nicht sehen!"
Michael zog sofort die Zimmertüre zu.

103

Wir gaben ein tolles Bild ab.
-Wie aus Tolkien`s „Herr der Ringe – Die Gefährten".
Ein schlanker, drahtiger, hellhäutiger „Junge",
-gefolgt von einem komplett in schwarz gekleidetem
„Engel", …mit langem Schwert auf dem Rücken,
-Willi mit gezückter Waffe im Anschlag,
-und Ralf, …dessen Klinge von Asi hell im seichten Mondlicht
schimmerte!?

Ich lief schnell, trotz meiner Schmerzen.
 …die anderen hinter mir her.
Ich wusste nicht so richtig wohin!?

Ich folgte einem inneren Antrieb.
Ich lief immer schneller.
„Wohin Geralt?",
Mikka hatte Mühe mein Tempo zu halten und fragte kurzatmig.
„Hhm!?,
ich weiß nicht so recht?!"
„Instinkt?"
„Nennen wir es so!",
war meine Antwort und wir beschleunigten nochmals unsere
Schritte.
Willi lief hinter uns her, ohne ein Wort darüber zu verlieren.
Er hatte seine eigene Rechnung mit „ihm" noch offen!
Ralf bildete die Nachhut!

104

Michael übernahm jetzt das Kommando.
„Okay,
sorgen wir dafür, dass hier aufgeräumt wird.
-Und ihr zwei werdet mir dabei helfen!?"
Er blickte zu Irina und Fräulein und öffnete wieder die
Zimmertüre.
Diese nickten aber nur widerwillig, nachdem sich der Gestank
nun auch auf dem Gang ausbreitete.
„Iiiih!!!"
Josie hielt sich sofort die Nase zu.
Michael überlegte kurz.
„Ihr fahrt mit Josie zum Bräustüble." Er meinte Birgit, Heike
und Steffi damit.
„Schließt hinter euch ab, macht die Fenster zu und lasst alle
Rolläden runter, -und schließt auch die Fensterläden.
Wir treffen uns nachher dort.
Ich werde an der Hintertüre klopfen, im Takt von „We will rock
you!", dann wisst ihr, dass ich es bin.

Ihr könnt mein Auto nehmen und wir kommen mit Irinas Jeep
nach!"
Er gab Steffi seinen Autoschlüssel und diese nickte.
„Birgit!...
-Ich denke für euch ist es vorerst dort am sichersten, - außer ihr
wollt heute Nacht hier im Krankenhaus bleiben?
Ich kann euch ein schönes Zimmer in der Reha-Abteilung
geben."
„Was???",
empört wandte sich Birgit ihm zu.
„Nein, ...niemals werde ich hier warten, so lange mein Idiot da
draußen wieder irgendeinen Blödsinn macht!"
Entschlossen meldete sich auch Josie.
„Ich bleib auch nicht hier!
-Hier stinkt`s!!!"
Sie hielt sich immer noch die Nase zu.
„Wir werden fahren!
Auf geht`s!"
Irgendetwas trieb Birgit jetzt an und niemand außer Josie
bemerkte das Glühen in ihren Augen.
Sie winkte Steffi und Heike mit sich und Michael rief ihnen
hinterher.
„Okay, dann bis später.
Wir werden hier mit Sicherheit ein bis zwei Stunden brauchen."
Dann wandte er sich an Irina und Fräulein.
„Im übernächsten Raum findet ihr Putzsachen und ich hol eine
Bahre und zwei Leichensäcke."
Er brachte zusätzlich noch OP-Masken mit, die alle bereitwillig
aufsetzten.
Schnell machten sie sich dann an die unbequeme Arbeit.

105

Es wurde schon hell.

Steffi parkte Michaels Auto vor der Hintertüre am Bräustüble.
Sie war vorher noch kurz bei sich daheim vorbeigefahren um
ihrer Mutter Bescheid zu sagen.

„Ich mach uns jetzt erst mal Kaffee und dir nen Kakao.",
Heike zog dabei ihren Schlüsselbund aus der Tasche und führte
Josie nach drinnen.
„Au ja, ...und ein Leberwurstbrot!"
Josie hüpfte auf und ab.
„Leider nein, meine Kleine!
Ralf hat doch die letzte gegessen."
„Ah -ja, stimmt, ...der Schlingel!
Das kriegt er aber noch zurück!"
Mit einem kindlich mürrischen Gesichtsausdruck ging sie in die
Stube und setzte sich an den Tisch.
„...das kriegt er wirklich noch zurück!",
flüsterte sie nochmals vor sich hin, und ihr verschmitztes
Lächeln deutete darauf hin, dass sie schon überlegte wie sie es
Ralf zurückzahlen könnte!?

Steffi und Heike gingen in die Küche.
In der kleinen Gaststube hatten sie nach dem Zwischenfall alles
wieder gereinigt und aufgeräumt.
Birgit kontrollierte schnell die Fenster, Rolläden und die
Eingangstüre und setzte sich dann zu Josie an den Tisch.
Gemeinsam zündeten sie ein paar Kerzen an und löschten dann
sofort das Deckenlicht.

Josie blickte aufmerksam zu Birgit.
„Hast du Kerzen in den Augen, oder warum leuchten deine
Augen so???"
Sofort legte Birgit ihr einen Finger auf den Mund.
„Pschtt!! … sei leise.
-Das darfst du niemand sagen!
Das wird unser Geheimnis!!!"

Eindringlich blickte sie Josie an.
„Au ja!!! ...so wie niemand wissen darf,
-dass Geralt ein Wolf,
...Steffi eine Hexe,
...und Mikka und ich Engel sind?!?“
Obwohl sie dabei flüsterte überschlug sich ihre Stimme fast
dabei.
Birgit nickte.
„Ganz genau!
...das bleibt unser Geheimnis!“

„Aber, ...aber was bist dann Du???“
Kindliche Neugier machte sich dann doch in ihr breit.
„...Das weiß ich leider selbst noch nicht genau!?“,
war die etwas unsichere Antwort von Birgit.

106

Ich lief immer noch schneller und die anderen hatten jetzt Mühe,
mir hinterher zu kommen.
In Gedanken versuchte ich mich in den Doc zu versetzen.
„Wo läufst du hin?
Wo willst du dich vor uns verstecken?“
-Es blieb ihm eigentlich nur sein eigenes Haus!?

Nochmals beschleunigte ich und drehte mich dabei um.
„Wir treffen uns am Haus des Doc.
Ich bin mir sicher dass er dort hin will!“
Die anderen nickten mir außer Atem zu und versuchten mir
weiter zu folgen.
Aber jetzt ließ ich sie vollends hinter mir.

...„Geralt!

...-Geralt...“

Der Name hämmerte in seinem Gehirn.

„Geralt!!!“

Er hatte noch immer die Gestalt eines Wolfes auf zwei Beinen.

Aber es störte ihn nicht weiter.

Er hastete durch den Wald und seine Gedanken kreisten um ihn.

„Geralt!“

Wiederum hatte dieser es geschafft, zusammen mit dessen Freunden, sein Vorhaben zu durchkreuzen.

Zeus und Xerxes hatte er durch sie verloren.

„Jetzt ist es nur noch an mir.

Lange genug hat er sich vor meiner Rache schützen können!

Ich muss ihn töten,

...und das werde ich!“

Der schiere Wahnsinn hatte sich ihm bemächtigt und bestimmte sein Handeln.

„Ja, ...meine Elixiere wirken prächtig.

Sie machen mich stark, blutgierig und mächtig!

Und ich kann mir eine Armee von Kreaturen erschaffen!!!“

Er blickte zum Himmel, wo sich nun der Mond so langsam von der Nacht verabschiedete.

„-Was will denn dieser Wicht von mir???

Ich werde ihn zerquetschen!!!“

Aber sofort fiel ihm Xerxes und Zeus wieder ein.

Sie hatten ihn überrumpelt!

Sie hatten ihm eine Falle gestellt, -nicht er ihnen!

Er schüttelte sein zottiges Haupt und duckte sich dann zwischen die Büsche, als er von Aufheim nach Senden den Berg hinab lief.

Es wurde langsam hell und die kleine Stadt erwachte, als er immer wieder Schutz suchend durch die Straßen huschte.

Plötzlich hielt er inne.

-Hatte er da nicht im Augenwinkel einen kleinen Lichtschein
bemerkt, der durch die Läden vom Bräustüble schien, als er
geduckt durch die kleine Gasse huschte?
Leise und fast platt auf den kiesigen Untergrund gedrückt
schlich er sich über den Parkplatz.
Ein Auto stand am Hintereingang geparkt, … er kannte es aber
nicht.
Seine Ohren wurden lang und spitz, als er sich gegen die
Fensterläden der kleinen Gaststube lehnte und lauschte.
Sie sprachen sehr leise miteinander, aber er konnte alles genau
hören.
-Es waren vier!
Nur die Frauen!
Birgit, Steffi, Heike und die kleine Josie.
Er leckte sich die Lippen.
-Aber wo waren die anderen?

108

Ich näherte mich seinem Haus von hinten durch den Garten mit
den großen Obstbäumen.
Vergeblich versuchte ich etwas,...
-Nein!?, …ich versuchte ihn zu riechen!?
Die hintere Kellertüre war abgesperrt und so wie ich es
erkennen konnte, brannte auch nirgends Licht.
Bis auf das Küchenfenster waren überall die Rolläden unten,
...so wie Steffi es uns erzählt hatte.
-Aber auch da war`s dunkel.

Ich schlich ums Haus, zum überdachten Eingangsbereich, und
an den Hundezwingern vorbei.
-Deren Türen standen einladend auf!
„Nein!“
Mit meiner linken Hand fuhr ich mir in Erinnerung daran durch

meine Haare und spürte noch die kleine Narbe an meinen
Hinterkopf.
„Nein, ...diesmal nicht!"
Ich war in der Zwischenzeit komplett ums Haus gegangen.
Meiner Meinung nach war niemand hier, ...leer und verlassen!

„Hhm!?"
In Gedanken trat ich auf die Straße.
Gegenüber bei Steffi brannte in der Küche Licht!?
...so früh am Morgen?
„Sollte ich?...",
-ich überlegte nur kurz, dann ging ich die kleinen Stufen zur
Haustüre hoch und läutete.
Ich war etwas verschwitzt und meine Haare hingen mir wirr ins
Gesicht.
Es dauerte nur einen kurzen Moment und Steffis Mutter öffnete
mir im Morgenmantel.
„Ah, ...hallo Geralt!
-Hat Steffi irgendwas vergessen?"
Für einen kurzen Moment schaute ich sie verdutzt an.
Sie rettete mir aber den Augenblick indem sie sofort weiter
redete.
„Sie hat mir nur gesagt dass ihr euch im Bräustüble treffen
wollt"
Sofort hatte ich meine Ausrede.
„Ja, ...wir wollten Joggen gehen, und ich dachte ich hol sie ab,
da`s ja auf dem Weg liegt!"
...-Lüge!!!, -aber es erklärte mein Aussehen!
„Na da habt ihr ja gute Vorsätze, ...aber Steffi ist schon weg!"
„Schade, dann muss ich mich wohl etwas beeilen!"
-Ich wünsche ihnen noch einen schönen Tag und sollten wir uns
nicht mehr sehen, ...ein frohes Fest."
„Danke, das wünsche ich dir auch Geralt, ...und lasst euch
nachher das Frühstück schmecken!"
-Eigentlich verstand ich jetzt nur noch „Apfelbaum".

„Frühstück???", tatsächlich war ich verdutzt.
„Au, -jetzt hab ich mich wohl verplappert!
...Heike, Birgit und die Kleine waren doch auch dabei und es
sollte doch für dich eine Überraschung sein!?"
-Jetzt blickte ich sie fragend an.
Mein Gehirn funktionierte noch bestens, und es arbeitete nun
auf Hochtouren.
„Ah, ...das wird dann wirklich eine Überraschung.
-Und ich werde so tun, als ob ich noch nichts davon weiß!
...Dann mach` ich jetzt aber los!"
Schnell drehte ich mich um und lief auf die Straße.
„Und Danke!", rief ich noch hinterher.
-Steffi, Heike, Birgit und auch Josie.
Hhm?
-Sie waren doch vorher noch im Krankenhaus?
Dann sind sie wohl mit dem Auto gekommen, denn sonst
könnten sie noch nicht hier sein!?
Meine Gedanken switchten aber sofort wieder zu ihm!
...-Wo ist „Er"?
Ein Frösteln kroch mir sehr, sehr langsam den Rücken hoch.
Ralf, Willi und Mikka fielen mir auch wieder ein.
-Sie wissen nicht von alledem.
Ich hatte sie abgehängt und wahrscheinlich suchten sie mich
gerade beim Haus vom Doc!?

109

Josie hatte eine Idee.
„Heike?, ...Gell, ... Ralfie trinkt doch gerne Bier?"
Heike nickte.
„Ja, ...warum?"
„Hast du eine leere Bierflasche?
Ich möchte ihm eine Überraschung machen!"
Schelmisch blickte sie zurück.

Ja, sie hatte eine „Idee"!
Heike brachte ihr eine leere Flasche. Diese hatte einen
Schnappverschluss, der für ihre „Idee" perfekt war.
Schnell lief sie damit in die Küche und füllte die Flasche mit
Wasser.
Dann ging sie zurück und griff sich den Salzstreuer, der auf
dem Stammtisch stand.
Sie schraubte den silbernen Deckel ab.

...Tja, ...muss ich mehr dazu erzählen???

Steffi trat neben den Tisch und schaute ihr interessiert zu.
„Was wird das denn?",
Josie schüttete fast das komplette Salz aus dem Streuer in die
Flasche.
„...Überraschung für Ralfie!",
antwortete sie lapidar und konzentrierte sich darauf nichts
daneben zu schütten.

„Heike und ich gehen nach hinten ins Kühlhaus und holen
Getränke.
-Der Kühlschrank ist fast leer."
Steffi sagte es zu Birgit, die ebenfalls leicht amüsiert Josie
beobachtete.
Aber Birgits Gedanken waren bei Geralt.
„Was macht er jetzt schon wieder???
-Wo ist er hin?
...Und warum lässt er uns immer wieder alleine?
-Er ist doch jetzt sterblich!!!"
Sie sog verärgert die Luft durch die Nase.
Ein unangenehmer Geruch setzte sich in dieser fest?

Sie hörte das splittern der Holzzarge an der Hintertüre.
Josie hatte es auch gehört und hielt erschrocken ihre Hände vor
sich.

Sofort bildete sich eine hellblaue Aura um sie.
„Unter den Tisch, ...schnell!!!"
Birgit war aufgesprungen und blickte sich hastig um.
Langsam bewegte sich die Klinke der Türe zur Gaststube nach
unten, und wurde dann wuchtig aufgestoßen.

Eine Gestalt wie aus einem Albtraum stand im Türrahmen.

110

-Warum sich noch verstecken?
-Warum irgendwelche Freundlichkeiten, ...Floskeln, ...oder um
den heißen Brei herumreden???
-Nein!!!

Töten!!!
Zu lange dauert es nun schon!

-Töten!!!

Mit unbändiger Kraft drückte der Doc die abgeschlossene
Hintertüre auf, so dass das Schloss aus der Zarge brach.
Sofort vernahm er Stimmen aus einem kleinen Nebenraum.
Die schwere Metalltüre zu dem kleinen Kühlhaus im Flur stand
weit auf und er hörte wie Flaschen gegeneinander klirrten.
Er stemmte sich gegen die schwere Tür und schwang den
massiven Riegel nach oben ins Schloss.
-Den Riegel konnte man von innen nicht öffnen!

-Eins zu Null für mich!,
...dann drückte er langsam die Klinke zum Gastraum nach
unten!

Sofort griff sich Birgit einen Stuhl und hielt ihn schützend zwischen ihn und sich.
-Sie hatte schon einiges Hässliches erlebt und auch gesehen,
...aber ihn, ihn konnte sie so nirgends einordnen.
Langsam, aufrecht und triumphierend ging „er" auf sie zu.
„Nein!...",
-mit fester Stimme und mit allen Sinnen überlegend, -die Situation abschätzend, und dann auf ihre eigene Stärke vertrauend, trat sie ihm, mit dem Stuhl in Händen entgegen.
„Leicht mache ich es dir nicht, ...du Scheusal!!!"
Ihre Augen glühten dabei in einem dunklen Rot.
Er sah es und für einen Moment stutzte er in seiner Bewegung.
„Komm, ...los mach schon!
-Komm her!!!"
Birgit fauchte ihn an und ihre Fingernägel waren lang und spitz geworden.
Geifer lief ihm aus dem Maul und mit einem tiefen Knurren machte er sich bereit zum Sprung.

Mit einem lauten Krachen brach in diesem Moment die hölzerne Eingangstüre aus den Angeln und ich fiel mit ihr in die Gaststube.
-Jetzt schmerzte alles in mir.
Ich spürte sofort, dass ich mir irgendetwas in der Schulter gebrochen hatte, als ich mit voller Wucht gegen die Türe sprang.
Aber das war mir momentan egal!
...-Hauptsache sie hatte nachgegeben!!!
Ich rollte mich ab und richtete mich sofort zwischen beiden auf.
Aber was konnte ich ihm noch entgegensetzen???
-Adrenalin,
-Wut,
-Kraft und Mut!!!
Ich durfte es nicht zulassen dass er meinen Liebsten etwas antut!

-Niemandem mehr sollte er etwas antun!!!

...Und endlich war es ja auch soweit!
-Wir standen uns gegenüber!!!

Aber diesmal mit umgekehrten Vorzeichen!!!
-Er, ...als Kreatur, ...als Mutant, ...oder wie immer man „ihn"
jetzt beschreiben wollte!?
-Und ich, ...als Sterblicher von Morgen!!!

112

Ich hatte nur einen kurzen Augenblick um die Situation zu
erfassen.
Aber was war mit Birgit?
-Leuchteten tatsächlich ihre Augen?
Sie wirkte größer und stärker!
...oder machte das nur der Stuhl in ihren Händen?
-Und was war mit ihren Fingernägeln?
Keine Zeit um diesen Gedanken nachzugehen.

Seine mächtigen Kiefer, mit langen Reißzähnen waren weit
aufgerissen.
-Und er stank.
„Du solltest mal wieder zum Zahnarzt, ...die Dinger sind ganz
schön schief!"
-Sarkasmus.
Ein dunkles Grollen kam aus seiner Kehle.
„Du wirst keinen Zahnarzt mehr brauchen, wenn ich mit dir
fertig bin!"
Dann ging er auf mich los.

Ein Schlag seiner Klaue traf mich an der verletzten Schulter und
gleichzeitig prallte sein massiger Körper gegen mich.

Ich fiel nach hinten und schlug hart mit dem Kopf auf den
Dielenboden. Für einen Moment wurde mir schwindlig.
-Aber jetzt sah ich Josie zusammengekauert und ängstlich unter
dem Tisch sitzen.

-Niemals!
Niemals darf er sie kriegen!!!
-Es war keine Zeit für Schmerz!!!

Schnell rappelte ich mich wieder auf.
Er kreiste auf allen Vieren um mich und fuhr sich mit seiner
langen Zunge über die krummen, aber messerscharfen Zähne.
...Er war wirklich hässlich!!!
Eine Kreatur des Grauens!
Ich überlegte, und mein Blick glitt hastig durch die Gaststube.
Es gab nichts, was ich als Waffe gegen ihn verwenden konnte.
Hhm?...in der Küche gab`s scharfe Messer, -sogar mit
Silberklinge!
Aber dahin versperrte er mir den Weg!?
-Birgit?
Schnell schaute ich zu ihr, ließ ihn aber dabei nicht aus dem
Augenwinkel.
Sie hielt immer noch den Stuhl hoch und wirkte durchaus
kampfbereit.
...Und, -ihre Augen glühten dabei!!!

„Lenk ihn ab!",
flüsterte ich zu ihr.
Sofort warf sie mit Schwung den Stuhl nach ihm.
Instinktiv wich er ihm aus und duckte sich bereit zum Sprung
auf mich flach auf den Boden.
Ich wollte an ihm vorbei in Richtung Küche, aber er reagierte
sehr schnell.
Mit seinen kräftigen Beinen schnellte er nach vorne, sprang
mich an und holte mich wiederum von den Füßen.

Beide krachten wir gegen den kleinen Tresen.
Er biss mich zuerst in den Rücken und versuchte dann mich umzudrehen.
Ich schrie auf und wollte ihn abzuschütteln. Halb stand und halb lag er jetzt auf meinem Rücken. Ein harter Schlag traf mich zwischen den Schulterblättern. …-Blut lief mir von hinten über den Hals.
Ich konnte ihn nicht sehen, denn er drückte meinen Kopf auf den Boden.
Dann ließ der Druck auf mir nach.
Ich wurde von ihm hinten am Hals und an einem Bein gepackt.
Seine Krallen rissen mir dabei die Haut auf.
Birgit schmetterte ihm mit Wucht einen Stuhl auf den Rücken.
Er schüttelte sich aber nur kurz, ohne mich loszulassen.
„Ist das alles?", knurrte er sie an, hob mich hoch und schleuderte mich aus der Drehung in eine Stuhlreihe die in der Ecke gestapelt war.
-Ich hörte es knacken und splittern!?
…aber es waren Gott sei Dank nur die Stuhlbeine die zu Bruch gingen!
-Höllisch weh tat es trotzdem und mir wurde schwindlig!!!
Sofort versuchte ich wieder zwischen den Stühlen hervorzukriechen, -aber ich schaffte es nicht.
Das letzte an Kraft das ich noch hatte schwand aus mir, und mir wurde schwarz vor Augen.
Mit triumphartigem Heulen aus seiner Schnauze stapfte er dann auf mich zu. -Seine Kiefer klappten auf und zu.
„Endlich, …endlich ist es soweit!!!", sabberte er.

Birgit gab nicht auf.
Sie sprang ihn von der Seite an und wollte ihm einen ihrer Fingernägel ins Auge stechen. Aber er griff nach ihren Arm und ging schnell in die Knie. Mit der anderen Klaue packte er sie an den Haaren und warf sie rüde über seinen Rücken.

113

Ralf stoppte plötzlich, duckte sich und deutete Mikka und Willi
es ihm gleich zu tun.
„Krieger!,
-was ist los?"
Mikka flüsterte.
„Schaut!"
Ralf zeigte mit einer Hand über den Parkplatz vom „Bräu".
„Es brennt Licht und die Hintertüre steht halb auf."
Willi und Mikka folgten seiner Geste und nickten dann.
„Wem gehört das Auto?",
fragte jetzt Willi.
„Keine Ahnung, ...aber lass es uns herausfinden!"
Dann lief Ralf geduckt über den Parkplatz, und die Beiden sofort
hinterher.

Kaum an der Hintertüre angekommen, schallte ihnen ein
Schmerzensschrei aus dem Inneren entgegen.
„Du zur Vordertüre und ich geh hier rein!"
Ralf drängte Mikka nach vorne. Dieser nickte, schob seine
Kapuze zurück und zog sein Schwert.
„Willi du gibst uns hier Rückendeckung!"
Ralf schlich leise durch die offene Hintertüre und Willi lehnte
sich mit gezogener Pistole neben das Auto.

114

Katzengleich rollte Birgit sich ab und stand schnell wieder auf.
In diesem Moment stürmte Mikka in den Gastraum.
-Hoffnung!!!
Sofort stellte er sich mit Skar in Händen zwischen Birgit und
den Doc,
oder besser gesagt den Mutant, Kreatur, Bestie, Monstrum!

Im gleichen Augenblick kam Ralf zur Hintertüre herein. Schnell
erfasste er die Situation, hielt Asi an seinem Unterarm versteckt
und stellte sich in den Türrahmen.

Der Doc wandte sich seinen neuen Widersachern zu. Er kauerte
jetzt wieder auf allen Vieren und schnüffelte in die Runde. Seine
listigen Augen wanderten schnell von einem zum anderen.
-Das Blatt wendete sich wieder gegen ihn, und seine Fluchtwege
waren versperrt!
Doch nur einen Augenblick später drehte er sich blitzschnell um,
riss mich zwischen den Stühlen hervor und hielt mit seinen
starken Klauen meinen schlaffen Körper als Schutzschild vor
sich.
Mikka wollte mit Skar auf ihn los, aber der Doc drehte seine
lange Schnauze zu meinem Hals und seine Kiefer klackten
hörbar aufeinander.
„Noch einen Schritt, …und ich reiße ihm die Kehle aus dem
Hals!“,
seine tiefe, brutale Stimme unterstrichen seine Drohung.
Mikka trat wieder etwas zurück, hielt aber noch immer Skar vor
sich.

„Geh aus dem Weg,
-Sofort!!!“,
das galt jetzt Ralf, der ja die Hintertür blockierte.
Ralf blickte kurz zu Birgit.
Diese nickte ihm zu.
Widerwillig trat er dann zwei Schritte zur Seite.

Langsam schob der Doc mich vor sich her.
Geifer lief ihm aus dem Maul, das mit seinen scharfen Zähnen
noch immer nur Zentimeter von meinem Hals entfernt war.
Birgit stand mit glühenden Augen zwischen Ralf und Mikka.
Jeder Muskel in ihr war angespannt und sie wartete nur auf die
eine Chance!

Josie verharrte noch immer mucksmäuschenstill unter dem
Tisch.

Der Doc drehte sich mit mir um.
Nein, ...auch er wollte seine Gegner nicht aus den Augen lassen.
Rückwärts schleifte er mich aus der Gaststube zur Hintertüre.
Vom Flur her sollte ihm ja keine Gefahr mehr drohen, denn er
hatte Steffi und Heike ja im Kühlhaus eingesperrt.

Verwirrt kam ich langsam wieder zu mir und reckte mich etwas.
Er spürte es sofort und drückte mir mit seiner Pranke die Luft
ab.
„Rühr dich nicht!!!"
Sein stinkender Atem war direkt unterhalb meiner Nase.
Er zerrte mich durch den Flur.
Noch leicht benommen sah ich wie Birgit Ralf zur Seite drückte
und dann schnell die Treppe nach oben hastete.
-Was hatte sie vor?

Ich streckte mich wieder und bewegte mich. Es tat mir alles weh
dabei, und sein unbarmherziger Griff schloss sich nur noch
fester um mich.
-Er war stark! ...-viel zu stark für mich!!!
Immer noch rückwärts gehend, schleppte er mich aus der
Hintertüre auf den Parkplatz, wo er mit mir stehenblieb.
Ich hängte mich absichtlich völlig leblos in seine Arme, um ihn
größtmöglich in seinen Bewegungen zu behindern!
Birgit tauchte aus der Treppe wieder auf und kam hinter uns
her.
Sie hatte den Köcher mit den Pfeilen umgehängt und verbarg
etwas hinter ihrem Rücken.
Jeder Muskel an ihr war aufs Äußerste gespannt und ihre Augen
blitzten.
„Bleib stehen!",
knurrte er ihr zu.

Sie stand jetzt direkt auf der Türschwelle und blockierte so
Mikka und Ralf, die hinter ihr herkamen.
Ihr Blick huschte plötzlich an uns vorbei, -blieb für einen
Moment an etwas hängen und suchte dann aber sofort wieder
den Kontakt mit mir.
Ihre Gedanken drängten sich vehement in meine!
…-wie macht sie das?, …-und was ist mit ihr???
„Geralt, …du musst mir helfen!!?“
Ich konnte meinen Kopf nicht richtig drehen, aber aus dem
Augenwinkel folgte ich ihrem Blick.
Ich sah Willi mit seiner Waffe im Anschlag, am Heck des Autos
kauern.

-Und ich verstand sofort!!!

115

Urplötzlich spannte ich all meine Muskeln an und drückte mich
groß und breit gegen seine Arme und seinen Körper.
Gleichzeitig zappelte ich mit meinen Beinen.
Sein Griff wurde noch fester, -aber dafür musste er kurz
nachfassen. Und diesen Moment nutzte ich für mich.

Sofort erschlaffte ich und presste alle Luft aus meinem Körper.
Mit ganz eng angelegten Armen ließ ich mich schnell nach
unten fallen und wand mich aus seinem Griff.
Dann stieß ich mich mit meinen Beinen kraftvoll nach hinten ab
und brachte sowohl ihn, als auch mich aus dem Gleichgewicht.
Er taumelte rückwärts und sein schwerer Körper drehte sich um
seine Achse.
Ich knickte ein und musste mich mit den Armen am Boden
abfangen, um nicht ganz zu fallen.

„Geralt, …bleib so!!!“

Ich schaute auf und sah Birgit mit wehendem Haar und
glühenden Augen auf mich zustürmen.
In der einen Hand hielt sie ihren Bogen und in der anderen
einen ihrer Pfeile.
Sie nutzte meinen Körper als natürliches Trampolin, sprang
kurz vor mir hoch und drückte sich mit einem Bein zwischen
meinen Schultern nochmals ab.
...-In der Luft vollführte sie eine Drehung und wie ein Kung-Fu
Kämpfer schlug sie dem Doc den anderen Fuß in die hässliche
Schnauze.
Er taumelte eh schon und wurde jetzt von dem Kick vollends zu
Boden geschlagen.
Sich wild schüttelnd versuchte er aufzustehen.

Obwohl wir ja bereit waren zu helfen, waren wir fast alle für
einen Moment wie gelähmt, und schauten einfach nur zu.

...bis auf Willi!

Er war in die Knie gegangen, hatte seine Magnum entsichert
und durchgeladen, und wartete nun nur noch auf freie
Schussbahn!

-Und diese sollte er bekommen!

116

Der Doc schaffte es, -trotz der zur Furie gewordenen Birgit,
schnell wieder auf die Beine zu kommen und richtete sich auf.
Er schüttelte sich wieder und ein dumpfes Grollen kam aus
seiner Kehle.
„Ihr seit tot!
Ihr seid alle tot!
-Einer nach dem Anderen!

...Und jetzt mach ich halt mit dir den Anfang!“,
er zeigte mit seiner Klaue auf Birgit und stieß ein wildes Jaulen
aus.
-Dabei stand er nun aufrecht, -lehnte sich rücklings gegen einen
der Fensterläden, und entblößte seine muskulöse und
dichtbehaarte Brust.

Aber darauf hatte Birgit nur gewartet!?
„Dann wünsch ich dir viel Spaß dabei, ...du abartiger Freak!!!“
Mit einer schnellen und flüssigen Bewegung spannte sie die
Sehne ihres Bogens, und schoss im Bruchteil von Sekunden den
ersten Pfeil auf ihn.
Dieser drang durch dessen linke Schulter und bohrte sich tief ins
harte Holz der Läden. Mit einem dunklen Knurren wollte er
nach dem Pfeil greifen, aber blitzschnell jagte Birgit den zweiten
hinterher.
Mit kurzem Surren heftete dieser auch seine andere Schulter an
die Fensterläden.
-Aus seinem Jaulen wurde nun ein schmerzverzerrtes Heulen
und er versuchte sich vergebens loszureißen.

117

Willi war ein sehr guter Schütze.
-Und er hatte noch eine Rechnung mit „Ihm“ offen.
Birgits Blick streifte ihn mit einem kurzen Nicken.
„Jetzt!!!“,
-und Willi wusste sofort, dass er nun seine „Rache“ bekam.
Er lehnte sich rücklings gegen das Auto,
-brachte seine Waffe routiniert in den Anschlag, und visierte das
Ziel.

„Always Two!!!“, rief er ihm zu.
Dann drückte er ab.

118

Es gab einen lauten Knall, der alle erstarren ließ.

Die erste Kugel traf den Doc mitten ins Herz.
Sein Körper wurde noch mehr nach hinten gedrückt und er
klebte jetzt förmlich an den Fensterläden. Das Silber in dem
Projektil löste sich sehr schnell auf, ...und es wirkte!
Alle seine bisher intakten Körperfunktionen stellten sofort ihren
Dienst ein.
Schmerzerfüllt und ungläubig schaute er Willi aus
blutunterlaufenen Augen entgegen.

-Dann gab es den zweiten Knall.

Unbarmherzig hatte Willi durchgeladen, ging drei Schritte auf
ihn zu, und schickte die zweite Patrone auf die Reise.
„…-Die ist für Laika!“

Er schoss ihn direkt zwischen die Augen, und der Schädel des
Doc explodierte.
Dunkles Blut und Hirnmasse spritzte gegen Willi und die
Fensterläden.
Der Körper sackte in sich zusammen und wurde nur noch durch
die Pfeile aufrecht gehalten.

119

Mikka stellte sich vor den Leichnam und hob dessen Kopf mit
seinem Schwert an.
Dann bekreuzigte er sich.
„Kein Leben regt sich mehr in ihm!!!“
Sehr langsam setzte dessen Verwandlung ein.
-Die Silberkugeln erfüllten ihren Zweck!

Willi trat mit vorgehaltener Waffe neben Mikka, -und wir
schauten alle der Metamorphose zu.

„Geralt,?“,
eine kindliche Stimme rief aus dem Flur.
„Geralt, hilf mir!
-Heike und Steffi sind da drin,
…aber ich krieg die Türe nicht auf!!!“
Josie stand wie verloren an der Hintertüre, zuckte mit den
Schultern und zeigte in den Flur .
„Sie sind im Kühlhaus eingesperrt,
…aber ich krieg halt die blöde Tür nicht auf!!!“
„Josie, … -Josie!!!“,
ich drehte mich schnell um und lief zu ihr.
Birgit hinter mir her.
-Wir hatten sie alle für den Moment vergessen!?!?

Ich nahm sie trotz meiner Schmerzen in der Schulter hoch und
küsste sie.
„Schnell, Geralt.
Da drin ist`s richtig kalt!“,
sie zeigte zur Kühlraumtüre.
Ralf ging schnell an uns vorbei, wuchtete den Metallriegel nach
oben und hebelte die Türe auf.

Heike und Steffi standen vor den Getränkekisten, hielten sich
gegenseitig im Arm und traten von einem Bein aufs andere.
„Ganz schea frisch heit!!!“,
war der Kommentar von Heike.
Erstaunt und fragend blickte ich Steffi an.
„Was ist mit deinen Kräften?
-Konntest du die Türe nicht aufmachen?“
Steffi fuhr sich aufgebracht durch die Haare.
„Wenn Du Ärger willst, brauchst et nur zu sagen! …-aber jetzt
ist mir zu kalt dafür!“

Und Hand in Hand folgten sie uns auf den Parkplatz.
„Jeden Menschen und alles organische kann ick mit meinen Kräften beeinflussen, ...aber bei Metall funktioniert det halt nicht!"
Sofort steckte sie sich dann eine Zigarette an und inhalierte tief.

120

Ein Krankenwagen bog auf den Parkplatz und Michael, Irina und Fräulein stiegen aus. -Ihnen bot sich kein schöner Anblick.
„What the Hell!!?
-Geralt, ...was hast du da wieder ohne mich angestellt?
...aber diese Sauerei räume ich diesmal nicht weg!
-Jetzt sind andere dran!!!"
Fräulein ging zum Leichnam und zog einen der Pfeile aus dessen Schulter, so dass dieser noch mehr in sich zusammen klappte.
„Nein, Fräulein, ...diesmal war ich`s nicht!",
entgegnete ich ihm, noch immer mit Josie auf dem Arm.
„Willi und Birgit spielten Cowboy und Indianer!!!"

„Ja!...",
meldete sich Josie aufgeregt zu Wort.
„...Birgit mit Pfeil und Bogen und Willi hat laut geschossen.
-Zweimal!!!
...Und jetzt ist der da tot!
-Mausetot!!!"
Ihr Blick schweifte nochmals zur Leiche des Doc und sie schüttelte sich angewidert!
Birgit nahm mir Josie ab und küsste mich dabei.
„Hast dir eigentlich nicht verdient, ...-aber dann halt doch!
Du unvernünftiger Kerl!!!"
-Hatten ihre Augen wieder geleuchtet?
Sie drehte sich schnell weg von mir.

Michael löste den Leichnam vom Fensterladen.
„Ich hab mit so was gerechnet. -Darum hab ich vorgesorgt!“
Er öffnete den Kofferraum des Krankenwagens und holte einen
weißen Leichensack hervor.
„Wie sollen wir das denn erklären?“
Ralf fragte Michael und half ihm dabei die Leiche zu verpacken.
Michael schüttelte den Kopf.
„Am besten gar nicht, ...-und verliert auch kein Wort darüber!!!
Niemand, ...verstanden!??“
Er schaute dabei allen rundum durchdringend in die Augen.
Jeder nickte.
-Auch Josie, ...und sie hielt sich dabei den Finger vor den Mund!
„Ich fahre den Leichnam in mein Labor! Und dann werde ich
ihn
auf Herz und Nieren untersuchen!!!“
Michael zog den Reißverschluss des Sacks zu.
Ich drehte mich zu ihm.
„Aber du wirst keine Experimente mit ihm machen???, ...-
Oder???
Denn davon haben wir glaub jetzt Alle genug!?!“
„Versprochen!“, entgegnete mir Michael und ich half ihm den
Sack in den Krankenwagen zu hieven.

Heike kam bereits mit einem dampfenden Wassereimer,
verschiedenen Lappen und einem Schrubber aus dem Flur.
„Auf geht`s!“
Sie drückte Fräulein den Schrubber, und Irina den Eimer und
die Lappen in die Hände.
„Nein, nicht schon wieder!“
Fräulein schüttelte den Kopf.
„Wir haben doch eben erst im Krankenhaus…?“
Heike fiel ihm ins Wort.
„Na dann habt ihr zwei ja schon Übung darin!
-Keine Widerrede! Jeder hilft mit!“
Hinter der Mülltonne holte sie eine Schneeschaufel hervor und

hielt sie dem verdutzten Mikka hin.
„Du, ...du steckst endlich dein Schwert weg und schaufelst
frischen Schnee über die Blutspuren!"
„...Schöne Herbergsfrau!..."
Mikka holte entrüstet Luft.
„Ich bin nicht gekommen um hier niedere Arbeiten zu
verrichten!?"
Dann schnaufte er hörbar aus.
„-Aber ich sehe die Notwendigkeit, -und so werde ich eurer
Aufforderung sehr gerne nachkommen!"
Er ließ Skar in seinem Mantel verschwinden, nahm die Schaufel
und fing an.
„Alle anderen kommen mit rein und wir werden drinnen
aufräumen!"
Heike hatte eindeutig das Kommando.
Willi, Steffi, Birgit und ich folgten ihr.

„Geralt!
-Stop! ...Du nicht!"
Michael rief es vom Krankenwagen.
„Du fährst am besten gleich mit mir ins Krankenhaus."
Birgit drehte sich erschrocken zu mir um.
Ich hielt meinen rechten Arm abgewinkelt und eng an meinem
Körper.
-Meine Schulter war gebrochen und hängte leicht nach unten!?
Es war Michael aufgefallen. -Außerdem hatte er mich von
hinten gesehen!
„Und ich denke das müsste genäht werden!?"
Er zog meinen zerfetzten Pulli vollends auseinander und sah
sich die Wunde auf meinem Rücken genauer an.
„-Unbedingt!!!", sagte er dann und schob mich zum Auto.
„Dann fahr ich mit, ...mein Auto steht ja eh noch am
Krankenhaus!",
meldete sich Ralf.
Er drehte sich zu Birgit und zu Josie.

Dieser zwinkerte er zu.
„Du passt hier auf Birgit auf, -und ich auf Geralt im
Krankenhaus!"
Josie nickte eifrig.
„Und dann rufe ich hier an und sag` euch was los ist!
Okay?"
Sie antwortete ihm.
„Komm aber schnell wieder, Ralfie!
-Ich hab` doch noch eine Überraschung für Dich!!!"

Birgit schaute sich jetzt auch meinen Rücken an. Dann drehte sie
mich vorsichtig um und blickte auf meine verletzte Schulter.
„Soll ich`s dir wieder sagen?"
„Was sollst du sagen?", fragte ich sie.
„Na das, was ich sonst auch immer zu dir gesagt hab`???"
Josie zeigte wissend mit dem Finger auf mich.

„-Und wie du wieder aussiehst!?!", rief sie dann.
Lachend öffnete mir Ralf die Seitentüre des Krankenwagens und
Michael fuhr mit uns zum Krankenhaus.

121

Als erstes machte Michael ein paar Röntgenaufnahmen von
meiner Schulter, -dann brachte er mich in sein Arztzimmer.
Eine Schwester hatte dort schon alles vorbereitet.
Er spritzte mir ein Schmerzmittel und nähte dann die große
Fleischwunde auf meinem Rücken.
Ralf saß auf einem Stuhl und beobachtete uns.
„Mächtig großes Aua!", war sein Kommentar dazu.
„Tut`s denn weh?"
Ich schaute ihn nicht an.
„Hhm, ...jetzt nicht mehr!
Die Spritze wirkt gut! -Aber vorher schon!

-So bin ich es nicht gewohnt!?!"
Michael war fertig und zog sich die Handschuhe von den
Fingern.
„Du solltest dich dran gewöhnen dass du Schmerzen wieder
anders wahrnimmst und fühlst.
Du bist jetzt wieder sterblich!!!
-Also pass in Zukunft ein bisschen besser auf dich auf!?!
Klar?",
er blickte mich direkt an.
„Klar!", antwortete ich ihm.
Ich fragte mich, ob ich ihm von meinen Wahrnehmungen und
Beobachtungen bei Birgit erzählen sollte?
Es klopfte und es wurden ihm meine Röntgenbilder gereicht.
Er hängte sie an den Lichtspiegel und betrachtete sie dann
konzentriert.
Ralf und ich taten es ihm gleich.

Mir fiel sofort auf, dass sich die linke gravierend von der rechten
Schulter unterschied.
Mit einem Kugelschreiber tippte Michael auf ein Bild und
drehte sich zu mir.
„Klaviertasten-Syndrom!
-Clavicula…!", er murmelte etwas was sich lateinisch anhörte.
-Apfelbaum???, …verständnislos schauten wir ihn an.
„Klassisches Klaviertastensyndrom!", entgegnete er nochmals.
„Ah ja, …ist klar!", -Ralf konnte sich einen Kommentar nicht
ersparen!
Michael fuhr fort.
„Der Schulterbogen wird nur von Bändern und Sehnen über
dem Schultereckgelenk nach unten gehalten.
-Diese sind gerissen.
Und wie du selber siehst steht dieser Knochen jetzt dadurch
nach oben."
Er trat seitlich neben mich und zeigte wieder auf ein Bild.
„Warte, …ich demonstriere es dir!

Dein Knochen lässt sich nach unten drücken und wenn ich
meine Finger wegnehme wird er sofort wieder nach oben
schnellen."
Er hatte es nicht nur gesagt, sondern auch getan.
Ein stechender Schmerz fuhr mir durch die Schulter und den
Nackenbereich.
-Trotz der Spritze!
„Uuuh wow!!!
- Tut echt weh!!!" Ich krümmte mich etwas.
„Ja, ...und das wird es leider auch noch eine Weile."
Michael sagte es mit Nachdruck.
-Ich muss das Gelenk mit einer Schraube fixieren, und die
Bänder und Sehnen klammern, so dass diese wieder
zusammenwachsen können.
Und das muss schnell passieren, bevor sich die Bänder
verkürzen. Ich werde die Operation für morgen früh
vorbereiten."
„Ah, ...? -Operation?", ich wusste nicht was ich sonst sagen
sollte.

„Was denkst du wie lange er hierbleiben muss?".
Ralf war aufgestanden.
„Ich möchte Birgit gerne Bescheid geben. Die wartet sicher
schon auf meinen Anruf!?"
Michael war jetzt hinter seinen Schreibtisch getreten.
„Wenn alles normal läuft, dann bist du an Heiligabend wieder
daheim.
-Aber eingeschränkt!", schickte er noch hinterher.
„Das heißt?", fragte ich ihn.
„Das heißt, du wirst für mindestens zehn Wochen ein Korsett
tragen müssen, das dein Gelenk in einer bestimmten Position
hält. Sonst könnte sich die eingesetzte Schraube lösen, oder
verdrehen, ...was dann zu zur Folge hätte, dass sich das
Schultergelenk nicht richtig stabilisieren kann.
-Wir werden das hier regelmäßig kontrollieren müssen!

Eine Schwester wird dich jetzt auf ein Zimmer bringen und
dann werden wir dich für morgen zur OP vorbereiten."
Er legte mir die Hand auf die andere Schulter und sagte dann
beruhigend zu mir.
„Geralt, das kriegen wir hin, und es ist nur eine Kleinigkeit im
Gegensatz zu dem, was wir alles schon durchgemacht haben!!!"
Ich nickte zögerlich.
-Aber wiederum vertraute ich ihm zu hundert Prozent!

122

Tatsächlich verlief alles gut!
Einen Tag vor HeiligAbend durfte ich nach Hause und Ralf,
Birgit und Josie holten mich ab.
„Wie siehst du denn aus?",
Josie beäugte neugierig mein „Korsett", das meine rechte
Schulter stabilisieren sollte.
Mein gesamter Arm lag auf einem dünnen Metallgestell und
wurde in einem exakten Winkel zu meinem Brustkorb ebenfalls
von einer metallenen Stütze gehalten. Dadurch konnte ich
meinen Arm nur von der Hand bis zum Ellbogen etwas
abwinkeln. Vom Gelenk bis zur Schulter war er fest fixiert, und
ich war stark in meinen Bewegungen eingeschränkt.
„Du siehst fast aus wie ein Roboter!", Josie hatte den treffenden
Vergleich für mich gefunden.

Michael ging noch mit uns an die Türe.
„Hoffentlich krieg` ich dich so ins Auto."
Ralf dachte pragmatisch.
„Wenn`s nicht passt fahr ich ihn halt!" Michael half mir auf den
Beifahrersitz.
„Geht schon!
-Und danke für alles!", sagte ich zu ihm.
Ralf reichte ihm dann die Hand.

„Ach ja, …Michael.
-Josie möchte dir noch was sagen!"
Birgit lief mit ihr um`s Auto und Josie hielt etwas hinter ihrem
Rücken.
Ihr Gesicht glühte jetzt und sie streckte ihm ein Bild entgegen.
„Wir, …wir möchten dich morgen einladen zu unserer Feier.
Da haben wir einen großen Baum geschmückt und später
kommt dann das Christkind und, …-und das bringt uns allen
Geschenke.
-Und für dich hab ich auch eins!"
„Oh Josie, …vielen Dank."
Michael nahm sie hoch.
„Und ich danke euch für die Einladung!
-Aber leider werde ich nicht da sein! Ich fahre heute Nachmittag
noch nach Pilsen und werde mit Christina zusammen
Weihnachten feiern.
Am zweiten Weihnachtsfeiertag kommen Irina und Fräulein
nach, …-und wir wollen dann Irina`s Opa besuchen.
Vielleicht kann, …oder lässt er sich von mir helfen, -wenn meine
Mittel auch bei ihm anschlagen!?"
Er setzte Josie wieder ab und gab mir die linke Hand.
„Geralt, …Dir eine gute Besserung, und du bist auch bei meinen
Kollegen in guten Händen!"
Ich hatte ihm so viel zu verdanken!
So gut es ging nahm ich ihn in den Arm und drückte ihn.
„Danke für alles!
Und ganz liebe Grüße an Christina!"
„Schon gut!", entgegnete er aufrichtig.
-Ich wünsche Euch ein schönes und vor allem friedliches Fest.
Ihr habt es euch mehr wie verdient!!!"
Birgit nickte dazu und drückte ihn zum Abschied.
Wir winkten ihm noch aus dem Auto, als Ralf vom Parkplatz
fuhr.

123

Heilig Abend!

„Fast" alle saßen um den großen runden Tisch im Bräustüble.
Es fehlten Steffi und Schaufel, -diese waren bei ihren Eltern
eingeladen, und Conny und Berber, -die wie letztes Jahr im
Skiurlaub waren.
Ansonsten war der „Montagsclub" komplett.
-Aber es fehlte auch Mikka.
Der war nach der „Säuberungsaktion" still und heimlich
verschwunden, -was alle, -vor allem Josie, - ziemlich schade
fanden!
Dafür saß Irina neben Fräulein und freute sich sichtlich, dass sie
zu unserer Runde gehörte.
-Und Fräulein war stolz wie Bolle!

Ich unterhielt mich mit Schädel, der am wenigsten von Allen,
von unseren Erlebnissen mitbekommen hatte.
Heike und Ralf hatten eine Ecke leergeräumt, und dort einen
großen Baum aufgestellt.
Josie und Birgit waren gestern extra dafür vorbeigekommen um
diesen festlich zu schmücken.
-Und es war ihnen sichtlich gelungen.
Fräulein hatte den Baum schon dreimal gelobt und Ralf ließ sich
mit dem Schnaps dazu nicht lumpen.

Heike, Birgit und Willi bereiteten in der Küche das Essen vor.
-Willi war der „Meister des Fleisches!", wie er von den Mädels
tituliert wurde. Und er genoss es sichtlich!
Josie lief eifrig um den Tisch und spielte Bedienung.
...-Aber nicht ohne Hintergedanken!?

„Möchte noch jemand was zu trinken?", sie schaute dabei vor
allem Ralf an.

„Oh ja, ...ich nehm` dann gerne noch ein Bier, bitte!“
„Kommt sofort!“, und mit schelmischem Grinsen lief Josie in die Küche.
Unter der Anrichte hatte sie die „präparierte“ Flasche für Ralf versteckt.
„So!!!“, sagte sie laut, dass Birgit und Heike es verstehen konnten.
„Jetzt kriegt er`s zurück.
 ...-der Leberwurstdieb!!!“
„-Kommt, das schauen wir uns an.“
Gemeinsam liefen sie zur Türe und schauten hinter Josie her, die mit ernster Miene auf Ralf zusteuerte.
„Bitte schön, der Herr! ...-ihr Bier!“
Sie stellte es vor Ralf auf den Tisch.
„Vielen Dank, junge Dame! ...-Trinkgeld gibt`s später!“
Ralf ploppte den Bügelverschluss auf und prostete Schädel und Fräulein zu. -Dann nahm er einen großen Schluck.
Josie stand schräg hinter ihm und hielt sich schon die Hände vor den Mund, dass er ihr Grinsen nicht sehen konnte.
-Es dauerte nur einen kurzen Moment.
Ralf griff sofort nach der Serviette und prustete laut hinein. Er verzog das Gesicht und stand schnell auf.
„Ouah, ...Pfui!
...Was???, ...was war denn das???“
Josie war einen Schritt nach hinten gegangen und schlug sich jetzt lachend auf die Schenkel.
„Rache ist süß, Ralfie!
...Nein, nein, stimmt nicht!
...denn meine, -meine schmeckt salzig!!!“
Ralf drehte sich zu ihr um.
„Na warte!?
...-Dich krieg` ich!“
Er machte einen Schritt nach links und Josie lief lachend sofort nach rechts um den Tisch. Aber das hatte Ralf gewollt, er drehte sich um und sie lief ihm direkt in die Arme.

„Hab ich Dich!"
Er nahm sie hoch und drehte sich mit ihr im Kreise.
„Na wie hat dir das geschmeckt???", fragte sie ihn.
„Gar nicht so schlecht!!!", antwortete er ihr und küsste sie dabei.
„Das hast du gut gemacht!
...Du hast mich ganz schön reingelegt!!!"
Alle lachten jetzt.
„Ja, das war gut!",
riefen Birgit und Heike aus der Küche.
Birgit war sichtlich froh, dass Josie ihre kindliche Art und
Unbekümmertheit nicht verloren hatte.
„-Aber jetzt wird gegessen!!!", rief sie dann allen zu.
Das ließ man sich nicht zweimal sagen und schnell setzten sich
alle um den runden Tisch.
„...Und wann gibt`s Geschenke?", aufgeregt stellte Josie die
Frage.
„Na nachher, wenn der Weihnachtsmann kommt."
Heike antwortete ihr.
Josie hielt sich wieder eine Hand vor den Mund.
„Was, ...-der Weihnachtsmann kommt???"
Jetzt nickte Birgit ihr zu.
„Ja, meine Liebe!
...-der Weihnachtsmann wird kommen!"

124

Das Essen war hervorragend und die drei Köche holten sich ihre
Komplimente dafür ab.
-Ich fühlte mich wohl.
Seit langer Zeit mal wieder.
Ich hatte im Krankenhaus, nach der Operation, wieder sehr viel
Zeit über alles vergangene, -und auch über meine/unsere
Zukunft nach- zudenken.
-Familie, -Freunde,...

-Ja, ...ich fühlte mich in der jetzigen Situation sehr wohl!!!

Schnell war nach dem leckeren Essen der Tisch abgeräumt und
Josie half eifrig mit.
-Sie wollte so eben mit zwei Tellern in der Hand in die Küche
laufen, da klopfte es an der Hintertüre.

„Ho, ho, ho!!!
Ist hier jemand zuhause???", schallte es laut von draußen.
Josie blieb wie angewurzelt stehen und Ralf stand schnell auf
um zu öffnen.
„Wer das wohl ist?",
rief Heike ihm mit einem Augenzwinkern zu.
Ralf öffnete, trat zur Seite und lehnte sich gegen den Türrahmen.

Eine große Gestalt in langem, roten Mantel trat ein.
Das weiße, gelockte Haar einer Perücke hing ihm tief ins Gesicht
und weit über die Schultern.
Sein Gesicht war umrahmt von einem dichten Bart, der fast bis
über die Nase reichte, und die aufgeklebten, buschigen
Augenbrauen verdeckten seine Augen.
Ein breiter, brauner Ledergürtel hielt den roten Mantel über
seinem stattlichen Bauch zusammen, und seine Beine steckten in
mit Fell überzogenen, kniehohen Stiefeln.
Man konnte nicht erkennen, wer sich hinter dieser Verkleidung
verbarg!?
Er zog einen Leiterwagen hinter sich her, auf dem ein gefüllter
Jutesack lag, und eine große, braune Umzugskiste stand.
„Ho,Ho,Ho," rief er dann nochmals und postierte sich vor dem
Tisch.
Josie blickte ihn mit großen Augen an und Heike nahm ihr
schnell die Teller ab.
-Aber auch einige andere waren etwas erstaunt!?
„Schnell, setz dich zu mir!"
Die Aufforderung kam von Birgit an Josie.

Der Weihnachtsmann zog seinen Gürtel über dem Bauch etwas
höher und räusperte sich.
„Mir wurde aufgetragen, hier mit euch das Weihnachtsfest zu
feiern, denn Freude soll wieder in eure Herzen einkehren!"
Birgit rutschte mit Josie ganz eng zu mir, passte aber dabei auf,
meiner Schulter nicht weh zu tun.
„Und, ...weißt du schon wer`s ist?", flüsterte sie mir ins Ohr.
„Ja, ...ich kann`s mir denken!"

Der Weihnachtsmann öffnete jetzt den Jutesack und griff ein
erstes Päckchen heraus.
„Wer sind Irina und Fräulein?", fragte er dann in die Runde.
„Die sind das!
...-Die da!!!",
Josie zeigte aufgeregt mit den Fingern auf die Beiden und Irina
und Fräulein standen auf.
Er reichte Irina das Päckchen.
„Ich soll euch Dank aussprechen für das, dass ihr ohne zögern
und zu jeder Zeit für eure Freunde da seid."
„Vielen Dank, Weihnachtsmann.", antworteten sie fast
gleichzeitig.
Dieser zog das nächste Geschenk aus dem Sack und man hörte
leise Geräusche und hohes Fiepen aus der Kiste!?
Josie verfolgte gebannt jede seiner Bewegungen.
„Na was haben wir denn jetzt?
Für Birgit und Geralt!"
Wir standen auf und Birgit nahm das Geschenk entgegen.
Artig bedankten wir uns bei ihm. -Neugierig betrachtete er dann
meine Verletzung und griff nochmals in den Sack.
„Du musstest sehr viel Leid ertragen in deinem noch jungen
Leben!
-Du hast aber auch über manche Leid gebracht.
Doch das ist nun vorbei und dies soll dich immer daran
erinnern!"
Er drückte mir ein kleines Päckchen in die unverletzte Hand.

Ich beugte mich bis dicht vor ihn und konnte jetzt in seine
steingrauen Augen sehen.
„Danke Mikka!“, flüsterte ich. -Ich war in seinen Gedanken.

Immer zappeliger wippte Josie mit den Füßen.
„Ein letztes Geschenk habe ich noch in meinem Sack!“, er hielt
es hoch.
„Es ist für...“, er räusperte sich wieder.
-denn eigentlich wollte er sagen,
„...für die blonde Herbergsfrau und den Krieger!“,
...aber er wollte sich Josie gegenüber nicht verraten!!!
Er bekam die Kurve.
„Es ist für Heike und Ralf! ...-als Dank für einfach alles!!!“
Er überreichte es Heike, die sich mit einem Kuss für ihn
bedankte. Dann legte er den leeren Sack auf den Wagen zurück
und drehte sich langsam um.
Josie hielt es nicht mehr auf ihrem Platz.
„-Aber ich,
...ich hab` doch noch gar kein Geschenk bekommen!
...Der Weihnachtsmann hat mich vergessen!?“, traurig und mit
kleinen Tränchen in den Augen sah Josie zu ihm.
Der Weihnachtsmann blickte in die Kiste, aus der nach wie vor
ein Fiepen zu hören war.
„Nanu???, ...-was habe ich denn noch hier???“,
erstaunt und fragend blickte der Weihnachtsmann zu Josie.
„Ach herrje!!!,
…tatsächlich!!!
…, - bist du Josie?“
Schnell hopste diese vom Stuhl und lief freudig zu ihm.
„Ja, ich bin das, lieber Weihnachtsmann. Und hast du da was für
mich drin???“
-Ihre Tränchen waren plötzlich weg.
Er ging vor ihr in die Knie.
„Ja, meine Kleine.
-Für dich und für noch jemanden!

…Da hab ich etwas ganz Besonderes!!!"
Er stand wieder auf und fragte in die Runde.
„-Wo ist Willi?"
Wieder fiepte es und rappelte in der Kiste.
Willi stand mit fragendem Blick auf und stellte sich dann neben
Josie.
Der Weihnachtsmann bückte sich, klappte den Deckel der Kiste
auf und griff mit beiden Händen hinein.
Jetzt schauten wir alle gespannt zu.
Er richtete sich wieder auf und in jeder Hand hielt er dann einen
kleinen Labrador-Welpen.
Freudig streckte er ihnen die kleinen fiepsenden Hunde
entgegen.
„Es sind Geschwister.
-Für jeden einen!
Du darfst dir als erste einen aussuchen!", er hielt sie Josie hin.
Sie schaute kurz zwischen beiden hin und her.
„Ich nehm den mit dem weißen Fleck zwischen den Ohren."
Oh, …du bist ja so süß!!!"
Josie hatte ihre Wahl getroffen und nahm den kleinen Welpen
sofort in ihre Arme und schmuste mit ihm.
„Ja, und es ist eine Sie!!!
„Dann bleibt der hier wohl für dich, Cowboy!!!"
-Jetzt hatte auch Willi den Weihnachtsmann erkannt.
Er nahm ihm zuerst den kleinen Hund aus der Hand und zog
dann den Bart von seinem Gesicht.

„Mikka!"
Josie schaute ihn erstaunt an.
„Mikka Du?, …du bist der Weihnachtsmann??"
„Ja kleine Eloa.
-Ich bin Michael, der erste Engel des Herrn,
-dein Beschützer,
… - und manchmal auch der Weihnachtsmann!!!
Aber jetzt ist mir nach einem köstlichen Getränke!…"

Er löste den Gürtel vom Mantel und zog ein dickes Kopfkissen
hervor, das er sich als Bauchersatz umgeschnallt hatte.
„Dein Getränk sollst du schnell haben.
Danke Mikka!!!
-Und du kannst ja hochdeutsch!?"
Ralf nahm ihn am Arm und ging mit ihm zum Tisch.
„-Das hast du klasse gemacht Mikka, -vielen Dank dafür!"
Heike stellte ihm eine Flasche Rotwein auf den Tisch.

„Hast du davon gewusst?", stellte ich Birgit die Frage.
„Nein.", -antwortete sie.
„Heike hat es mir heute Mittag bei unseren Vorbereitungen
erzählt. Ralf und Sie hatten die Idee dazu.
Zuerst wollten sie nur für Willi einen Hund aus dem Tierheim
holen, -aber dann sahen sie die Beiden und wollten sie nicht
trennen!
...Und nachdem Josie ja jetzt keinen Wolf mehr hat, der sie
beschützen kann, wird der Hund es wohl bald tun!?"
Wir schauten Josie zu, wie sie ihn liebkoste und schon mit ihm
spielte.

Willi kam neben uns, mit seinem Kleinen auf dem Arm.
„Danke Euch!", sagte er zu uns.
„Nein Willi, ...bei Heike und Ralf musst du dich dafür
bedanken. Wir haben nichts davon gewusst!"
Birgit streichelte den Kleinen.
„-Und wenn sich jemand bedanken muss, ...-dann wir uns bei
Dir!!!"
Willi setzte den Welpen auf den Boden, und dieser tapste sofort
Josie und seiner Schwester hinterher.
„Josie, wie sollen die zwei denn heißen?", rief er ihr dann zu.
„Lass mal überlegen?" Josie legte die Stirn in Falten.
„Ich weiß!,
...meiner soll Ronja heißen!"
„Okay, ...dann heißt meiner Falco!"

„So soll es sein!
...Euch allen frohe Weihnachten!!!"
-Mikka öffnete die Flasche wieder wie von Zauberhand und
hielt sie hoch.
„Dir auch Mikka!", schallte es von uns allen im Chor zurück.

Es wurde ein sehr schöner, friedlicher, harmonischer und langer
Weihnachtsabend.

-Irgendwann nahm ich Birgit zur Seite.
„Sag mal, ...mir ist da immer mal wieder etwas an dir
aufgefallen!?"
Ich schaute ihr in die Augen.
„Ach Geralt,
-frag` lieber nicht!
...-Hauptsache, es ist alles vorbei und wir haben uns wieder!!!"
Sie küsste mich und legte dann ihren Kopf auf meine gesunde
Schulter.

-Denn so konnte ich das gelbe Leuchten in ihren Augen nicht
sehen!!!

THE END !?

Danksagung

-August 2023

Nun habe ich es doch noch geschafft den letzten Teil der „Wolves-Saga"
fertig zu schreiben.

Mein herzlicher Dank gebührt allen, die mich bei der Umsetzung
meiner Ideen unterstützt haben.

-Die schöne und inspirierende Umgebung vom Hotel „Rheinkönig"
und „Rheintal" in Kamp-Bornhofen waren maßgeblich an der
Niederschrift meiner Erinnerungen und Eingebungen beteiligt.

-Besonderer Dank gilt hierbei Eileen, die immer dafür gesorgt hat, dass
es mir beim Schreiben an nichts gefehlt hat!

Und natürlich meiner lieben Frau, die mich immer wieder ermutigt hat,
wenn bei mir mal wieder die Batterien alle waren!

Der größte Dank aber gehört allen meinen Leserinnen und Lesern!!!

Ach ja, ...und ein neues Projekt ist auch schon in Arbeit!

-Coming soon!